SÉRIE AMORES LE [illegible] S

Alma Gêmea

SÉRIE AMORES LENDÁRIOS

Alma Gêmea

ANA FERRAREZZI

Você acredita no amor, assim como reconhece
a existência do cosmos, apesar de não o conhecer?

PandorgA
NACIONAL

Direção Editorial
Silvia Vasconcelos
Produção Editorial
Equipe Editora Pandorga
Preparação de texto
Ana Death Duarte
Revisão
Alline Salles (AS Edições)
Projeto gráfico e diagramação
Fernanda S. Ohosaku
Composição de capa
Marcus Pallas
Ilustrações
Free Pik

Texto de acordo com as normas do Novo Acordo Ortográfico da Língua Portuguesa
(Decreto Legislativo nº 54, de 1995)

Dados Internacionais de Catalogação na Publicação (CIP)
Bibliotecária responsável: Aline Graziele Benitez CRB-1/3129

F481a Ferrarezzi, Ana
1.ed. Alma gêmea / Ana Ferrarezzi. – 1.ed. – São Paulo: Pandorga, 2018.
304 p.; 16 x 23 cm.

ISBN: 978-85-8442-268-5

1. Literatura brasileira. 2. Romance. I. Título.

CDD 869.93

Índice para catálogo sistemático:
1. Literatura brasileira: romance

2018
IMPRESSO NO BRASIL
PRINTED IN BRAZIL
DIREITOS CEDIDOS PARA ESTA EDIÇÃO À
EDITORA PANDORGA
AVENIDA SÃO CAMILO, 899
CEP 06709-150 – GRANJA VIANA – COTIA – SP
TEL. (11) 4612-6404

WWW.EDITORAPANDORGA.COM.BR

À Jessica, minha eterna amiga.
Sempre sentirei sua falta.

1

Um encontro inesperado

Floresta Amazônica, Brasil

Domingo, 13 de março de 1906

— Nasci e cresci em Lisboa. Atualmente, resido em Paris. Sou engenheiro e reformo residências. Eu... — dizia Joaquim para ninguém em especial além de si mesmo, quando um repentino e inesperado chiado entre as folhas o distraiu, ele perdeu o raciocínio e parou de falar. Foi um barulho brusco, vindo de logo acima dos galhos das árvores à sua esquerda e que não poderia ter sido originado pelo vento. Olhou na direção do som e inspecionou, por alguns segundos, a inatividade dos galhos. Não encontrou nada ao seu redor. Imaginou ter sido um animal.

Talvez jamais encontrasse uma justificativa para o barulho, mas podia listar duas possibilidades. A primeira era de que o som fora ocasionado por um animal de pequeno porte e inofensivo. Nesse caso, deveria ignorá-lo. A outra possibilidade era de um animal agressivo ter se escondido por entre os galhos das árvores. Nesse caso, ele descobriria o motivo do alvoroço em breve.

A vida na selva era cheia de extremos. Ora o frequentador era envolvido por uma paz divina, ora era preciso lutar ferozmente para manter-se vivo.

Joaquim pigarreou, tentou esquecer-se do ocorrido e voltou a falar consigo mesmo e com a natureza ao seu redor.

— Como disse, sou engenheiro, mas, na verdade, ressuscito residências condenadas. Então fica tranquila, não destruo paisagens, nem mato suas conterrâneas — falava ele para a espécime à sua frente.

Pausou. Enxugou algumas fileiras de suor que deslizavam sobre suas pálpebras. Ajeitou os ombros. Retirou a mochila das costas. Alongou os braços. Fez uma careta. O cansaço fazia arderem seus músculos. Chegou a gemer de prazer ao sentir uma brisa passar à sua volta. Em silêncio, fechou os olhos e deixou sua cabeça cair para trás.

Joaquim sabia que não podia viver assim, viajando para procurar plantas desconhecidas a fim de estudar suas características sem motivo algum. Como seu primo, Fernando, dizia, essa inconstante e inexata busca de algo que não sabia o que era poderia levá-lo à loucura.

O que leva um engenheiro que reforma casas a vir para o meio da Floresta Amazônica buscar plantas desconhecidas?, Joaquim pensou novamente em voz alta.

Ele não saberia responder o que o motivou a viajar para tão longe e a arriscar sua vida em troca de amostras de plantas desconhecidas. Apenas decidiu fazer essas expedições depois de abdicar-se de sua herança e do conforto da casa de seus pais em Portugal para fazer uma nova vida na França, ao lado de seu primo.

No entanto, não foi esse o motivo que o levou a buscar um hobby tão incomum.

Outro chiado.

Joaquim sentiu outra agitação estranha, como se um animal tivesse passado por ele. Foi algo tão rápido que achou ter imaginado. De todo modo, conferiu se havia algum inseto passando por debaixo de sua mochila. Nada.

Quatro noites? Não, cinco. Mentalmente calculou o tempo transcorrido entre o momento que adentrou a Floresta Amazônica e o dia de hoje. Um exercício importante. Ao mergulhar no infinito verde da Floresta Amazônica, existia o risco de perder sua referência do primordial.

— Ah, sim. Passaram-se cinco noites — murmurou ele, rouco de cansaço e suspirou, como se ao pronunciar essas palavras tivesse esgotado suas forças remanescentes. Como se tivesse se dado conta do tempo que havia dedicado à floresta.

Chegou perto o suficiente da estranha planta e então anunciou:

— Vou retratar você em um desenho. — Abriu sua mochila, pegou um carvão. Habilmente o afiou com sua faca e passou a desenhar.

Por todo esse tempo na Floresta Amazônica, Joaquim observara cada planta, cada árvore e cada flor com olhos críticos em busca de uma planta desconhecida. Uma espécie nova. Agora que encontrou uma, não voltaria sem uma amostra. O problema era que ele não se sentiria bem ao simplesmente arrancar parte da planta sem se apresentar primeiro.

Sim, ele tinha consciência de que estava beirando a insanidade.

Que seja!

Seus traços firmes e certos logo tomaram forma. O formato triangular das pétalas azuis, o formato oval das folhas que mediam o tamanho de um punho fechado e os estranhos espinhos que circulavam a flor como se a estivessem protegendo. Logo a página branca de seu bloco se transformou na imagem exata da flor azul, cujos espinhos eram grandes como o dedo indicador de um homem de estatura média.

Queria retratar a cor da flor, mas infelizmente não trazia suas tintas em suas expedições. Quando viajava, geralmente levava o necessário para sua sobrevivência.

Aprendeu, através dos irritantes erros em suas expedições anteriores, que para sobreviver na mata densa de uma floresta tropical, ou no inferno da selva africana, era preciso levar o mínimo para manter-se e também era necessário agir como um camaleão. Tentar passar como se jamais houvesse estado lá.

Inspecionou seu desenho. Comparou a imagem com a espécie. Torceu o nariz e comentou:

— Não chega perto de sua beleza, mas vai ter que servir. Não tenho muito tempo e preciso voltar.

Joaquim escutou batidas frenéticas e com uma velocidade absurda no tronco de uma árvore próxima. Ao olhar para cima, achou ter visto a silhueta de um homem pequeno, com cabelo vermelho, mas a silhueta se desfez pelo ar.

— Definitivamente estou ficando louco — resmungou.

Fechou seu bloco e colocou-o em sua mochila.

Voltou-se à planta e perguntou:

— Não estou?

Lógico que estava. O que mais explicaria a necessidade de conversar com uma planta desconhecida, para se familiarizar com ela, antes de levar uma amostra de sua folhagem?

Ele deveria agir como um homem normal, abdicar-se dessas aventuras infantis e focar-se mais em seu ofício.

Outro som estranho, algo parecido com uma batida muito rápida no tronco de uma árvore, ecoou ao lado de Joaquim.

— Deve ser um sapo — comentou, em direção à flor, sem se abalar.

Para analisar melhor os detalhes da raiz da estranha planta, pegou sua faca e arranhou levemente o tronco da árvore no local exato em que a planta estava crescendo. Notou, ao inspecioná-la melhor, que algumas folhas pareciam amareladas. Olhou para cima e julgou que as folhas das árvores maiores haviam tampado a luz. Pelo visto, ela estava sofrendo.

Definitivamente, ele não se sentiria bem em levar uma amostra da planta, se ela já sofria pela falta de nutrientes.

— Posso jurar que precisa de luz — comentou. Fez uma careta. Como poderia passar dias arriscando sua vida em busca de plantas incomuns, se odiava cortá-las?

Passou a mão pela testa para limpar o suor que deslizava novamente em sua face. Estudou os galhos e as folhas que embarreiravam o sol da pobre planta. Analisou o tronco e rapidamente encontrou o ponto para iniciar sua escalada. Segurando-se no tronco e movido por uma habilidade adquirida após suas inúmeras expedições solitárias, subiu até o tronco mais baixo. Pulou outros cinco troncos até alcançar o galho que tampava o sol da flor azul. Então, habilmente, reposicionou os galhos. Quando se deu por satisfeito, deu o primeiro passo para descer, perdeu o compasso, deslizou e encontrou o chão após uma queda dura e dolorosa. Na colisão, bateu com a cabeça em uma das raízes e soltou um grunhido de dor. Subitamente viu uma névoa surgir no tronco de uma das árvores ao seu redor. A névoa logo se transformou em silhueta que, em seguida, moldou-se em um corpo estranho.

— Efeito da queda — Joaquim murmurou, procurando explicar por que estava encarando um humanoide de cabelos vermelhos e pés virados ao contrário.

Por um instante, esqueceu a dor em sua cabeça. O humanoide sorriu, exibindo seus dentes sujos e afiados. Tinha feições esguias, marcadas. Seu rosto arredondado tinha uma nota de surpresa. Seus olhos, desproporcionalmente grandes, o examinavam e estranhavam, como se analisasse um objeto fascinante. Havia aquele calor e brilho no olhar do humanoide. Isso só poderia indicar que o estranho rapaz de cabelo vermelho dividia a mesma consternação.

— Vou voltar... — disse. Não poderia negar que estava curioso com essa estranha espécie que o encarava. No entanto, não estava interessado em conhecer os costumes ou as manias dessa criatura que poderia ser mansa, ou lhe dar muito... muito trabalho.

Sim, era hora de voltar a Paris. Aposentar a sua mochila de guerra e viver uma vida madura. Quem sabe casar, ter filhos e uma vida estável?

Joaquim levantou-se lentamente. Reclamou ao sentir uma pontada no pé. Parou no meio do caminho. Ajeitou-se. Ficou sobre seus ombros e perguntou:

— Você é desse mundo? Fala a minha língua?

O humanoide gargalhou. Para a sua surpresa, a criatura apontou para seu pé e disse:

— Pé ruim. Difícil para se camuflar. Impossível para andar.

Joaquim elevou suas sobrancelhas, impressionado ao notar que aquele ser não era uma invencionice de sua loucura e falava português. Tentou se levantar, mas sentiu uma fisgada aguda na perna. Berrou de dor e caiu.

O humanoide disse:

— Tá vendo?

A criatura de cabelos vermelhos pegou em seu pé e passou a arrastá-lo pela floresta. Joaquim reclamou e grunhiu de dor. Mas ele continuava arrastando Joaquim, segurando-o pelo pé não lesionado, mas o outro pé acabava esbarrando em pedras, folhas e inúmeras barreiras no caminho.

— Não reclama! Levando você à tribo. Você ajudou a nossa mais sagrada planta. Diferente dos outros, que tentam *roubá*.

Ao contrário das expectativas do humanoide, Joaquim tinha intenção de levar uma amostra. Apenas não havia chegado ao nível de intimidade com a planta para abordar assuntos tão polêmicos. Não poderia dizer a uma menina que queria levar uma amostra de seu cabelo sem se apresentar primeiro. Julgou que deveria estender a mesma cortesia às plantas. Tá certo, a vegetação não fala, mas os bebês também não falam e, mesmo assim, não cortamos o cabelo deles sem lhes explicar o motivo. Na maioria das vezes.

O humanoide parou repentinamente. Virou-se para Joaquim e perguntou:

— Queria *levá*?

A expressão no rosto do humanoide era séria, até um pouco intimidadora.

Joaquim, aturdido, negou.

Então o rapaz de cabelos vermelhos continuou a caminhar pela mata. Joaquim berrou ainda mais. Isso porque, dessa vez, o outro escolheu puxá-lo pelo pé avariado. A dor era tamanha que Joaquim achou que fosse morrer. Aliás, preferia a opção de ter morrido na queda, ao sentir essa excruciante agonia.

— Tá, tá! — A criatura largou seu pé. Em seguida, fez um gesto exagerado com a palma da mão e ordenou: — Você fica aqui! — E apontou veementemente para o chão ao lado de Joaquim. — Aqui! Aqui! Aqui! — Joaquim se arrastou até o local indicado. Então, satisfeito com o local que, na verdade, não era nada diferente daquele em que Joaquim se encontrava anteriormente, ele prosseguiu: — Pitan vai *falá* com pajé! Não mova!

Joaquim, revirando os olhos, trêmulo pelo efeito da recente tortura, elevou o rosto para ver onde estava. Viu ocas pequenas, feitas de palha seca, redondas e do tamanho de uma barraca individual. Algumas construídas nos troncos das árvores. Outras, no chão. Aos poucos, alguns outros humanoides saíram das ocas. Eles eram pequenos, como Pitan. Também tinham cabelos vermelhos.

Eram curiosamente parecidos, diferenciando-se apenas pelo sexo e pela idade. Estavam essencialmente pelados. Alguns pintados de vermelho e amarelo. Outros tinham partes de folhas e flores arrumados em meio a um cipó que passava pelo corpo. Encaravam-no com demasiada curiosidade e comentavam algo que ele não conseguia entender. Então deram passagem a outro, claramente o mais velho do grupo.

Pitan passou a falar em uma língua incomum. Queria convencê-los de alguma coisa. O grupo escutou-o atentamente. Quando terminou, o rapaz curvou-se e apontou para Joaquim. O homem mais velho assentiu. Ele apontou para a oca, aparentemente dando o consentimento. Virou-se para Joaquim, e disse:

— Não somos hospedeiros, nem acostumados a receber enfermos. Espero que não nos amole muito.

2

Tribo Curupira

Floresta Amazônica, Brasil

Domingo, 18 de março de 1906

Joaquim estava hospedado no território central da Tribo Curupira, com criaturas incrivelmente brincalhonas e excessivamente territoriais, que não poderiam ser subestimadas. Protegiam a mata como feras selvagens. Eram seres potencialmente perigosos, mas admiravelmente inteligentes. Utilizavam diversas técnicas elaboradas e estratégicas para defender suas matas. Não mediam esforços. Diziam que os invasores deveriam ser punidos de forma severa e se divertiam durante todo o processo.

Durante a sua estadia, Joaquim procurou manter-se fora do caminho dos demais. Tentou não atrapalhar a rotina dos estranhos hospedeiros. Enquanto isso, passou a desenhar os cenários belíssimos da floresta. Quando podia, passava um tempo com os membros da tribo. Aos poucos, foi aprendendo os costumes daquele grupo inusitado.

Curiosamente, a maioria não tinha nome. Joaquim aprendeu que eles não recebiam seus nomes ao nascer. Na verdade, eram incumbidos de escolher um nome para si mesmos. Então muitos passavam a vida inteira escolhendo.

Foi o Pajé da tribo que se responsabilizou pela recuperação de Joaquim. Uma criatura curiosa, cuja compostura levava todos ao redor a lhe conceder uma autoridade superior à legitimidade de seu discurso. Isso levando em consideração a opinião de Joaquim. O fato curioso foi que o Pajé lhe informou que seu pé doía porque estava possuído. Também, esse mesmo Pajé, exibindo clara repulsa em meio aos seus gestos exagerados, disse que ambos os pés, além de possuídos, estavam virados para a frente, mas que, se quisesse, poderia ajeitá-los. Uma gentileza que Joaquim recusou, sem precisar pensar muito sobre o assunto.

Porém, ele queria se recuperar, então aceitou ser submetido a essa espécie de exorcismo, apesar de não ter entendido a razão que levou a esse macabro diagnóstico, muito menos os métodos utilizados em seu tratamento, que se resumiu em comer cinco vezes ao dia um punhado de flores amargas para, logo em seguida, ser pisoteado, em lugares especificamente doloridos, por dois membros da tribo. A princípio, presumiu que era alvo da mais pura traquinagem, mas veio a descobrir, após conversar com um dos membros do grupo, que essas flores amargas eram anestésicas. *Que seja*. O fato foi que, em um tempo estranhamente curto, ele já conseguia mover seu pé.

Os Curupiras conheciam as características das plantas, flores e ervas a ponto de terem uma expectativa de vida para mais de duzentos anos. Na verdade, gozavam de uma espécie de imortalidade, pois a maioria escolhia o momento de morrer. Uma descoberta que deixou Joaquim embasbacado.

Mas houve outra descoberta que o deixou entusiasmado. Os Curupiras transportavam seus corpos por meio do consumo da raiz daquela folha estranha com espinhos enormes. Simplesmente consumiam a erva e seus corpos se desfaziam, partícula por partícula. Eles viravam uma névoa vibrante e, logo em seguida, sumiam pelo ar. A transformação era rápida. Tão ágil que Joaquim não conseguia ver todo o processo. Uma hora, o Curupira estava à sua frente, mastigando, mostrando seus dentes verdes, sua língua e a erva. Logo em seguida, desaparecia em meio a uma névoa branca. Era impossível para os olhos humanos acompanharem estupenda transformação.

Ele chegou a questionar alguns membros da tribo sobre a planta. Entendeu muito pouco as explicações. Em suma, disseram que a planta sagrada podia transportar o espírito, o corpo e a mente para qualquer lugar. Isso dependia de onde ou como queria chegar. Também transportavam tudo ao mesmo tempo por um tempo definido ou permanente.

Naturalmente Joaquim não poderia voltar à França sem levar uma amostra dessa intrigante planta. Por isso, momentos antes de partir, pediu uma reunião com o Pajé.

— Seja breve — ordenou o Pajé enquanto virava para trás e coçava um dos dedos do pé.

Sem dar tempo para Joaquim abrir a boca, o Pajé presumiu:

— Se arrependeu por ter negado a segunda fase do tratamento? — Virou-se em direção a Joaquim e respondeu: — Ainda podemos ajeitar os seus pés. Você sabe, virá-los para o lado correto, se quiser.

— Não, não, agradeço! Eu me acostumei com meus pés virados para a frente, do jeito que estão.

— Acha que seus pés estão certos? — o Pajé perguntou enquanto curvava seu tronco, claramente intrigado.

Joaquim balbuciou antes de responder:

— Para mim, estão.

— Então sugere que os nossos pés estão errados? Rá! Quer perguntar como nos movimentamos se nossos pés, em sua perspectiva, estão invertidos. Veja bem, eu faço a mesma pergunta a você!

— Essa não era a minha pergunta.

Ignorando o comentário de Joaquim e em meio a gestos exagerados que encenavam as palavras a seguir, o Pajé prosseguiu:

— Quer saber como andamos se nossos olhos são virados para um lado enquanto nossos pés estão virados para o outro? Simples! Nós nos movimentamos bem em todos os lados. Podemos caminhar em qualquer direção sem problema algum. Além do mais, temos outras utilidades bem mais importantes para nossos olhos do que ver aonde estamos indo.

Para provar seu ponto, passou a caminhar com agilidade, em círculos.

— Também não era isso que eu ia perguntar.

O Pajé parou subitamente. Enrijeceu as pálpebras, em plena reflexão. Fez-se um silêncio de alguns segundos enquanto o Pajé claramente refletia. E perguntou:

— Quer saber, então, por que não tenho nome? — O tom de voz do Pajé foi agudo, inquisitivo. Então, possivelmente munido de uma vaidade excessiva, elevou o dedo indicador aos céus e respondeu. — Vou ter um somente quando achar algo à minha altura!

— Quantos anos você tem? — Joaquim lhe perguntou.

O Pajé deu de ombros e respondeu:

— Uns cento e vinte anos, mais ou menos... Se queria saber a minha idade, por que não perguntou logo então?

— Hum... — Joaquim reprimiu a vontade de rir, e comentou: — Ainda não é a pergunta que quero lhe fazer.

O Pajé, impaciente, bateu as palmas das mãos, exigindo agilidade, e exclamou:

— Fala logo! Você está me matando de curiosidade.

Até este momento, Joaquim não conseguiu achar uma brecha na conversa para pedir um pouco da erva. Não queria que a sua solicitação fosse encarada como uma invasão de privacidade. Ainda mais considerando a agressividade da Tribo Curupira. Queria ser cauteloso. Usar as palavras certas. Apenas não as achou, até o momento.

O Pajé, incapaz de aguardar, mostrou a palma da mão, respirou fundo. Como se tivesse se recuperado de uma crise de ansiedade, fechou um dos olhos, inclinou a cabeça para o lado. Abriu o olho que tinha fechado e perguntou:

— Quer saber por que falo fluentemente a sua língua quando o resto da tribo não consegue?

— Ah...

— Longa história. Não vou contar agora.

— Tudo bem, não era essa a minha pergunta, mas espero um dia que você me conte. Fiquei curioso.

O pajé revirou os olhos grunhindo, impaciente. Estremeceu e perguntou:

— Quer saber o que fazemos com os imbecis que invadem para roubar de nossa mata? — Sem dar tempo para Joaquim responder, disse: — Dependendo do nosso humor no momento, alguns saem castrados, outros, vesgos e outros, desorientados. Mas podemos ser gentis e arrumar seus pés. Virá-los para o lado correto. De fato, já fizemos isso para alguns deles.

O Pajé cruzou os braços, fez uma expressão analítica e perguntou:

— Por que você não quer ajeitar seu pé? Ele está claramente invertido. Não vê?

E apontou.

Joaquim balançou a cabeça, negando veementemente e disse:

— Não! Eh, obrigado pela gentileza, mas nasci assim. Gosto do meu... eh, defeito.

Joaquim foi questionado antes sobre o assunto. Diversas vezes, por sinal. Após muita insistência de alguns membros da tribo, perdeu a paciência e acabou informando que seus pés eram assim por causa de um defeito congênito. Disse também que ele aprendeu a conviver com essa característica. Então prosseguiu com o mesmo discurso repetitivo cada vez que era questionado.

Descobriu, com essa experiência, que os Curupiras não se comunicavam entre si. Isso porque foi obrigado a repetir sua argumentação para cada membro da tribo, sem exceção.

Nessa hora, ele preferiu pular o assunto que claramente estava incomodando a Tribo Curupira, em geral, e decidiu por uma abordagem direta:

— Quero levar uma amostra da erva que transporta os membros de sua tribo.

— Por quê?

— Para estudo, basicamente.

Não mentiu. Mas, se nos seus estudos ele encontrasse uma forma de controlar o transporte de pessoas através do consumo da erva, quem sabe não poderia cultivá-la e comercializá-la?

— Você já tem seus desenhos... por que precisa da planta? Não pode levar tudo, meu caro...

Joaquim abriu sua mochila, que fora resgatada por um dos membros da tribo e entregue a ele momentos antes de partir, sacou seu bloco de anotações e entregou-o ao Pajé.

— Pode ficar com o bloco — assegurou.

— Hum, quer arriscar perder seu bem pela erva... interessante. — E comentou: — Saiba que ela também não tem nome... — Com uma sobrancelha elevada, perguntou: — Mesmo sem nome, quer levá-la?

O Pajé sem nome não estava convencido.

— Posso nomeá-la, se me permitir — Joaquim afirmou, esperando que sua sugestão não soasse como algo presunçoso nem arrogante. Sorriu e argumentou: — Gosto de estudar sobre os efeitos das plantas nos organismos.

— Você tem ideia do poder dessa planta? Em mãos erradas, pode se tornar uma verdadeira arma. Não sei se estou preparado para lhe entregar algo que exigirá tanta integridade e responsabilidade.

As palavras do Pajé foram bem claras dessa vez.

Joaquim assentiu, mas argumentou:

— Minhas intenções são puramente experimentais. Não vou tirar proveito...

O Pajé interrompeu Joaquim com a mão e exclamou:

— Não termine essa frase, ou vou alegar que você mente e não lhe entregarei a erva.

Joaquim não opinou.

O Pajé perguntou:

— Vai expor essa planta aos outros imbecis?

— Não. Asseguro-lhe. Faço isso por paixão, basicamente.

— Paixão?

— Para preencher o meu tempo livre...

— Cuidado com o que pede, meu caro. Você não tem ideia do que essa planta pode fazer. Seus desenhos foram bons. Apenas falta-lhes cor, mas você pode colorir com tinta. Andei observando, você perguntou bastante sobre a erva e fez muitas anotações. Suas anotações e seus desenhos são bem mais seguros do que a erva.

— Troco minhas anotações pela erva.

— Tem certeza?

— Absoluta.

— Saiba que será responsável pelas consequências do mau uso dessa planta...

— Estou preparado para aceitar as consequências.

O Pajé cruzou os braços, ainda refletindo. Então perguntou:

— Pitan me falou, ao lhe trazer para a nossa tribo, que você teve a chance de levar a planta naquela ocasião, mas ao contrário disso, arrumou os galhos das árvores para trazer o sol a ela. Esse seu gesto nos comoveu. Por isso nós o acolhemos. Por que não levou a planta naquela ocasião? Tá certo que, se tivesse arrancado aquela planta da árvore, o encontro com Curupira não seria nada agradável, mas por que não a levou?

Joaquim não estava preparado para confessar suas esquisitices para o Pajé sem nome. Apenas deu de ombros.

— Boa resposta — disse o Pajé, elogiando-o. — Tudo bem. Espero que você me traga um nome para a erva da próxima vez, pois algo me diz que em breve voltaremos a nos ver.... — O Pajé levantou-se, pegou um punhado da planta, envolveu-a em uma folha de bananeira, entregou-a a Joaquim e disse: — Divirta-se.

3

Grito de liberdade

Rio de Janeiro - RJ, Brasil

Segunda-feira, 25 de maio, 2015

O ano de 2015 nem havia chegado ao meio e Letícia já não carregava em si qualquer esperança de que iria melhorar.

Sentada em sua poltrona predileta, antiga, confeccionada no tempo em que o mundo comprava os móveis para durar mais que uma vida, com o abajur desligado, um livro de capa dura repousando em seu colo, refletia em como havia penetrado as profundezas do mais ardente inferno ao se sentir obrigada a aguardar Glauber, seu marido, retornar do seu trabalho de madrugada.

Sim, ela refletia.

Fora sua culpa.

No canto escuro da sala, ela observa a porta da sua casa com olhos furiosos. Isso porque ela ligou para o setor de cardiologia do hospital, onde Glauber trabalhava, e foi informada que ele havia saído do hospital há mais de cinco horas.

O Hospital era a apenas algumas quadras da sua casa. Mesmo se fosse obrigado a enfrentar um trânsito irreal, não conseguiria chegar tão atrasado assim.

Letícia bateu o livro em sua perna. Ela queria chutar seu traseiro por ter desperdiçado seu tempo preparando o jantar. Mais ainda, por ter posto a mesa. E pior, por ter aguardado!

Seu estômago roncou. Letícia suspirou e elevou os olhos, lutando para não despencar em meio aos soluços ao finalmente ver a maçaneta da porta da frente da sua casa virar e o homem que um dia jurou ser o seu companheiro entrar no apartamento.

— Achei que tivesse fugido de vez — Letícia disse, com um tom estridente. Ela o provocava. Já não se importava mais.

— Não fugi... eu estava no hospital salvando vidas e, naturalmente, ganhando o dinheiro que paga o condomínio do seu consultório — Glauber repreendeu-a. Ela compreendeu o tom firme de quem seria capaz de se utilizar dos meios mais sujos para vencer o argumento. Glauber jogou a chave em cima do vaso que, por força do costume, se tornou o local de onde deixavam as chaves e prosseguiu: — Dinheiro que também paga seu cartão de crédito.

Sua ironia não passou despercebida.

Letícia poderia contra argumentar. Ela poderia dizer que a última coisa que pensava era em comprar desde quando descobriu que o seu consultório foi a única herança que lhe sobrou após a morte de seus pais e depois que honrou todas as dívidas geradas pelas compras desenfreadas de sua mãe. Poderia dizer, inclusive, que chorava todas as noites pela perda de seus pais, que morreram em um acidente de carro uma semana após sua formatura. Há alguns anos.

Em vez disso, preferiu ater-se ao presente.

Ela disse:

— Liguei para o hospital às dez horas. Disseram que você já havia saído. — Letícia apontou para a mesa de jantar com pratos, colheres e uma grande tigela com caldo verde, frio. — Mais uma vez, fui uma imbecil de achar que você voltaria para casa.

Glauber espiou a mesa. Sinais evidentes de exaustão obscureciam seus olhos castanhos. Ele fez uma expressão muito pouco impressionada. Em vez de reconhecer o esforço de sua esposa, criticou:

— Por que deixou a mesa posta até essa hora?

De fato, já beirava as três horas da manhã, o que explicava o aspecto cansado de seu marido.

Letícia também estava exausta, mas a alta hora da madrugada não tinha relação alguma com a sua fadiga. Letícia fuzilou Glauber com seu olhar ao comentar:

— Consigo sentir cheiro de cachaça de onde estou.

Sabia o efeito que sua constatação teria em Glauber. Era uma declaração de guerra.

— Quem é você para embarreirar minha liberdade!? — Glauber exclamou e, com um firme e expressivo gesto com suas mãos, pôs um ponto final à breve discussão.

Para evidenciar sua irritação, Glauber arremessou sua maleta no sofá da sala e seguiu pelo corredor longo até o quarto ao rosnar:

— Não me amole!

Letícia fechou os olhos, em um esforço tremendo para aplacar sua raiva. Glauber reagiu de forma drástica de alguém que põe um fim na discussão e a tergiversação, como um gesto brutal de rejeição pura e simples.

Mordeu os lábios. Seu esforço foi ainda maior para silenciar-se diante da forma como Glauber havia encerrado a discussão. Em pouco tempo, esse matrimônio se transformou em um imenso vazio e uma constante agonia.

Sua aliança de casamento se tornou uma lembrança de seu erro, e toda vez que a notava em seu dedo, sentia vontade de vomitar.

Ela escutou o estrondo da porta do banheiro se fechando. Em seguida, fez-se silêncio. Apenas ouvia-se o chuveiro do banheiro da suíte.

Letícia, sozinha na sala, encarou, com olhar vazio, os porta-retratos expostos na mesa central. Memórias dispensáveis. Acúmulos de sonhos românticos imortalizados em uma imagem de algo que jamais poderia ser alcançado.

Devagar, levantou-se da poltrona e apoiou-se na ponta do sofá com ar de desânimo. Sentou-se à mesa de jantar. A sopa já estava fria, mas decidiu tomá-la assim mesmo. Era uma forma de punir-se. Quem sabe, ao castigar a si mesma, acabaria forçando-se a tomar outro caminho? Ela não pertencia à vida de casada, nem a essa casa. Não conseguia descobrir nessa casa qualquer coisa que representasse uma parte dela. Cada vez que a deixava, sentia-se livre, e cada vez que voltava, emergiam nela solidão e tristeza. Sentimentos constantes, arrebatadores. Capazes de, ao mesmo tempo, impressioná-la e amedrontá-la.

Letícia beirava seus vinte e cinco anos. Havia acabado de se formar em psicologia e tinha apenas três pacientes que pagavam um valor simbólico por suas consultas. Uma triste realidade que a estapeava toda vez que abria sua carteira. Depois da morte de seus pais, perdeu tudo, inclusive a sua dignidade.

Restou em sua vida apenas Glauber como seu bote de resgate.

E ela assumiu o papel de animalzinho de estimação como um hamster, preso em uma cela e dependente da boa vontade de seu dono.

Letícia tomou a primeira colherada da sopa. Não conseguiu disfarçar sua expressão de ojeriza. Estava terrível. Mesmo assim, inclinando a cabeça para um lado e outro, forçou o alimento goela abaixo.

Pelo menos tinha a juventude ao seu lado.

Outra colherada. Viu a aliança de ouro em seu dedo. Já havia passado da hora de arrancá-la. Arranjar um emprego. Ela tinha tempo. Poderia trabalhar em outro ofício para complementar a renda. Não poderia?

Terceira colherada. Engasgou. Lágrimas deslizavam de seu rosto e ela escondeu os olhos com suas mãos enquanto seus ombros sacudiram.

— Tenho que ir embora — ela disse a si mesma, incapaz de se mexer.

Respirou fundo. Recompôs-se o suficiente para tomar outra colherada com determinação, na esperança de que o gosto amargo do queijo coalhado permitisse que ela compreendesse não o que acabara de ver, mas a razão por trás da situação na qual se metera.

Parou na quinta colherada. Bebeu água e esticou seus dedos da mão esquerda. Ela estremeceu. Por que não deu ouvidos a seus pais? Por que não arranjou um emprego em vez de aceitar a proposta de casamento de Glauber? Por que lhe parecia uma decisão sensata casar-se com um cardiologista quando havia indícios claros de que ela era seu troféu?

Letícia desistiu de comer.

— Deve haver uma explicação para todo esse tormento — ela murmurou para si mesma.

Também queria uma explicação para verbalizar essa mesma frase:

— "Deve haver uma explicação para..."

Irritada, tirou a aliança do dedo e jogou-a para trás.

Era hora de mudar, definitivamente.

Assim como diversas moças, Letícia um dia também já buscou o amor. Encontrou Glauber no meio do caminho, como uma pedra posicionada estrategicamente para quebrar seu tornozelo. Um médico requisitado e um mulato digno de capa de revista. Suas amigas disseram que ela havia ganhado na loteria, mas Letícia preferia acreditar que foi apenas uma caótica coincidência do destino ter conhecido Glauber em uma festa quando ele a acudiu por ter bebido demais e a levou para casa. Apesar da bebedeira, foi uma noite empolgante, mas Letícia se lembrou pouco do que havia acontecido. Mas, para sua surpresa, no dia seguinte, notou uma certa afinidade entre eles. Por isso começaram a namorar. Descobriu que estava grávida dois meses depois. Como usou camisinha em todas as relações sexuais com Glauber, imaginou que havia engravidado na noite em que se conheceram. Casaram-se logo em seguida. Decidiram passar a lua de mel em Fernando de Noronha. Então ela sofreu um aborto espontâneo. Glauber achou que pudesse tratá-la sem a necessidade de levá-la a um hospital. Uma medida que agravou o seu estado e resultou em uma endometrite, uma infecção e obstrução das trompas. Como resultado, Letícia ficou estéril.

Ela pressionou os lábios na palma da mão e limpou algumas lágrimas de seu rosto. A lembrança da dor que sentiu ao saber que havia perdido a possibilidade de ter filhos não a ajudaria nesse momento. Ela inspirou vagarosamente. Odiava lembrar que havia concordado em manter sua tragédia em segredo, para não prejudicar a carreira de seu marido.

Prometeu isso porque acreditou no amor de Glauber.

Hoje, estava tão certa quanto seu conhecimento e experiência permitiam de que o amor era um sentimento supervalorizado. Vivia em meio a um grande buraco. Um vazio que precisava ser preenchido com alguma coisa.

Sua vida seria bem mais gratificante se conhecesse algo que lhe interessasse. Se encontrasse uma forma de libertar-se de sua escravidão selada por trás daquele casamento. Esposa e, ao mesmo tempo, vítima de um cardiologista famoso, cheio de pacientes e louros.

Letícia era rodeada por uma estrutura digna de realeza. Um baú revestido de ouro e joias, preenchido com nada.

Então ela preenchia esse espaço oco com outro, ainda mais vazio.

4

Em busca de uma estrela

Rio de Janeiro – RJ, Brasil

Terça-feira, 26 de maio, 2015

A madrugada horrorosa se transformou em um dia nebuloso. Um clima melancólico, convidativo para se encolher na cama e dormir. Letícia permaneceu deitada durante horas, impregnando-se com o calor das cobertas, até que não conseguiu mais ignorar os roncos de sua barriga.

Incapaz de preparar qualquer alimento depois da sopa do dia anterior, levantou-se, escolheu um vestido azul longo, simplesmente porque não precisaria de outros ornamentos para completar seu traje, e saiu de casa.

Ela passou a andar pela calçada de Ipanema na esperança de encontrar alguma coisa, sem saber o quê. Queria ter aquele sentimento dramático muito semelhante ao protesto do senso comum que, por uma razão muito pouco óbvia, leva mulheres a cometerem verdadeiras loucuras para manter seus casamentos. Mas não via sentido para tanto alvoroço.

Sentia uma apatia tão primitiva que afetava os sentidos de sua pele. Ela mal percebia que suas roupas se umedeciam com as gotas singelas da chuva de verão. Letícia nem percebeu que o tecido acima de seus ombros já estava molhado. Sua cabeça estava tomada por uma tempestade que retirava todo o crédito da chuva ao seu redor.

Casada e confusa com os porquês quando os motivos são simplesmente precursores de novos porquês, pegou o celular e ligou para sua amiga Gisele.

— Está livre? — perguntou, por não querer prejudicar a amiga no trabalho.

Gisele era assistente-executiva de uma empresa de aluguel de carros. Conheceram-se quando Letícia estava tomando café em um bar próximo ao consultório de seu marido. Gisele também trabalhava em Botafogo, também perto do consultório de Glauber. As duas tornaram-se grandes amigas em pouco tempo.

— Meu chefe é um idiota! Ele quer que eu compre dois colares de ouro idênticos, mas de tamanhos diferentes. Logicamente um vai para a esposa, e outro, para a amante. Preenchi o cartão, considerando o pingente maior para a esposa e o menor para a amante. Você sabe o que ele fez? Trocou os cartões! A amante ganhará o maior! MAIOR! E a esposa ganhará praticamente uma lembrancinha!

— Eu não ganho nem isso do meu marido. Ele deve dar todas as joias e lembrancinhas para a amante.

— Ah! Não seja boba! Vai à caça também! Você é jovem! Meta uns cinquenta chifres no Glauber e depois pede divórcio com pensão! É simples, amiga!

Letícia riu. Gisele era fantástica. Conseguia destrinchar uma situação complexa a ponto de torná-la simples. Se ao menos o chefe dela visse o seu potencial...

Gisele prosseguiu:

— Escreva um livro, busque um mestrado, entre em grupos de estudo. Amiga, faça algo para si mesma e pare de agir como uma morta-viva!

Sim, Gisele estava certa. Letícia precisava achar algum motivo e ocupar os seus dias. Assim, deixaria de controlar os passos de seu marido para focar-se em sua vida. Sua nova vida. Livre e independente.

— Deve haver uma explicação para tudo isso que estou vivendo. Acho que vou me mudar para Petrópolis. Sempre gostei de lá.

— Tudo bem. Eu te ajudo na mudança.

— Vou sair daqui, me hospedar naquele hotel caríssimo, tradicional... Aquele na Rua do Imperador. Vou ficar lá, por conta de Glauber, até encontrar uma residência.

— Duvido que você seja ousada a esse ponto! Ah! Vou adorar!

Letícia riu. Sua amiga a conhecia como ninguém. Sabia que ela não era capaz de fazer isso com Glauber.

— Não... vou para aquela pousada antiga, que parece um castelo medieval. Esqueci o nome... fui para lá com o Glauber no ano passado e amei o ambiente. Eram bem firmes em receber hóspedes não fumantes. É bem organizada. Havia histórias de que a pousada era mal-assombrada, mas me senti muito bem por lá.

— Credo! Nesse caso, não conte comigo.

Distraída, subitamente esbarrou em um corpo firme. Seu celular escapou de sua mão e caiu. Ela não soube identificar o grau do dano. O barulho da queda, que indicaria, a priori, qualquer avaria, foi ofuscado pelos passos apressados dos pedestres e pelo barulho dos carros passando. Ela quis gritar de frustração. Agora, como se não bastasse todo o incômodo da noite anterior, todo o vazio acompanhado pela modernidade plastificada e descartável, um corpo tão rudemente firme bloqueando seu caminho só poderia indicar uma coisa: estava sendo assaltada.

Letícia trancou o grito, mordendo os lábios. Não deveria, mas pressionou seus dedos na bolsa e fechou os olhos.

De fato, ela queria acreditar que sua reação era a de uma mulher paranoica e exagerada, mas sabia que, levando em consideração os desafios de segurança pública no estado do Rio de Janeiro, sua atitude não estava longe da realidade.

Por qual motivo um estranho ficaria ali, parado, bloqueando seu caminho?

Sem saber como lidar com a situação, seus ombros caíram e suas pernas passaram a tremer pela súbita adrenalina.

Uma mão a segurou com firmeza.

— Tudo bem? — Uma voz masculina quis saber.

Letícia encarou a mão. Tomou coragem e ergueu seus olhos para quem era o rapaz. Encontrou os óculos escuros e um rosto estranhamente familiar. Seu queixo caiu. Subitamente abdicou da teoria de que estava sendo roubada.

Poderia ser um ator de novela? Letícia não poderia ter certeza disso. Não era fã de novelas. Por isso não conseguiria se lembrar do nome do belo rapaz em meio aos arquivos desorganizados de sua memória.

Assim que mediu a firmeza das pernas de Letícia, o rapaz a libertou. Depois a analisou demoradamente dos pés à cabeça. Foi uma avaliação tão completa que Letícia ruborizou. Então ele agachou e pegou seu celular.

Com um sorriso, entregou-o a ela e disse:

— Uma mulher linda e indefesa desse jeito não pode sair na rua sem acompanhante.

Ela não queria gostar do comentário potencialmente preconceituoso do rapaz, mas gostou. Na verdade, achou gracioso o tom firme que o belo estranho usou em sua recomendação. Por alguns breves e insanos segundos, jurou que ele se preocupava mais com o bem-estar dela do que Glauber.

— Sou João — o rapaz disse. Sua boca se curvou em um sorriso. Um gesto que parecia dizer muito mais do que lhe era dito. Ele era lindo, de fato. Mas havia algo além de uma mera beleza física. Era como se uma névoa estivesse ofuscando os possíveis perigos ou as possíveis maravilhas que ela poderia desvendar se respondesse a essa apresentação.

Talvez fosse sensato sorrir e seguir em frente, mas Letícia nunca fora sensata e se apresentou:

— Ah, sim. Sou Letícia.

Ruborizou. A esse ponto já ignorava o som dos chamados de Gisele em seu celular.

Letícia se retraiu e colocou a mão no peito para controlar as batidas de seu coração. Droga! Se o rapaz provou não ser um criminoso, por que ela sentia aquela vontade de fugir? Não, na verdade, não era vontade de fugir, mas sim de pular no corpo desse homem e cruzar as pernas para trancá-lo sobre sua posse.

Letícia sorriu sem saber como fazer sentido de seus sentimentos irracionais diante ao estranho.

Ele convidou-a:

— Como faço para me desculpar? Aceita um café?

Ela deveria negar. Seguir seu rumo. Entrar na primeira loja e invadir o vestiário. Só sair quando tivesse a certeza de mal ou bem. Mais ainda, deveria sair somente quanto tivesse a certeza de que não se sentiria frustrada por perder esse homem de vista. Mas não foi. Em vez disso, ela colocou o celular no ouvido e disse:

— Gisele, tenho que ir.

— Está tudo bem? — perguntou Gisele, do outro lado da linha, meio ofegante.

— Sim — ela respondeu, e sorriu para o estranho com um rosto peculiarmente familiar. — Estou bem.

Letícia desligou o celular e aceitou o convite. Com um longo e lento suspiro, expulsou a candura. Afinal, Gisele estava certa. Letícia era jovem. Além disso, Glauber era seu marido e não seu carcereiro.

***

Entre um café e outro, falaram sobre coisas corriqueiras. João parecia fazer um esforço sobre-humano para suprimir reações automáticas em seu corpo e manter-se concentrado na conversa. Ora passava a mão pela testa, ora coçava o nariz, ora torcia o nariz e abria a boca como se estivesse suprimindo um desconforto físico, e durante esse tempo, ininterruptamente, remexia as coxas das duas pernas.

Mas a conversa fluía. Com uma palavra atrás da outra, sutil e estranhamente, o rapaz a convencia de que ele era muito maior do que aparentava. Mas, ao mesmo tempo, ao levar em consideração que Glauber era a única referência masculina que tinha, nesse momento, essa impressão exagerada não deveria impressioná-la.

Letícia nem mesmo tocou em seu café. Ria de forma exagerada. Talvez por nervosismo. Ou talvez por perder a capacidade de se controlar diante a um estranho que a afetava tanto. Então trancou o seu sorriso quando o ouviu dizer:

— Estou em busca de uma estrela.

Ah, sim... Estrela.

Uma pena...

Ela jamais se encaixou nessa forma de cinco pontas e cinco linhas. Nem metafórica, nem social nem profissionalmente.

João subitamente trancou seu sorriso e parou de falar. Será que ele desistiu de conversar com ela? Será que chegou à mesma conclusão que ela não era a sua estrela e já pensava em navegar por outra parte do espaço? Será que Letícia aguentaria, se isso fosse verdade? Por que a companhia desse homem subitamente lhe pareceu essencial?

Então, abrindo por completo mão da sensatez, ela decidiu por uma abordagem audaciosa.

Momentos depois, estavam em seu consultório. O rapaz, continuando a conversa corriqueira, chegou a lhe perguntar sobre como um paciente consegue agendar consultas.

Letícia, notando que era uma forma de forçar a intimidade, respondeu que poderiam contatá-la por telefone e lhe deu o cartão, do que ela se arrependeu logo em seguida. Enquanto o rapaz lia o cartão atentamente, em silêncio, como se estivesse memorizando as informações, ela aguardou e observou.

Então seus dedos passaram a se mover de forma indiscriminada. Se agitaram. Moviam para a frente e para trás enquanto seu braço se aproximou do estranho que ainda lia seu cartão de visita. No momento em que a ponta do seu dedo indicador tocou o rosto, o belo estranho saltou. Provavelmente não esperava o toque. Tudo bem... Letícia não iria recuar. Sentindo-se ousada, ela passou os dedos pelo rosto dele, retirou os óculos escuros e encontrou um mundo de aventuras refletidas naquele olhar. Ela sorriu. Ele reagiu, sorrindo de volta. Sem que pudesse prever, o corpo de Letícia entrou em combustão. Sentiu uma onda gélida originando-se atrás de sua nuca e descendo até suas pernas. Sua vontade era de rasgar sua roupa e revelar-se o quanto antes.

Em vez de colocar seu desejo em prática, deu um passo para trás. Sentiu-se acuada. Completamente afetada. Deu outro passo para trás.

João a trouxe para perto de si, envolvendo-a em seu forte abraço. Havia algo impositivo e ao mesmo tempo convidativo e que desafiava Letícia a doar-se, sem barreiras. Algo tão intenso que se sobrepôs a qualquer experiência erótica que tivera em sua vida.

Os lábios de João finalmente encontraram os de Letícia em um beijo selvagem, exigente e carnal. Por um instante, ela teve a impressão de que ele conquistaria sua alma. As mãos dele passaram a explorá-la nas costas, nos braços e nos seios. A cada peça de roupa que caía, a cada toque atrevido, mais ela se esquecia de seus problemas, de suas preocupações e que estava prestes a transar com um estranho.

Em poucos instantes, ela abriu mão do seu senso crítico. Deixou as últimas barreiras de sua moral despencarem junto com as últimas peças de roupas.

Nua e exposta, sentindo uma diabólica vontade de ser consumida, Letícia deitou-se no divã enquanto o rapaz mordiscava seu pescoço e, com sua boca, caminhava até seus seios.

Ele a manteve sob seu controle, ali, deitada, recebendo suas carícias.

Letícia revirou os olhos e achou que morreria de prazer quando a boca de João encontrou o mamilo de seu seio direito. Fazia tanto tempo que não sentia essa deliciosa tortura. Ele mordiscou seu seio e passou para o esquerdo, em um vandalismo bruto que a fez curvar seu tronco para a frente.

Então, junto ao ápice da tempestade que varria a cidade, um sentimento avassalador de desejo infernal invadiu Letícia. Ela perdeu a capacidade de raciocinar. Sentiu-se queimada, desesperada. Clamou para ser possuída. João obedeceu. Sem demoras, invadiu o corpo de Letícia e moveu-se com habilidade e avidez.

Logo, os barulhos estrondosos dos trovões misturavam-se com os gritos de prazer. O suor de ambos os corpos se misturara com os pingos de chuva que escapavam pela fresta da janela.

Então Letícia arregalou os olhos e berrou ao sentir seu corpo inteiro pulsar. Não fechou a boca. Estava assustada e, ao mesmo tempo, deslumbrada já que nesse momento percebeu que, pela primeira vez, conseguiu alcançar as estrelas.

Perdeu-se a referência do tempo, do espaço. Naquele instante, Letícia sentiu uma mistura de violação, prazer e mistério. Algo tão incomum, tão avassalador, que ela se perdeu em plena exaustão.

***

Letícia acordou em um susto. Viu-se sozinha, perdida em meio a uma multidão de pensamentos. O gosto do café em sua boca era doce... Sentiu o interior das suas pernas deliciosamente doloridas. Se não fosse a deliciosa dor muscular e sua nudez, poderia achar que tudo não passara de sua imaginação.

Por alguns segundos ela ficou ali, satisfeita, observando os detalhes inexatos do teto. Suspirou. Olhou para o lado e encontrou um bilhete. Sorriu. Ao abrir, uniu as sobrancelhas quando viu letras trêmulas, que diziam:

"Tive que ir, minha estrela. Tenha a certeza de que iremos nos encontrar, muito em breve, nesse corpo ou em outro corpo."

— Nessa vida ou na próxima vida — Letícia corrigiu. Amassou o papel. Tentou fechar a questão, mas emergiu um sentimento ilógico para a sua condição. Apesar de não fazer o menor sentido exigir exclusividade de um rapaz com quem se deitou após duas horas de café e conversa, ela sentiu-se abandonada.

Letícia espantou esse sentimento, balançando a cabeça.

Ela levantou-se do divã, sem pressa. Jogou a bola de papel no lixo. Tentou não pensar, mas acabou resgatando cada detalhe do encontro que passou tão rápido como a tempestade de verão.

Seu telefone tocou.

Letícia atendeu-o e escutou a voz rouca de um homem do outro lado da linha:

— Gostaria de agendar uma consulta para hoje, imediatamente. Meu nome é... espera um pouco... Daniel de Ventura.

5

Daniel de Ventura

Rio de Janeiro-RJ, Brasil
Terça-feira, 26 de maio, 2015

Os raios solares tentavam perfurar as nuvens grossas que dominavam o céu. Gotas largas de chuva ainda deslizavam pela janela como grossas fileiras que se entortavam e se ajeitavam de acordo com a falta de ordem remanescente da tempestade. Aguardando seu novo cliente, Letícia espreitava pela janela de seu consultório o resultado da força da chuva. Ela gostava de observar a paisagem após a tempestade, em especial, o maravilhoso brilho nas gotas da chuva remanescentes nas folhas das árvores.

Ela tampou sua boca para esconder seu sorriso como se estivesse preocupada em manter um certo pudor. Deveria sentir-se culpada por ter traído Glauber. Mas, ao contrário disso, sentia apenas um maravilhoso sentimento de saciação como se tivesse acabado de tomar um litro de água após ter caminhado dias no deserto.

A campainha do consultório finalmente deu sinal de vida. Ela observou a hora em seu celular. Elevou sua sobrancelha ao notar o contrassenso no curioso caso do Senhor Daniel. Ao considerar que o estranho cliente ligou bastante afobado, pedindo que ela o atendesse imediatamente, havia chegado após trinta minutos de atraso.

Letícia abriu a porta e encontrou um rapaz de cabelos castanhos, rosto oval e olhos escuros, encarando-a de volta enquanto se segurava pela soleira da porta. O estado do rapaz lhe parecia precário. Por alguns segundos, Letícia cogitou cancelar a sessão e encaminhá-lo ao hospital mais próximo.

O rapaz aparentava ter entre quarenta e cinquenta anos. Parecia frágil, doente e pálido. Seu corpo, curvado e excessivamente magro, dava a impressão de que poderia quebrar se caísse ao chão.

Ele sorriu.

Letícia sorriu de volta, abriu a porta por completo e apontou para dentro do consultório. Num tom convidativo, disse:

— Entre... — E lhe deu espaço para passar enquanto segurava a porta. — Pode sentar-se onde quiser.

O rapaz entrou em silêncio. Andou lentamente, batendo um joelho no outro.

Ele estudou cada detalhe do consultório. Parou ao encontrar o aquário com seu peixe dourado. Suavemente estapeou o vidro, como se estivesse chamando a atenção do peixe, que parecia responder nadando mais habilmente. Ao se virar, Letícia encontrou o brilho do sorriso de seu cliente. De alguma forma, essa breve interação com o animal fez a palidez em seu rosto desaparecer um pouco.

Letícia sentou-se em sua poltrona.

Ele sentou-se em outra poltrona à frente da sua.

— Agradeço por ter me deixado vir — ele disse. Sua voz era arrastada, rouca. Daniel soltou um grunhido num esforço de limpar a garganta e sorriu. — Acredito que não haverá tantos encontros assim — falou com um tom mórbido, dando a entender que sabia que morreria em breve.

Letícia fez uma anotação em seu bloco para abordar esse assunto, em algum momento, durante a sessão.

— Diga seu nome e idade — Letícia perguntou, dando início à sessão.

O rapaz ajeitou-se na poltrona, esfregou as mãos nas pernas e sorriu. Estava sem jeito. Que mal haveria em revelar seu nome e idade?

— Daniel. Tenho... eh. — Ele esticou as pernas para pegar a carteira no bolso de sua calça. Abriu-a, verificou os dados em seu documento e respondeu: — Nasci em 1975. Portanto, tenho trinta e nove anos. Farei quarenta em... eh. — Espiou o documento. — Dois meses.

Era estranho ver um rapaz novo com lapsos sérios de memória. Letícia fez outra anotação em seu bloco.

— Notei que precisou ver sua data de nascimento em sua identidade. Você sofre de algum problema de memória?

— Prefiro não falar sobre isso na primeira sessão.

Tudo bem, pensou Letícia, e prosseguiu:

— Confesso que estou curiosa. Geralmente atendo adolescentes. Por isso deixo meus contatos nas escolas. Onde conseguiu o meu telefone?

— Você foi muito bem indicada — Daniel elogiou-a. — Vejo-me como um adolescente, então, nada mais justo.

— O que o traz aqui?

— Meu primo é um homem persistente, obstinado e aprendeu com maestria a técnica da assertividade.

— Você não queria estar aqui — Letícia presumiu.

— Ainda não decidi. Diga, como devo começar essa sessão? Posso falar livremente?

— O que achar mais conveniente — Letícia respondeu.

— Prefiro não falar livremente.

— Conte-me o que faz da vida.

— Sou advogado, mas, atualmente, estou dando assistência ao meu primo.

— Você é bem próximo ao seu primo — Letícia presumiu.

— Lógico. Caso contrário não estaria aqui...

— Ah...

Letícia queria perguntar mais sobre o assunto relacionado à proximidade de Daniel e seu primo, mas suprimiu seu desejo quando viu Daniel fechar a cara e virar o olhar para outro extremo do consultório. Ele agiu como se ela estivesse ultrapassando aquela linha delicada em uma conversa, sem a menor intimidade. Ela fez outra anotação e prosseguiu.

— Conte-me sobre seu primo.

— A análise não deve ser voltada a mim? — Daniel perguntou aos risos. Logo em seguida se contraiu e cruzou os braços. Um claro sinal de que ele se trancou.

Letícia decidiu seguir por uma abordagem mais casual. Ela levantou-se e perguntou:

— Gostaria de tomar um café?

Queria acariciar seus sentidos, sem precisar estabelecer qualquer nível de intimidade.

— Sim, claro.

Um sorriso escapou de seus lábios ao sentir o aroma delicioso sair da máquina de café expresso. Lembrou-se de João e do seu pecado nessa manhã, nesse mesmo local. A vívida cena de puro erotismo e paixão fez seus dedos vacilarem. O café quase caiu, mas felizmente, ela conseguiu controlar a xícara antes do desastre.

— Você é casada? Letícia Monteiro de Marcílio. — Daniel falou seu nome inteiro como se estivesse recitando um poema. Havia uma inegável malícia em sua pergunta.

— Explique a sua pergunta.

— Ah, vamos... se sou obrigado a falar sobre mim, explorar os meus desejos e pecados mais sórdidos nessa sessão, não vejo problema algum de conhecê-la um pouco melhor.

Ela lhe entregou a xícara e sentou-se em sua poltrona. Aproveitou a oportunidade, enquanto isso, de ponderar sobre a curiosidade do paciente. Ela estava tão certa quanto seu conhecimento permitisse que, ao revelar-se, afetaria o andamento natural da sessão. Ao mesmo tempo, ela percebeu que, para se criar um *rapport,* deveria abrir-se um pouco. Caso contrário, acreditava que Daniel não teria interesse de prosseguir com a sessão.

— Sim, sou casada — ela respondeu secamente, e fechou o assunto tomando um gole de café.

A esse ponto, Daniel voltou a caminhar por seu consultório. Ele bebeu outro gole de café. Os pensamentos pareciam rolar em sua cabeça enquanto o gosto do café dominava seus sentidos.

— Uma delícia — ele elogiou, e deixou o café em uma mesa. Então tornou a apontar com seu dedo indicador para cada livro empilhado em sua imensa prateleira. Ela conseguia ouvi-lo balbuciar: — Li... li... li...

Daniel estava entediado, ela julgou. Ele sentou-se no divã.

Incomodada, Letícia coçou o nariz, primeiro na horizontal e, depois, na vertical. Outra mania que não surgia com tanta frequência, por isso jamais a incomodou.

No entanto, seu paciente sorriu. Possivelmente achou seu gesto adorável.

— Quanto tempo? — ele perguntou.

— Quanto tempo, o quê? — Letícia ficou confusa com a súbita mudança de humor e com a pergunta.

— Está casada.

Letícia suspirou e respondeu:

— Um ano. Sem filhos... estamos pensando em adotar um casal.

— Uma atitude muito bela.

Ela assentiu, num gesto de agradecimento, mas explicou:

— Sou estéril.

O assunto sobre sua esterilidade já não lhe doía tanto. Por isso, Letícia respondeu como se estivesse falando um assunto corriqueiro.

— Você ainda sente prazer com seu marido?

O sorriso de seu cliente não amenizou a imperiosa petulância em sua pergunta. Isso em menos de dez minutos de sessão.

— Nossa, deve haver uma explicação para... — Ao notar as sobrancelhas de seu paciente se elevarem em outro gesto de curiosidade, ela pausou. Encarou-o por alguns segundos, desconcertada, sem saber se esse descontrole fora por causa da bendita mania que a acompanhava como carrapato ou se fora por causa do cliente.

— Por que perguntou isso? — ela questionou.

— Sei lá...

Ele deitou-se no divã como se estivesse experimentando o móvel.

— Sentindo-se confortável? — Letícia perguntou, incomodada.

— Sim, obrigado. — Daniel bocejou e se ajeitou, confortavelmente.

Era o momento de impor limites para essa sessão. Caso contrário, seu cliente jamais a respeitaria. Letícia acreditava que uma sessão deveria ter como base principal a empatia, o respeito, a transferência e a confiança. Definitivamente estava começando com o pé esquerdo.

— A sessão de análise deve ser focada em você, nos seus desejos e em suas escolhas. Sobre você. Não falaremos de mim. — Ela tentou expressar sua objeção com poucas palavras. Esperava que, ainda que sua explicação não tivesse sido extensa, seu tom comunicasse o desacordo em relação a essa questão.

— Outra pergunta — Daniel anunciou, ignorando completamente as palavras de Letícia. — Você se casou por amor ou por outro motivo?

Ela não acreditou na audácia do seu cliente. Realmente desconfortável, checou o relógio de sua cômoda. Ainda faltava...

— Dez minutos... — Daniel anunciou. — Faltam dez minutos para a sessão terminar. — Ele sorriu ao vê-la tensa e prosseguiu: — Se casou por amor, então concluo que está passando por um período de crise. Está abrindo mão do romantismo para manter-se convenientemente casada. Se foi por outro motivo, então sua crise é ainda mais intensa, por jamais ter conhecido o amor. Qual é o tempero da sua crise?

Ela odiou o tom de voz de seu cliente ao expressar essa ousada insinuação. Isso porque Letícia não havia dado nenhuma indicação de que estava vivendo uma crise conjugal. Será que o seu cliente a viu com João na cafeteria? Pior, será que ele escutou a conversa corriqueira entre os dois? Sim, Letícia chegou a mencionar que estava prestes a se separar, quando João a indagou, em meio à conversa corriqueira, se ela era casada ou solteira.

Incomodada, ela largou seu café na cômoda e pegou a ficha do cliente.

Organizada, Letícia gostava de fazer uma anamnese inicial do cliente e acumular as anotações das sessões. Isso a ajudava a direcionar a sessão. Anotou data e hora da consulta. Então passou a perguntar.

— Nome completo.

— Daniel de Ventura.

Ela anotou:

— Só?

Ele confirmou e bocejou novamente. Então espreguiçou e resmungou:

— Preciso de um sono, urgente.

— Sofre de insônias?

— Não, sofro de... — Ele refletiu como se estivesse escolhendo bem suas palavras. Juntou suas sobrancelhas e respondeu: — Exaustão.

— Por causa de seu trabalho?

— Por causa de minha missão.

— Poderia dizer qual é a sua missão?

— Ainda não. Mas não foi só isso que me cansou.

— O que mais? — Letícia perguntou, buscando manter-se serena. Finalmente pareciam entrar em processo de análise.

— Adoraria dizer que me exauri após algumas horas de sexo com duas maravilhosas mulheres, mas meu corpo está se recuperando de... uma doença.

Deve ter sido um galinha até ficar doente, Letícia julgou. Automaticamente remeteu-se à noite anterior, em que dormiu sozinha, chorando, aguardando Glauber voltar de um *happy hour*. Glauber jamais a destratou daquela forma, apesar de sair com uma frequência irritante. Em contrapartida, Letícia jamais havia o traído, até hoje.

Por alguns segundos, ela se perdeu entre os seus problemas, suas perdas e sua incapacidade de cativar e direcionar o homem que havia buscado, e claramente precisava de sua ajuda. Cambaleando entre uma diversidade imensa de possibilidades que só a puxavam para baixo, sentiu seu coração encolher-se. Ela se perdeu ao ponto de perder a referência de onde estava. Lágrimas escaparam de seus olhos.

Daniel levantou-se e estendeu um lenço branco.

Em silêncio, com mãos trêmulas, hesitantes, ela pegou o lenço e explicou:

— Perdoe-me. Confesso que não estou muito bem hoje. Ainda não consegui uma explicação para... — Letícia parou. Controlou sua consternação. Então confessou: — Deveria ter agendado a nossa consulta para outro dia.

— Fico feliz porque manteve a nossa consulta. — Daniel abaixou-se à sua frente. — Uma mulher bela como você não tem motivos para se sentir triste. Podemos fazer uma sessão amanhã, neste horário?

— Por quê? — Letícia ousou perguntar. As lágrimas não cessaram, apenas caíam, sem permissão. — Deve haver uma explicação para isso... — ela comentou e estapeou a poltrona, frustrada. Há anos essa frase escapava de sua boca sem que tivesse nenhum controle sobre isso, como um sintoma típico de uma pessoa que sofre de Síndrome de Tourette; ecolalia.

— Fui obrigado a vir, confesso. Mas a minha intenção era sair daqui e convencer meu primo de que não poderia mais voltar. Fico feliz por ter mudado de ideia.

— Você está confortando sua analista, isso não é sessão de análise.

— Nós decidiremos o que será a minha sessão de análise.

Ela não disse nada.

Daniel beijou sua testa e anunciou:

— Mesmo horário amanhã. Ok?

Encerrando o que deveria ser uma análise, o paciente ajeitou sua postura. Murmurou algo como se estivesse reclamando de dor e passou a bater seus joelhos em direção à porta.

Letícia ficou ali, incapaz de emitir um som que fosse. Atônita, observou seu cliente sair do consultório.

Ela imaginava que todos sentem uma dificuldade imensa em acreditar em seu próprio fiasco. Assim como se perde um ente querido, não é fácil perder a crença em sua habilidade. Nesse momento, ela viu, como se fossem um grupo de entidades vivas, sua dignidade, seu esforço, seus estudos e sua credibilidade saírem da porta de seu escritório, logo atrás de seu novo paciente.

Subitamente, ela arremessou sua caneta na parede, levantou-se e passou a andar de um lado para outro. Desde o dia em que ela se formou e ingressou na difícil profissão na clínica, escolheu a especialidade existencial. Sentia-se pronta para aceitar as dificuldades da volátil profissão e desempenhou todas as técnicas com minuciosa perfeição. Como foi cair nesse fiasco?

Foi então que ela, analisando rabiscos livremente anotados em seu bloco, em um momento em que desviou o olhar, avistou um saco de veludo azul caído próximo às estantes de livros. Estranhou. Ela pegou o saco e examinou uma espécie de raiz fina, tão áspera que parecia um ninho de passarinho. Para tentar categorizar de qual planta era aquela, Letícia inspirou o aroma. Juntou suas sobrancelhas ao constatar que seu cheiro se parecia com uma mistura de canela, cravo, rosa e alecrim.

Havia um bilhete no saco:

"Me beba."

A campainha tocou e ela retorceu-se. Esqueceu-se de desmarcar a análise de Edson. Inspirou, limpou o rosto com o lenço, guardou o saco de veludo em sua bolsa e ajeitou-se no espelho. Julgando decente sua aparência, abriu a porta.

6

Coisas que acham e ganham

Rio de Janeiro - RJ, Brasil
Terça-feira, 26 de maio, 2015

O relógio acusava nove horas da noite. Foi um dia longo. Glauber, como de costume, ainda não havia retornado do trabalho. Letícia levantou-se da mesa. Abandonou sua refeição. Perdeu o apetite. Pegou a taça com vinho tinto e seguiu em direção à sala de estudos. Escolheu um romance, o qual largou após folhear as primeiras páginas. Sentou-se na poltrona confortável, colocou o livro em seu colo e refletiu sobre a sessão com Daniel.

Em qual momento, exatamente, Letícia perdeu o fio da meada do processo de análise?

Seu novo cliente era estranho. Ele procurou a sessão de análise com a mesma urgência que um homem busca um padre à beira da morte. Será que foi a incompetência de Letícia que levou a tamanho desfecho?

Por que ele a desnorteou tanto? Por que Letícia abriu mão do profissionalismo e se perdeu no labirinto de sua agonia?

Ela pegou uma foto antiga sua, sorrindo na praia, momentos antes de se casar com Glauber. Na época, tinha um corpo fenomenal. Tinha disposição para malhar. Isso se perdeu em muito pouco tempo. Era como se, enquanto sobrevivia aos anos, deixava cacos espalhados pelo caminho. Sobrou pouco para sustentar sua vida. Talvez por isso ela tenha tido pouquíssima resistência às perguntas de Daniel.

Letícia apertou o porta-retratos com os dedos a ponto de sentir o vidro retorcer-se. Largou-o antes que o quebrasse e encarou sua foto com um tom de nostalgia. Antes, irreverente. Agora, ordinária. Uma jovem com sonhos fantásticos se transformou em uma mulher frustrada.

Glauber era muito diferente daquilo que o mundo via. Sim, ele era inteligente. Conseguiu formar uma carreira invejável, salvou muita gente que tinha dinheiro para pagar por seus serviços. Isso Letícia não poderia negar. No entanto, havia um lado obscuro, sombrio e insuportável que a distanciava dele a cada noite.

Seu marido era do tipo que dá a impressão de ser um livro aberto quando, na verdade, com o convívio, descobrem-se páginas ilegíveis em sua vida.

Ela sentiu um beijo carinhoso na cabeça. O perfume característico de Glauber adentrou sua narina. Teve vontade de espirrar:

— Desculpe-me — ele disse, num tom de voz rouco, como se as duas únicas palavras, temperadas de melodia, pudessem reparar o dano causado pela discussão do dia anterior e, ao mesmo tempo, no mesmo pacote, pudessem seduzi-la.

Não conseguiu. Não haveria palavras para remediar um desgosto ou falta de respeito.

Letícia fechou os olhos por um instante, lutando contra a vontade de fugir. Queria poupar a si mesma de uma discussão sem sentido.

Ao abrir os olhos, uma caixa de joia preta apareceu a sua frente.

— Você sabe muito bem que não gosto de pedidos de desculpas. Nem de presentes — ela disse.

E não gostava mesmo. Achava-os sem sentido. Além do mais, Glauber tinha idade suficiente para perceber que uma mulher casada não procura uma vida solitária, na maioria das vezes, e que o sentimento de Letícia não poderia ser comprado.

Bom, não mais.

A postura tensa de Glauber expôs claramente que ele notou a repulsa de sua esposa, mas não recuaria.

Ele sentou-se na cadeira ao lado de Letícia, pousou a caixa de joias em seu colo, passou a mão pelo cabelo e, meio sem jeito, retrucou:

— Então você me impede de errar?

— Todos erramos, meu querido — Letícia ironizou. — Você fala, mas tenho quase certeza que nem sabe ao certo qual foi o seu erro, mas fique tranquilo, vou explicar: ainda vê em mim uma adolescente irresponsável. Aquela jovem inconsequente, que aceita passar a noite com um estranho e que aceita a proposta de casamento após meses de namoro para fugir da responsabilidade de criar uma criança sozinha. Também me vê como um pequeno animal doméstico que serve a um grande adulto, ou grande alguma coisa, ou aquilo que você imagine que seja.

Letícia também não recuaria, não mais.

Glauber sossegou um pouco. Pelo visto não queria prosseguir com a discussão. Ele apontou para a caixa e perguntou:

— Não vai abrir?

Evidenciando claramente sua oposição em meio a gestos bruscos e à expressão fechada, ela abriu a caixa e viu que dentro havia um pingente de ouro em forma de flor revestido por cristais vermelhos. O colar era belo, mas a fez lembrar da consternação de Gisele quando falou que comprou dois colares idênticos de ouro, um maior para a amante do chefe e outro, menor, para a esposa. Letícia revirou os olhos. Será que Glauber comprou um colar de pingente maior para a sua amante? Ao pensar no absurdo, no comentário de Gisele e na coincidência, Letícia riu. Não conseguiu segurar essa reação diante de tanto sarcasmo. Então elevou a peça mais próximo da sua visão. Analisou-a. Bem, não exatamente analisando. Apenas observava a peça enquanto refletia.

E disse com um tom eloquente, muito semelhante à reação explosiva do dia anterior:

— Fui eu que errei, portanto era eu que lhe devia um pedido de desculpas. Andei pressionando-o demais para vir para casa depois do trabalho. Mas não sou sua carcereira. Não quero ser...

Glauber passou a negar. Ele parecia pronto para argumentar, mas Letícia não queria prolongar a discussão.

Então, em meio a um ato ríspido e repentino, como se pudesse exterminar as escolhas feitas em seu passado, Letícia lançou o porta-retratos de seu casamento na parede, quebrando-o em mil pedaços.

Elevou o tom, ao dizer:

— Estamos casados há tempo suficiente para percebermos que jamais fomos um casal. Não nos casamos por amor... sabemos disso.

Glauber se aproximou de Letícia e segurou seus ombros, já sabendo como o assunto do aborto a entristecia.

— Deveríamos ter nos separado depois do...

Ela não conseguiu terminar a frase. A cólica, seguida de dor física, ainda era tão real como a dor que sentiu anos atrás. Decidiram se casar assim que Letícia soube que estava grávida, mas ela perdeu o bebê. No lugar de seu bebê, nasceu uma dor emocional e um vazio imenso.

... E as lágrimas tornaram a deslizar de seu rosto, sem piedade.

Glauber se aproximou. Beijou cada lágrima ao redor de seu rosto.

— Foi por amor — ele sussurrou enquanto seus lábios acariciavam os dela. Letícia reprimiu a expressão de ojeriza. Em vez disso, apenas demonstrou apatia diante do falso carinho. — Eu lhe garanto que jamais amei ninguém como amo você.

Letícia sempre foi bastante sensitiva e conseguia perceber quando alguém mentia. Sempre foi fácil encontrar aquela falha capaz de denunciar uma manipulação, como a crispação no rosto de Glauber quando lhe disse que havia se casado por amor.

Levantou-se. Preferiu se distanciar. Sem saber o que falar, Letícia exclamou:

— Você não dialoga! Não quer dividir sua vida!

Um homem sábio recuaria ao notar que havia um pavio aceso, pronto para explodir, nos olhos de Letícia enquanto ela o encarava, mas Glauber puxou uma cadeira e sentou-se.

— Então, Letícia, o que quer saber?

Ele não tentou desarmá-la, apenas ignorou a consternação na exclamação de Letícia. Isso a machucou mais do que imaginaria ser possível. Ela queria fugir, mas, em vez disso, fez um gesto claro de quem já não se importava.

Fez um silêncio, não mais do que cinco segundos, quando ela perguntou:

— Por que você sai para beber e me deixa aqui?

— Toda vez que perco um paciente, saio para beber. Uma forma de me consolar. Ontem, por exemplo, perdi um paciente. Ele se internou em um hospital por causa de uma forte enxaqueca. Os idiotas responsáveis pelo atendimento não fizeram uma pré-avaliação necessária. Por isso não sabiam que estavam lidando com um paciente cardíaco. Ele passou a sofrer um infarto tomando um remédio. Finalmente, me ligaram. Cheguei a correr para o hospital. Tentei reavivá-lo, sem sucesso. Ele morreu. Logo em seguida, tive de acudir a senhora Leopolda. Bom, você não a conhece. Ela tem seus oitenta e sete anos e acabou se esquecendo de que tomou a medicação e tomou uma segunda dose. Meu primeiro paciente faleceu, mas a senhora Leopolda está viva, por sorte... como sempre digo, um remédio pode salvar ou matar, dependendo da dosagem.

— O paciente que faleceu no hospital era seu paciente do consultório?

Letícia conhecia Glauber. Ele era o homem mais frio que ela já conheceu, pouca coisa o abalava. Só havia uma forma de tirar seu marido do eixo: expor suas fraquezas ao mundo. Por isso notou como essa situação o afetou. Apesar de o erro não ter sido de Glauber, ser incapaz de reanimar um paciente realmente lhe tiraria o norte.

— Como disse, o paciente havia se internado por outro motivo, mas era um paciente do consultório e morreu sob meus cuidados — Glauber respondeu.

Sim, isso explicou por que Glauber agiu com tanta agressividade e arremessou sua maleta no sofá.

— Qual era o nome de seu paciente? — ela quis saber.

— Daniel de Ventura.

O coração de Letícia perdeu o compasso. Seu queixo caiu e ela despencou na poltrona. O livro caiu no chão fazendo um barulho de papéis espalhados no ar. Sem saber o que dizer, ela se manteve parada, em choque.

Glauber levantou-se logo em seguida. Passou a mão no rosto de Letícia e disse:

— Você ficou pálida, minha querida.

Sabia que deveria falar que Daniel sobreviveu, que o rapaz era, agora, seu mais novo paciente. Levando em consideração a razoabilidade, já que Glauber estava finalmente se abrindo, ela deveria falar. Mas, ao contrário do senso comum, as palavras não saíam de sua boca.

Ela já não sabia mais o que pensar ou falar.

O silêncio de Letícia fez Glauber soltar um ar exasperado. Ele lançou as mãos ao alto, em plena exaustão, e disse:

— Deixa pra lá, Letícia. Era apenas um paciente. Além do mais, o cara era alcoólatra. Se não morresse de coração, morreria de seu vício.

Esse comentário não deveria ter chocado ainda mais Letícia, mas o fez. Revoltada, ela largou a caixa com o colar no chão, virou de costas e saiu da sala.

— Deixe-me sozinha — ela pediu.

***

Ainda em lágrimas, Letícia sentou-se em uma das cadeiras da cozinha enquanto esperava a água ferver. Fazia tempo que não tomava chá. Como já passava das três horas da manhã, ela decidiu tomar uma medida mais prática para curar sua falta de sono. O vapor claro emergiu da água, anunciando que, em breve, a água estaria no ponto certo.

Sua mãe sempre fazia chá de maçã com canela para dormir. Dizia que era um precioso remédio para combater a insônia.

Aquele vazio em seu peito.

Letícia esticou-se para a estante de condimentos ao lado da mesa e pegou uma lata de ferro onde guardava os chás. Ao abri-la, lastimou ao ver somente um único sabor disponível e, ainda mais, chá da erva-mate. Se ela bebesse desse chá, ficaria acordada por duas noites seguidas.

Fechou a lata e suspirou.

Então se lembrou do saco azul de veludo.

— Me beba. — Ela repetiu as palavras escritas no papel. Sorriu ao lembrar como o bilhete remetia a história de Alice no país das Maravilhas. Talvez devesse dar uma chance para o acaso e deixar a vida a levar para lugares desconhecidos, assim como fez Alice. Também lembrou-se de quando Glauber disse que a diferença entre a vida e a morte estava na dose. Poderia utilizar uma pitada dessa erva para seu chá.

Decidiu: tirou o saco azul de seu casaco, coletou uma pitada da erva e temperou a água. O cheiro não parecia ruim, e seguiu para o seu quarto.

Com todo o cuidado para não acordar Glauber, sentou-se em seu lado da cama e tomou um gole do chá. Elevou as sobrancelhas e se deliciou com o gosto levemente picante e doce da erva. Assoprou a xícara e bebeu novamente.

O gosto lembrou-a de sua infância. Quando vivia diariamente cheia de amor e carinho de sua família. Por que abriu mão de tudo isso para se casar com um homem que jamais amou? Onde estava o amor?

Letícia balançou a cabeça, tentando afastar ideias pueris. Não conseguiu. Queria amor. Implorava pelo amor.

Com esse incoerente desejo em mente, sentiu sua cabeça pesar. Deitou-se e fechou os olhos.

7

Súbita mudança no tempo

Local Indefinido

Tempo Indefinido

A sensação de Letícia era de estar flutuando em meio às nuvens claras. Algo parecia não estar certo. Olhava para o panorama do Rio de Janeiro, bem acima do Cristo Redentor. Tudo ao seu redor se movia para trás, em uma rapidez fora do comum. Apenas o Cristo Redentor permaneceu intacto.

Então, em um dado momento, a estátua do Cristo se desmontou. Da cabeça aos pés, ela se desfez como se tivesse sido montada com blocos infantis. Logo em seguida, sua base se transformou em mata e pedra. Era inebriante, difícil de acompanhar e acreditar. Prédios também desapareceram e foram substituídos por uma mata selvagem, cheia de vida e esplendor.

Letícia chegou à conclusão de que estava vivenciando um sonho lúcido. Isso a acalmou. Sorriu, aliviada. A estupefação se transformou em interesse. Gostava de vivenciar sonhos lúcidos. Sentia-se livre, desperta, capaz de fazer o que bem entendesse nesses sonhos. Ela era invencível, imortal.

Movida por uma vontade incontrolável de flutuar acima do oceano, forçou seu corpo para a frente. Sentiu-se puxada por uma espécie de vácuo. Permitiu-se cair até ficar a centímetros do oceano e, com um grito de glória, abriu os braços. Como uma ave, decolou. Passou a voar, planar logo acima do mar e perto o suficiente para, de vez em quando, tocar as águas com os dedos. Movendo-se em perfeita sintonia com as ondas do oceano, navegou em uma velocidade incrível, cruzando o Oceano Atlântico.

Ela penetrou a costa de outro país, ainda notando que o tempo se movia constantemente ao reverso.

Letícia, em perfeita desarmonia com o tempo e o espaço, não se importou com nada disso. Com um impulso, ela subiu aos céus, penetrou nas nuvens e rodopiou. Sentindo-se livre, soltou um grito de glória.

Então um vento a forçou a parar. O tempo pareceu ficar suspenso. Pássaros, folhas e galhos de árvores pararam, subitamente. Era como se tudo ao seu redor ficasse imobilizado em uma foto. Um cenário antigo, colorido, esplendoroso, mas sem vida.

Letícia olhou ao redor. Parecia estar em cima de um palácio magnífico em um campo. Uma névoa a rodeou e a impediu de enxergar. Barulhos estrondosos de relâmpagos anunciaram a transformação súbita desse sonho. Luzes de raios, munidos do ensurdecedor som de explosão, pareciam assinalar que ela estava prestes a enfrentar uma tormenta.

Algo a chicoteou na barriga e lançou seu tronco para trás. Letícia gritou, movendo freneticamente os braços em um esforço desesperado de segurar-se em algo. Essa agitação fez com que perdesse o controle. Ofegante, em meio a gritos desesperados, viu o mundo rodar e rodar. Nuvens revoltas, violentas e escuras cobriram a paisagem. Então, aquilo que atacou seu ventre lançou uma luz que a fez parar.

Ao ver a estranha linha tremer e penetrar em seu umbigo, Letícia abriu a boca. Iria berrar, mas a dor roubou seu fôlego.

É um sonho, Letícia racionalizou.

Uma forma de acalmá-la.

É um pesadelo, corrigiu.

Esse dispositivo cravado em seu umbigo a empurrou para baixo.

Letícia perdeu a referência e, em um efeito chicote, a linha puxou-a para baixo, em uma velocidade inebriante, até que ela colidiu com alguma coisa. Confusa, gemeu. Passou a sentir uma forte pontada em seu coração. Colocou as mãos sobre o peito, rugindo de dor. Seu coração batia forte, acelerado, buscando desesperadamente a sintonia e falhando miseravelmente.

Um pesadelo, ela pensou.

Murmurando e gemendo, disse algumas injúrias. Só parou quando não reconheceu sua voz. De fato, era um pesadelo, pois o tom de voz de Letícia era estranho. Algo completamente irreconhecível. Ela mordeu os lábios, cerrou as pálpebras e curvou o corpo. Tentava entender o que estava acontecendo a sua volta. Queria dar um significado para o que acontecia com seu corpo e com sua voz, mas a dor se intensificou.

Sentiu seu coração desistir. Perdeu a capacidade de puxar o ar. Era como se seus músculos involuntários tivessem esquecido o que fazer. Abriu a boca. Tentou abrir os olhos, mas seu corpo já não lhe dava atenção.

Então, por alguns estranhos e inoportunos segundos, deixou de sentir. Apenas aguardou. Sentiu leves pontadas na cabeça, como se estivesse sendo picada por pequenas e inofensivas formigas. Logo em seguida, sentiu um estranho frescor na testa e o suor deslizando em seu rosto. Mechas de cabelos moveram-se sobre seus ombros. Essas mechas eram estranhas, cacheadas. Seu corpo passou a formigar. Virou-se de barriga para cima e sentiu mechas cacheadas passarem sobre seus seios, o que a fez piscar. Então escutou uma estranha mulher dizer:

— *Reste, ma chérie.*

8

Clarrrice

Giverny, França

Domingo, 10 de novembro de 1906

— Clarice...! *Clarrrrice*...!

Uma voz feminina, fina e estranha cortou a insólita paz de Letícia. Sentiu uma mão chacoalhá-la.

— Acorda, *Clarrrrice*!

Letícia esticou os braços. A voz não lhe parecia familiar, nem o idioma, nem o aroma, nem o tecido que envolvia sua pele, nem a luz que refletia por suas pálpebras, nem a silhueta da mulher que caminhava por um quarto e que parecia ter surgido de um romance do século retrasado. Nem... nem...

A moça falava em francês... sim, francês. Felizmente o francês e o inglês lhe eram tão familiares quanto a sua língua nativa, o português.

— Temos de arrumá-la! O Conde Louis de la Marquê já está chegando! Ele perdeu toda a sua fortuna e aceitou apresentá-la como prima de segundo grau para a alta sociedade. É a sua única oportunidade para conhecer o general Jeremy Cordelle! Vamos! O conde já está estacionando o seu veículo! É um *Rapid*!

— *Rapid*?

— *Clarrrice*!

— Não sou *Clarrrice*. Chamo-me Letícia.

Letícia olhou em volta e seu queixo caiu.

Havia dormido em sua cama, ao lado de Glauber, e acordou em um quarto antigo. Para sua consternação, encarava uma bela e jovem moça vestida com uma espécie de fantasia de serviçal do início do século passado. A moça prendia seu cabelo ruivo em um coque. Sobre ele, uma espécie de chapéu branco que intencionava aparentar sobriedade, apesar de sua beleza destacar-se em sua pele clara e seus olhos azuis.

Com sua saia rodada, que ia da cintura aos pés, coberta por um avental grandioso, a ruiva de cabelo encaracolado passou a caminhar pelo quarto de um lado para outro. Ela gesticulou para Letícia sair da cama, abriu o armário e tirou de lá um vestido branco e vermelho com detalhes dourados em volta. Ela espionou o vestido e sorriu, satisfeita com a escolha. De fato, era extremamente belo.

— Vamos...! Vamos...! Lembre-se... Você se chama *Clarrrrice*. — A moça respirou fundo e repetiu: — Cla-ri-ce. Os documentos foram registrados nesse nome. — Negando veementemente, ela observou: — Não foram registrados com o nome de Letícia.

— Deve haver um engano! — Letícia argumentou, levantando-se da cama. Por que tinha toda a sensação de estar acordada se tudo a sua volta perdera o sentido? — Deve haver uma explicação para tudo isso! — Jamais essa frase, repetida diversas vezes por Letícia como uma mania desconfortante, teve tanto sentido.

A moça parou à frente de Letícia, e estremeceu resmungando algo que ela não soube definir. Então, sem que Letícia lhe desse permissão, arrancou sua camisola branca e a vestiu com outra camisola de seda. Sem dar tempo para que reclamasse, ou entendesse o que estava acontecendo, arremessou um imenso vestido sobre seu corpo.

— *Virrrra*!

Letícia virou-se. Enquanto a moça abotoava o vestido, Letícia refletia, tentando buscar alguma coerência ao seu redor. Sim, deveria estar sonhando. Estava vivendo um sonho muito vívido e logo acordaria.

— Lembre-se, o conde está desesperado, mas, ao mesmo tempo, é um homem sagaz. Estamos oferecendo uma verdadeira fortuna em troca de sua influência. A senhora Pauline, nossa ama, que se opôs veementemente ao plano, exigiu que solicitemos o palácio do conde como garantia. Agora ofereceremos nosso dinheiro em troca da influência dele, mas além disso, pediremos o palácio. Agora iremos comprar o seu palácio por um preço exorbitante. Bom, depois de muita insistência da senhora Pauline, chamamos o Conde De la Marquê para uma última conversa, isso antes de mudarmos para a sua casa... Se tudo der certo, nossa casa. — Ela passou a mão na testa e soltou o ar, exasperada: — Se pudesse, trocaríamos de lugar e eu assumiria o seu papel, mas já é tarde demais! Se tudo der certo, se conseguirmos convencer o conde a aceitar essa nova negociação, partiremos imediatamente. Você deverá exigir um baile para ser apresentada à sociedade como prima distante do conde; a condessa Clarice de la Marquê! — A ruiva fez um gesto exagerado com as mãos quando disse o nome e o título que deveria assumir: — No baile, contamos com a presença do general Jeremy Cordelle. Só ao lado do Conde de la Marquê é que teremos acesso ao general. Você precisa seduzir o general e convencê-lo a casar-se com você. Só assim terá a chance de passar algumas horas a sós com ele. Lembre-se, o baile provavelmente será frequentado pelas melhores personalidades. Estará cheio de mulheres insanas em busca de um marido rico. Você deve se esforçar para destacar-se das outras mulheres. — Ela riu ao observar: — Algo que não será difícil com seus trajes, sua graciosidade, seu título e seu poder de sedução. — Ela riu e prosseguiu: — Você deve chamar a atenção do general Jeremy Cordelle.

Letícia resmungou:

— Por que tanto trabalho para me aproximar do general?

A moça virou-se para Letícia, com os olhos arregalados. Encarando-a, disse:

— O general é muito influente na França. Tem o exército sob o seu poder. Por sorte, conseguimos o contato do Conde de la Marquê por um de seus serviçais. O mesmo que falou para a Senhora Pauline que esse conde recebeu o título através da sua influência na corte inglesa. Enfim... só se apresentando como a prima do conde que conseguirá alguma abertura para se aproximar do general.

— Não poderia seduzi-lo e passar uma noite com ele, simplesmente? — Letícia argumentou, cada vez mais confusa com.... com tudo!

A moça balançou a cabeça, negando veementemente, e respondeu:

— Não! Isso acabaria com a sua reputação! Acredite!! Não-há-outro-jeito — disse ela, entredentes.

— Para quê? Por que preciso me esforçar tanto para ficar uma hora com ele a sós?

Rispidamente, a moça puxou o braço de Letícia e a posicionou na frente do espelho.

Então respondeu:

— Para matar o general, ora!

Letícia ficou petrificada.

Não sabia o que fora mais assustador: sua suposta missão ou ver a sua imagem no espelho.

Uma imagem de uma moça, que deveria ser Letícia, mas que, na verdade, era de uma jovem com cabelos loiros, corpo magro e rosto estranho.

Letícia beliscou o braço magro daquela que sabia que não era ela.

Não poderia ser ela.

***

Ainda em frente ao espelho, ela estudava a fisionomia estranha. Era uma moça um pouco mais jovem, no entanto, com o rosto bem menos delicado. O nariz era longo e parecia um pouco torto, como se o tivesse quebrado quando criança. Seu rosto era alongado, fino, assim como seu corpo. Ela aproximou o rosto do espelho e passou as mãos em torno do que deveria ser o seu rosto, mas não era.

Bela, em sua maneira.

Interessante, essa era a palavra certa que descrevia essa fisionomia que se refletia no espelho. Ou talvez, exótica.

Sim, exótica.

A moça sentou-a na cadeira ao lado do espelho, dando-lhe um leve empurrão em seu ombro.

— Recapitulando... — disse a moça, ao pegar uma escova de cabelo.

— Não... qual é o seu nome?

Demonstrando claros sinais de impaciência, a moça bateu um pé no chão e revirou os olhos.

— Ah! A *febrrre* deve ter afetado seu juízo! — reclamou.

Logo em seguida correu para a porta do quarto e abriu-a. Surgiu um rapaz de meia idade, vestido impecavelmente como um soldado. Ele mantinha uma das mãos em sua espada, presa em uma espécie de cinto de couro. Curvou-se para a moça sussurrar em seu ouvido. Logo em seguida, fez uma reverência longa e saiu do quarto.

— O que você disse? — Letícia perguntou.

— Bom, falei que você estava um pouco indisposta e que iria *demorarrr*. Pedi para servir o que o conde quisesse.

— Por que você puxa o "r" em algumas palavras, e em outras, não?

— Porque eu *querrro*!

Letícia riu e se esforçou para ser acostumar com o seu desarranjo. Voltou ao assunto:

— Não me parece apropriado fazer um conde esperar.

— Pois é! — a moça resmungou.

Então suspirou, pegou a escova de cabelo e passou a pentear Letícia.

— Bom... Você sempre teve uma ótima memória. *Drrroga*! Eu disse para Edmund que você estava passando mal, mas que descerá em breve! Durante a noite teve uma febre severa. Delirou. Quase morreu! Então parou de se debater e acordou como se jamais tivesse ficado doente.

— Quem é Edmund?

— Tá... Vou começar do início. Você *rrrealmente* se chama Françoise. Somos irmãs. Somos de Londres. Papai endividou-se, por causa de seu vício em jogos de pôquer, e fomos obrigadas a *fugirrr* de Londres. Mamãe conseguiu, com seus contatos, uma pequena casa para *morarrrmos* próximo daqui. Julga-se ter sido por desgosto que o papai acabou adoecendo e *morrrreu*. Então mamãe casou-se com um velho amigo de infância, o senhor McWane. Hoje, por causa do nosso padrasto, você se chama Françoise Mitre McWane. Sou Anabelle Mitre McWane, mas, nessa farsa, sou sua serva e me chamo Elaine.

Letícia elevou a sobrancelha ao escutar a semelhança entre o seu sobrenome e o sobrenome do seu padrasto. A sua irmã assentiu, adivinhando o que estava em sua cabeça.

— Exatamente. O lorde McWane tinha um coração muito bom. Ele nos assumiu. Por algum motivo, apesar de nos amar e dar tudo para a gente, nosso *padrrrastro* jamais nos aprrresentou à sociedade. Bom... eles foram mortos, assassinados, e temos a cerrrteza de que foi o general Jeremy Cordelle quem os matou. Nosso plano é que você se case com o general, descubra o que levou o patife a matar os nossos pais e, naturalmente, matá-lo.

A ruiva pausou para espiar o penteado. Então passou a aplicar presilhas, para prendê-lo em um belo coque. Ela estalou os dedos, como se tivesse dado conta de outro detalhe e disse:

— Ah! Não se esqueça, sou sua irmã, me chamo Anabelle, mas não é assim que você vai me chamar. De agora em diante, enquanto a nossa missão durar, me chame de Elaine. Nesse momento, estou como sua dama de companhia.

— Somos muito diferentes. Eu sou magra demais e sem muitas curvas, ao passo que você é bem formosa. Tenho cabelos loiros e você tem cabelos ruivos. — Letícia fez essa observação, desnorteada com o que estava acontecendo.

A moça deu de ombros e comentou:

— Sei lá! Devemos ser de pais diferentes... Mamãe não gostava de falar sobre isso...

— Mas, se o general matou a mamãe e nosso padrasto, teve acesso aos dois. Certamente ele nos conheceu.

— Não... O papai, nosso padrasto, jamais nos apresentou. Apesar de nos proteger por demais, ele foi muito bom. Doou toda a sua fortuna para a gente.

Anabelle parou e movimentou rapidamente os dedos, indicando que sua irmã deveria se levantar.

Letícia, ainda digerindo todas as informações, levantou-se lentamente. Então escutou Anabelle dizer:

— Você está bela! Agora vamos. Deixe que eu assumirei a negociação. Você apenas observa. Tudo bem?

Perdida, Letícia assentiu. Havia uma única explicação para sentir-se flutuar, cruzar o Atlântico voando como um pássaro, sentir-se içada e puxada como um peixe e parar em um corpo que não era seu e em um momento que também não condizia com a sua realidade. Estava sonhando.

Estava vivenciando um sonho lúcido, bem realista e estranho.

Anabelle abriu as duas portas emparelhadas, desvendando um corredor envolvido em brilhos, ouro, que parecia não ter fim. Então passou a liderar o caminho.

Letícia seguia sua suposta irmã, olhando para todos os lados. As paredes eram claras, cada ambiente tinha uma cor diferente. Quadros fantásticos, com personalidades cheias de pose, enfeitadas, cheias de cores, espalhavam-se pelas paredes de cada ambiente. As portas pareciam ser cravadas à mão e pintadas com ouro. Os lustres compunham a decoração de cada cômodo. Alguns eram feitos com cristais, outros, de cobre, outros ainda, de ferro, e todos eram belos e muito trabalhados.

Havia dois soldados em cada cômodo. Todos as reverenciavam enquanto passavam pelo ambiente.

— Eles nos conhecem? — Letícia sussurrou, ao notar um claro furo no plano de Anabelle. Se um desses soldados soubesse do plano, poderia abrir a boca para o conde.

— Não... todos foram contratados recentemente e são, na verdade, funcionários do novo dono da residência de nosso padrasto. O único que nos acompanha é Edward. Ah... tente aparentar interesse.

— E o conde, sabe quem nós somos e o que pretendemos?

Anabelle riu. Parou. Passou a ajustar o vestido no corpo de Letícia.

— *Clarrrice*... Ele sabe o suficiente.

Dois soldados abriram as portas paralelas, e Letícia quase caiu para trás ao ver a grandiosa sala. Havia ali um senhor idoso, curvado pela idade, mas sustentando uma postura impositiva de quem estava acostumado a dar ordens e ser obedecido. Uma postura que não combinava com o desespero refletido em seus olhos.

Definitivamente, era um senhor rodeado de poder e desesperado para não o perder.

Anabelle fechou a porta atrás de Letícia.

O conde encarou-a e fez uma leve reverência. Letícia sorriu e curvou o corpo, devolvendo a reverência. Bem, pelo menos ela achou que estava devolvendo sua reverência, mas escutou sua suposta irmã rir.

Em seguida, a ruiva abaixou a cabeça graciosamente, curvando-a levemente para o lado. As mãos dela seguraram sua saia em um gesto charmoso e digno de nobreza. Logo em seguida a levantaram.

Letícia tentou memorizar o movimento da ruiva. Precisaria treinar esse gesto, já que, claramente, errou no cumprimento. Isso porque, mesmo tendo consciência de que tudo ao seu redor refletia um sonho, não queria dar vexame.

— Como você pode ver, minha senhora está um pouco indisposta e pediu que eu assumisse a negociação em nome dela. — Anabelle fez um gesto com o braço para Letícia sentar-se em uma das enormes poltronas de veludo azul espalhadas na grandiosa sala.

Letícia obedeceu, sem questionar.

Então Anabelle assumiu a negociação.

***

Foi um sonho criativo e interessante, Letícia reconheceu.

Ao deitar-se na cama, ainda como Françoise, sorriu, esperando acordar na vida real. O toque, o cheiro, os ruídos, o gosto.

Anabelle e Françoise, duas irmãs fingindo serem outras pessoas e com um plano de assassinato.

A sua personagem no sonho, Françoise, fingia ser Clarice, a prima do conde.

A ruiva que a convenceu a seguir com o plano era Anabelle, sua suposta irmã e que fingia ser Elaine, a ajudante da prima do conde.

Era uma verdadeira lástima não saber o final dessa farsa.

Letícia viveu um momento totalmente incomum, algo que jamais poderia explicar. Foi, no mínimo inusitado passar o dia em um corpo diferente e em uma época antiga. Sua experiência foi, na verdade, um contrassenso, levando-se em consideração sua vida e o seu presente. Foi um momento estranho e que só poderia ser explicado como um sonho lúcido.

9

Passado e presente

Rio de Janeiro - RJ, Brasil

Quarta-feira, 27 de maio de 2015

— Conte-me sobre o que aconteceu no hospital — Letícia pediu após dez minutos de silêncio, aguardando Daniel de Ventura iniciar a sessão. Antes de iniciá-la, jurou a si mesma não fazer perguntas, mas o silêncio a convidava a relembrar o estranho sonho, quando ela se apresentou para um conde, oferecendo-lhe fortuna em troca de sua influência. Não entendeu muito bem o plano de vingança de sua suposta irmã, mas tinha de reconhecer que havia vivido um sonho bem criativo.

Daniel brincava com os dedos.

— Estou impressionada com a sua recuperação. — Letícia sorriu, foi sincera em seu elogio. Apenas um dia se passou e Daniel entrou no consultório com a saúde de um homem capaz de erguer rochas, exibindo uma vitalidade incomum para um rapaz que havia acabado de sair do hospital, que caminhava batendo os joelhos. Parecia a obra de um milagre.

Será que Glauber conseguiu interceptá-lo e tratá-lo? Se esse fosse o caso, então Letícia teria de reconhecer a competência do marido.

Daniel sorriu, expondo uma beleza incomum, em um gesto de agradecimento e disse:

— Foi apenas um mal-estar. Bom, ontem saí daqui, tomei banho, dormi um pouco, fiz um chá de limão com mel e gengibre. Em seguida, quando notei que ainda sentia minha cabeça latejar, me enchi de água de coco. Quando me senti melhor, tomei uma gemada, saí para dar uma volta, conheci Carolina, tive uma noite maravilhosa e renovei minhas energias.

— Transou com uma mulher?

— Sim, com Carolina. — Ele cruzou as pernas, cruzou os braços atrás de sua cabeça e esticou a coluna. — Mais tarde tenho um encontro com Milena.

— Milena?

— Sim.

— Você não acabou de sair do hospital?

Daniel não respondeu imediatamente. Estudou-a por alguns segundos e mudou de assunto:

— Você já vivenciou algo que não pôde explicar? Algo como viajar no tempo?

Letícia ajeitou-se na poltrona, fez uma anotação e respondeu:

— Todos nós já tivemos alguma experiência que não podemos explicar. Por quê? Deseja contar alguma?

Daniel se retraiu, e então voltou a sua atenção para o ambiente.

Automaticamente, Letícia olhou ao seu redor. O consultório era grande, espaçoso. Havia uma estante enorme, cheia de livros, sendo que a maioria, pelo que soube, ele já havia lido. Era um ambiente rústico, mas decorado com móveis modernos, belos e feitos para quebrarem-se. Bom, com exceção do divã vermelho que ganhou em uma ocasião muito curiosa.

Em um estalo, ela se levantou rapidamente e foi até a janela de seu consultório. O mistério em torno do silêncio de Daniel a intrigou. Afinal, no dia anterior ele queria ser atendido tanto, ao ponto de estar disposto a ignorar sua enfermidade quando, na verdade, não disse absolutamente nada, e hoje parecia não estar interessado na sessão.

— Seu primo, que o obrigou a vir até aqui para fazer uma análise, soube que você quase morreu?

— Quem disse que eu quase morri?

Letícia pressionou os lábios. Será que deveria dizer que seu marido era o cardiologista de Daniel? Na dúvida se a informação poderia dificultar ainda mais o estabelecimento de um *rapport* entre eles, Letícia desconversou.

— Seu primo sabe que você está bem?

— Ah, sim. Soube.

— Qual é o nome de seu primo? — ela insistiu.

— Esse divã é magnífico, onde comprou? — ele desconversou.

Letícia sorriu, com um gesto de agradecimento, e respondeu:

— Bom, agora que mencionou o divã, me lembrei de uma situação estranha. Foi justamente a ocasião em que ganhei esse móvel. Foi um presente. Recebi de uma transportadora na época em que eu reformava o consultório. Algo muito bem-vindo, já que eu precisava de um sofá ou algo parecido para receber os meus pacientes. Nele veio uma carta envelopada dizendo que era uma herança de um tio distante. É um divã francês. Julgo que veio de uma família tradicional. Bom... jamais conheci esse tio, mas aceitei o presente.

Daniel estudou o divã por alguns segundos.

— Um móvel que inspira o comportamento mais devasso — ele murmurou.

O comentário fez pequenos choques percorrerem o corpo de Letícia, que se lembrou de João e do papel do divã em meio a uma gloriosa cena.

Sem saber o que dizer, Letícia procurou controlar a sua expressão facial e perguntou:

— O que disse?

— Joaquim — ele respondeu prontamente. — O nome de meu primo é Joaquim. — Aparentemente, ainda curioso sobre o móvel, ele perguntou: — O que a carta disse? Ela mencionou que veio de uma família nobre?

— Não. A carta não deu detalhes. Apenas disse que o tio era um navegador, colecionador e que viajava muito — ela respondeu, com sinceridade.

O divã surgiu misteriosamente, como presente, enquanto ela reformava o seu consultório. Foi uma ocasião muito curiosa.

Mesmo se quisesse explicar as estranhas circunstâncias de como recebeu esse móvel, Letícia não faria isso. Estava cansada de conversas estéreis, que perdem o fundamento do que é trivial. Nesse momento, ela queria imergir na vida de seu paciente. Deixar conversas corriqueiras de lado.

Daniel refletiu um pouco. Depois estendeu a mão e disse:

— Venha sentar-se ao meu lado, no divã.

O convite fez Letícia rir e negar.

— Por que não vem? Combinamos de passear nessa montanha-russa juntos.

Os dedos de Daniel repetiram o pedido e, como se tivesse recebido uma ordem expressa do senhor das terras, Letícia levantou e sentou-se ao seu lado. Foi estranho, mas ela se sentiu melhor ao lado de Daniel. Ficou impressionada como seu coração amansou-se e passou a bater em outra sintonia. Ela não deveria, mas se beneficiava dessa proximidade.

Um silêncio contemplativo pairou entre os dois. Por alguns segundos o consultório serviu como cenário para diversas memórias e reflexões. Em meio ao turbilhão de pensamentos, surgiram João e os momentos que passou em cima desse divã. Logo em seguida, um estranho vazio.

— Depois que você se deita com uma moça estranha e a deixa, como se sente? — Letícia quis saber.

— Perguntou se sinto algum remorso? Não. Também nunca cheguei a namorar sério.

— Nossa... Você está bem velho. Jamais teve uma experiência de um namoro sério?

— Vim de uma família bem tradicional nesse sentido. Se eu for namorar uma moça, certamente é para casar. Bom... respondendo a sua pergunta: quando deixo uma mulher depois de uma noite de sexo, sinto que estou me despedindo de uma grande amiga. Afinal, tivemos momentos de profunda intimidade.

— Tá... Amiga, hein? Como se sentiria ao pegar a sua amante com outro homem na cama?

— Hum... Bem. — Daniel pareceu desconfortável. Ele sorriu e murmurou algo que ela não conseguiu compreender, então prosseguiu: — Não sei. Jamais me deitei com uma mulher mais do que uma noite.

— Você sabe o que o impede de formar um relacionamento sério?

— Vontade. Gosto da minha liberdade — Daniel respondeu.

Em seguida, perguntou:

— Já traiu seu marido?

Letícia, automaticamente, voltou seus olhos para o divã, a prova de seu pecado. A memória estava viva, era recente o suficiente para movimentar seu corpo e denunciar seus pensamentos. Então, ela tentou disfarçar:

— O divã é realmente belo.

10

Fim do dia

Rio de Janeiro – RJ, Brasil

Quarta-feira, 26 de maio de 2015

O dia de Letícia foi decididamente descartável. Todos os seus três pacientes desmarcaram suas sessões, devido a um trânsito infernal que parou o Rio de Janeiro. Daniel, o único que conseguiu chegar, não parecia, de fato, lá.

Frustrada com o desenvolvimento do dia, ela decidiu repetir o chá do dia anterior. Apesar de não saber de onde surgiu a erva, uma pequena pitada dela fez Letícia dormir por doze horas ininterruptas. Além disso, tinha gostado do gosto e do cheiro de canela emitidos pelo vapor da água.

Letícia se deitou e tomou um gole. Sentiu um sono incontrolável, largou o chá na cabeceira da cama e fechou os olhos.

Então, repentinamente, ela se sentiu flutuar.

11

Ressaca

Giverny, RJ

Segunda-feira, 12 de Novembro de 1906

Oiseau de Proie III, ou melhor, 14-Bis, uma obra-prima que o "Monsieur" Alberto Santos Dumont desenvolveu, ia ganhar os céus. Esse aparato voador altamente inovador agitava a França. Aliás, as maravilhas de Santos Dumont já excitavam a França havia anos. Fosse por seus dirigíveis, ou por seus modelos de 14-Bis, essas máquinas encantavam porque, estranhamente, decolavam sem a ajuda de nenhum dispositivo e planavam como pássaros no ar. Provavam que o improvável era perfeitamente possível.

No dia 23 de outubro, Santos Dumont fez uma demonstração com seu Oiseau de Proie II. A obra-prima decolou, ficou seis segundos inteiros no ar, em uma altura de incríveis três metros, e pousou a sessenta metros de onde partira. O homem ganhou os ares pela primeira vez. No entanto, os juízes, emocionados, não foram capazes de tirar as medições precisas. Foi um feito extraordinário, um resultado incontestável, entregaram-lhe o Prêmio Archdeacon, mas com medidas imprecisas. Meras estimativas.

Hoje, Santos Dumont prometeu surpreender ainda mais ao informar que havia modificado sua máquina e instalado nela cinquenta cavalos de motor. Se esse fosse realmente o caso, o prêmio do Aeroclube da França, destinado ao primeiro voo sustentável em um percurso de cem metros, já seria dele. Nem o seu inesperado concorrente, Louis Blériot, que havia entrado no concurso tardiamente, estragaria os seus planos.

Fernando de Mello e Aragança estava animado e, assim como muitos, tinha grandes expectativas para a demonstração de Santos Dumont. Não perderia esse evento por absolutamente nada. Sinceramente, esperava que seu primo, Joaquim de Braga e Aragança Filho, chegasse a tempo da apresentação, já que não conseguiu retornar de sua expedição à Floresta Amazônica a tempo de participar do baile do Conde Louis de la Marquê.

Fernando bocejou, esticou os braços, entrelaçou os dedos e estalou todos ao mesmo tempo. Estava deitado em uma cama, pelado. Piscou algumas vezes, sem querer se levantar. Observou o estranho desenho de um cupido com pênis pequeno no teto, logo acima da cama. Julgou, pelo triste tamanho do membro do pobre homem, que segurava um arco e flecha envolvidos de pequenos corações dourados, que estava no quarto de uma moça nobre. Uma jovem... Tá, não poderia jamais explicar por que chegou a essa conclusão... O fato era que acordou em um lugar desconhecido. Mesmo que na verdade fosse apenas "não completamente conhecido". Ou, quem sabe, o local a sua volta fosse um pouco familiar.

Ah, sim! Ele ainda estava no palácio do Conde de la Marquê.

Francamente, sentiu arrepios ao entrar nessa imponente residência. Notou, ao caminhar até o salão principal, a arquitetura do local. O castelo era revestido de pedras em um estilo feudal. Parecia um grande e pomposo mausoléu. Inclusive, Fernando jurou ter visto resquícios de ossos e cinzas nos cantos das paredes, concluindo que poderiam ser de gerações anteriores, mas pode ter sido fruto de sua imaginação.

Fernando precisava sair desse palácio e dirigir-se ao Campo de Bagatelle, a tempo de ver Santos Dumont vencer o desafio imposto pela FAI.

Com isso em mente, ele levantou um pouco a cabeça e parou com um grunhido ao senti-la pulsar. Bebeu muito vinho na noite anterior. Foi um baile luxuoso, no qual o conde anunciou o noivado de seu filho, Gustav de la Marquê, com a afortunada senhorita Pamela Beutrand. No entanto, não foi isso que o atraiu até Giverny. Foi Clarice.

Nada foi tão esperado e comentado como a apresentação da Condessa Clarice de la Marquê à sociedade francesa. A misteriosa prima distante que salvou o conde da miséria, após ter caído em ruína por ter apostado sua fortuna em corrida de cavalos. De fato, Clarice enviou-lhe outra soma incalculável, restituindo-lhe a fortuna. Um ato muito curioso.

A entrada de Clarice foi triunfal. O luxo de suas joias, a beleza de seu vestido e o brilho de sua coroa disfarçaram sua beleza morna e seu corpo sem forma. Era pequena demais para o seu gosto. Quando notou diversos rapazes interessados em conhecê-la melhor, não quis enfrentar a fila, tinha mais o que fazer na ocasião.

Entre uma taça de vinho e outra e entre uma carícia aqui e um beijo roubado ali, acabou em um dos quartos do palácio na companhia de uma bela ruiva.

Então a noite se transformou em dia, o que o levou ao momento atual.

Fernando não se moveu. Buscando se localizar, vagou os olhos pelos móveis brilhantes, cheios de ouro. Então um corpo se ajeitou por trás do dele. Sua memória demorava para dar uma guinada, principalmente depois de uma bebedeira, por isso ele se manteve imóvel, fingindo dormir, até recompor todos os acontecimentos. Qual era o nome da ruiva? Cerrou os olhos com força em busca da resposta, mas antes que ele pudesse ter tempo de recapitular, uma outra cabeleira, loira, com ondas tão revoltas como o mais agitado oceano, surgiu a sua frente. Ela estendeu um copo com um líquido escuro e disse:

— Bebe. Vai fazer-lhe bem.

Fernando levantou-se, apoiando-se pelo cotovelo, e pegou o copo. Bebeu. Sentiu o gosto amargo e fez uma careta. A cabeleira loira estava ajoelhada no chão, à sua frente, observando-o. Meio envergonhada, ela entrelaçava os dedos uns nos outros, como se estivesse buscando uma forma de iniciar a conversa. Ela coçou o nariz na horizontal, depois, na vertical. Pelo visto, era uma moça acuada e confusa. Ele tomou outro gole. Desistiu. Franziu a testa. O que a garota loira, estranhamente parecida com Clarice, estava fazendo ajoelhada no chão, de camisola, se ele se deitou com uma ruiva? Outro gole. Desistiu de vez e lhe entregou o copo.

— Obrigado... — disse, ainda confuso.

A moça pegou o copo e deixou-o na escrivaninha. Ela ajeitou o cabelo. Foi nesse momento que ele conseguiu ver os contornos do rosto. Os traços mornos e finos da moça eram marcantes e denunciaram sua identidade.

Era Clarice, que vestia uma camisola branca que realçava suas curvas com o reflexo da luz solar. Será que...?

— Nós? — ele perguntou com uma voz rouca. Não precisou explicar. Com uma única palavra, munida de um tom de voz altamente questionador, expôs sua indignação. Isso considerando o seu estado atual, a moça estranha que ainda se movia por trás, e as circunstâncias envolvendo Clarice. Temeu a resposta. Era evidente que havia transado e que apagou após ter saciado sua luxúria. Mas transou com uma ou duas mulheres? Certamente, foi uma mulher. Ele iria se lembrar se houvesse transado com duas! Será que ele transou com duas mulheres, sendo que uma delas era Clarice?

Precisamente a prima do conde...?

A ilustre condessa, jovem e imaculada, Clarice?

Ah! Ele era um homem encrencado! Por Deus, ela não chegava nem perto da beleza, da graciosidade e do charme capazes de roubarem um homem de seu bom senso a ponto de deixá-lo cego e descuidado. O que aconteceu?

Será que a moça atrás dele o convenceu?

— Nós? — Fernando repetiu a pergunta fazendo um círculo com o dedo, indicando o grupo em questão, e aguardou a resposta, já imaginando que logo seria obrigado a fugir. Sumir do mapa por alguns meses. Droga! Perderia a apresentação do amigo.

Santos Dumont ficaria chateado.

Joaquim, também.

Não, Joaquim ficaria furioso, ele enviou uma carta dizendo que estava se esforçando para chegar a tempo para a apresentação e que era de extrema importância encontrá-lo para mostrar algo. Na carta, ele escreveu que estava trazendo de sua expedição uma erva curiosa e queria lhe mostrar. Algo que colocaria todas as empresas de transporte em falência, que inclusive desabilitaria a obra-prima de Santos Dumont. Mas, para sua surpresa, Joaquim não pretenderia apresentar sua descoberta a ninguém. Sua intenção era de apenas estudar a erva. Isso intrigou Fernando.

— Vocês não podem ficar aqui — a prima do conde sussurrou.

— Quem?

Clarice apontou na direção das costas do Fernando, o que lhe deu coragem para olhar para trás.

O queixo de Fernando caiu ao ver a moça do seu lado. Ela era formosa, curvada, sua pele, suave e convidativa. Mas, apesar de formosa, tinha lábios tão finos que desapareciam pelo rosto. A ruiva era bela a sua maneira, mas longe de virar a sua cabeça.

Sem saber o que fazer, Fernando estendeu os braços para trás e deslizou da cama como uma serpente. Uma estratégia para sair dali sem ser percebido pela ruiva.

Assim que se viu livre, pôde estudar, enfim, quem havia aquecido sua noite. De longe, era bela. Isso o deixou aliviado, mesmo sabendo que não deveria. Ele se voltou para Clarice e perguntou:

— Passei a noite com ape...

Pausou, subitamente, ao ver os olhos arregalados da moça encarando sua ereção, o que roubou as palavras de sua mente. Com as mãos, ele se cobriu.

— Você deve tê-la matado com isso! — Ela apontou para a sua ereção com uma expressão de choque. Estava respondido, ele não passara a noite com a prima do conde, apenas com a ruiva, para sua alegria.

Mesmo assim, se alguém o encontrasse nesse estado e na companhia da moça, não haveria explicação. Seria mais fácil assinar um atestado de culpa e casar-se com ela, silenciosamente.

Esse pensamento o fez saltar em direção a suas roupas. Em poucos segundos, ele já estava vestido.

Algo estalou em Clarice e ela saltou em cima da cama:

— Acorda, Anabelle, precisamos retirar esse homem de meu quarto. O conde pode aparecer a qualquer momento!

— Anabelle? — Fernando perguntou. Era esse o nome da moça com quem dormiu? Subitamente a prima do conde parou e o encarou assustada, como se estivesse se lembrando de algo.

— Ah! Droga! Elaine! Ela é Elaine. — Clarice sorriu, ainda chacoalhando a ruiva. — Ela se chama Elaine — repetiu. — Ainda estou confusa com os nomes das minhas damas.

— Elaine — Fernando repetiu, como se estivesse corrigindo da loira. — Rum... — Limpou a garganta e virou seus olhos para observar seu estado no espelho. Queria sair dali.

O quanto antes.

— Ah! Fernando, onde você está? — Elaine murmurou, passando os punhos sobre seus olhos dormentes. Então, ao se dar conta de seu redor, exclamou: — *Clarrrrice*!

A ruiva enrubesceu ao encarar Clarice, com uma expressão de verdadeiro horror. Em seguida, saltou da cama, cobrindo seu corpo nu com os lençóis brancos e passou a pedir desculpas. Jogou uma camisola em seu corpo, prosseguindo com seu longo pedido por perdão. Em vez da ruiva se recompor, pegou Clarice pelo braço, levou-a para trás de uma baia e tornou a vesti-la com uma agilidade única. Sua memória retornou completamente. Elaine era a dama de companhia de Clarice. Ela o enfeitiçou após servi-lo uvas entre uma dança e outra. Quando deu por si, ele já arrancava o vestido da ninfa dentro do primeiro quarto disponível.

Fernando caminhou até a janela e mediu a altura. Para seu incômodo, o quarto estava no terceiro andar. Não dava para pular a janela.

Quanto azar!

— Vamos! — Clarice correu até a porta do quarto, abriu-a e disse algo a um guarda:

— Edward, preciso que verifique se o ambiente está livre.

O guarda disse algo para Clarice, que assentiu e fechou a porta.

— Conseguiu acesso ao general? — Elaine perguntou a Clarice.

Clarice negou e respondeu:

— Não olhou para mim nem dedicou qualquer segundo de sua atenção a mim. Não direcionou nem um espirro na minha direção.

— Estranho. Você tentou atrair sua atenção?

— Ah... Sim.

— Sempre foi boa em direcionar o seu poder de atração. Foi por isso que você está... Em vez de mim...

Elaine firmou seus lábios e observou Fernando.

Fernando notou que Elaine se deteve. Por alguns segundos, cogitou seriamente pular pela janela. Olhou novamente a queda. Se reprimiu. Não valeria a pena enfrentar os possíveis ferimentos de pular de uma janela do terceiro andar.

Bom, *ainda* não valia a pena...

Elaine, incapaz de se segurar por muito tempo, perguntou:

— O que aconteceu?

Clarice deu de ombros.

Fernando, obviamente confuso com a conversa, apenas aguardava. Subitamente, a ideia de lidar com os ferimentos não lhe pareceu tão asquerosa. Até que não se importaria em ficar de cama por alguns meses. Poderia ler livros e distrair-se com jogos de tabuleiros.

— Não deveria ter me distraído — Elaine reclamou, notoriamente afetada.

— Uma boa distração, espero — Fernando se intrometeu, em uma necessidade irracional de obter uma avaliação sobre seu rendimento no dia anterior. Uma vaidade sem sentido, sabia. No entanto, irresistível. E perguntou: — Gostou?

Com olhos mareados, inconformados, Elaine ignorou-o. Será que ela estava decepcionada com a performance de Clarice, ou com a sua?

— Você está incomodada com a inabilidade de Clarice em atrair o general? É isso? — Fernando quis saber. Não conseguiria sobreviver sem esclarecer a natureza da decepção de Elaine. Não mesmo!

... *Mesmo*!

Elaine arrumava o cabelo com pressa e, mais uma vez, ignorou a pergunta de Fernando. Ela parecia ocupada demais para lhe dar atenção.

Fernando apelou:

— Clarice poderia obter algumas aulas de sedução. Se esse for, de fato, o motivo de sua consternação, Elaine.

O olhar de Elaine se transformou, subitamente.

A loira que, até esse momento, andava de um lado para outro, pareceu iluminar-se com a sugestão.

— Perfeito! — Clarice comemorou.

Fernando recebeu um abraço apertado. Sentiu-se aliviado imediatamente, ao saber que o problema que afetava o humor de Elaine não foi relacionado a sua performance. Então fechou a questão. Tinha outros assuntos de que tratar.

Houve uma leve batida na porta.

— É o sinal de Edward. Podemos ir — Clarice indicou. Ela apontou para Elaine e ordenou: — Fique aqui.

Clarice tomou a frente. Ela cruzava o extenso corredor com alguma elegância, se esforçando para sustentar uma postura impecável e imponente, apesar de tropeçar pelos tapetes e sussurrar injúrias pelo caminho. Clarice, chamando toda a atenção para si, de alguma forma, e Fernando, pulando de cortina em cortina.

Quando conseguiram sair pela porta lateral de uma das salas de estudo, Fernando passou a andar ao lado da moça, buscando retomar a calmaria em sua respiração.

— Você me deve uma... — ela comentou.

Ele assentiu.

Fernando dava a mão à palmatória, na maioria das vezes.

— Ontem conheci o homem dos meus sonhos, general Jeremy Cordelle. — Ela falou o nome do rapaz com ênfase e admiração.

Fernando estranhou a confissão da moça e passou a mão na testa. Não tinha tempo para conversas. Por um instante, ele pensou em simplesmente agradecer e despedir-se. Não o fez. Seria, no mínimo, uma ofensa sair sem lhe dar atenção. Então, perguntou:

— Ele não é bem mais velho do que você?

Fernando não exagerou. A moça completava seus dezoito anos e o general beirava os quarenta.

— Não acha melhor mudar de afeição? — perguntou. Não conseguiu evitar. Ele conhecia o general há tempo suficiente para perceber o quão insanamente impossível seria Clarice conquistá-lo. Ainda mais, ele conhecia segredos desse homem que fariam com que apostasse uma verdadeira fortuna na derrota da moça, e não hesitaria em se endividar pela tamanha certeza de que ganharia a aposta. — Chegou a conhecer o general?

— Sim.

— Chegou a ter uma conversa com ele?

— Não... Ele estava ocupado. Conversando com uma mulher casada.

— Naturalmente — Fernando comentou, sem se surpreender com a notícia.

— Naturalmente? Seria muito ousado da minha parte perguntar por que você achou natural o general dar atenção a uma mulher casada a noite inteira?

— Sim, seria.

Fernando voltou o olhar para a paisagem ao seu redor, dando um claro indício para fechar a questão. O fato era que ele não queria falar sobre Jeremy nesse momento. Queria ir embora.

— Talvez a conversa o tenha atraído — comentou Fernando.

— Conversa? — Clarice perguntou.

Fernando deu de ombros. Precisava sair dali imediatamente.

Clarice prosseguiu:

— Vim de um... uma cultura muito diferente. Lá utilizamos muito o corpo para seduzir. Roupas e acessórios. Além disso, jamais fui boa em seduzir homens. Bom... preciso aprender logo. Eu soube há pouco que ele está em busca de um casamento.

A última constatação da moça fez Fernando gargalhar. De onde Clarice tirou essa ideia estapafúrdia? Seria mais fácil Jeremy se suicidar, nascer de novo, a se casar.

— Por que ri? — Clarice perguntou.

Por que Fernando pressentia que em breve se arrependeria de ter ficado para lhe dar atenção?

Então, subitamente, Clarice parou de andar, colocou as mãos fechadas em cada lado de sua cintura e anunciou:

— Vou aceitar a sua sugestão. Quero que me ensine a seduzir um homem mais velho...

Fernando gargalhou uma segunda vez. Desta vez, demorou mais tempo para se recompor. A moça era definitivamente irônica! Uma comediante! Um verdadeiro talento!

Ele limpou seus olhos lacrimejantes. Ao notar a seriedade na expressão de Clarice, ficou confuso.

— Mas... — Fernando ia se opor, mas Clarice estendeu a palma de sua mão, o interrompeu e prosseguiu.

— Acredite, estou confusa e muito desconcertada. Não deveria nem estar aqui... Mas estou.

— Como assim?

— Não vou falar mais sobre isso. — Clarice varreu o assunto com os dedos. — Ontem, ao tentar de toda forma chamar atenção do conde e me ver fracassar de forma tão horrorosa, acabei me tornando obstinada. Preciso aprender a seduzir um homem. Se você não me ajudar, eu direi que passou a noite comigo. Edward e Elaine certamente confirmarão a minha confissão. Além do mais, tenho certeza de que os nossos criados escutaram os gemidos exagerados de Elaine saindo do meu quarto. Mais ainda, não saberão diferenciar entre os gemidos de Elaine e os meus.

— Por que o conde não arrebentou a porta, se os gemidos foram tão altos?

— Porque ele acabou dormindo tão profundamente que parecia estar morto. A esposa do conde é praticamente surda. Gustav estava também... ocupado. Eu o vi invadindo o quarto de uma das assistentes da cozinha.

Ele bufou algumas vezes. Forçou-se a levantar-se, apesar do cansaço. Ao seu redor, a natureza emitia sons vivos, como se estivesse congratulando o belo dia que nasceu. No entanto, a mente dele ignorou os cantos dos pássaros, a dança das folhagens e o movimento a seu redor e escutava um único som que se sobrepôs a todos esses como o motor de um equipamento em pleno aquecimento:

— "Vááááááá!.."

— Tenho que ir. Preciso estar em Paris à tarde para a apresentação de um amigo.

A moça levantou-se, com energia invejável para uma manhã após a noite de perdição, e proferiu:

— Vou providenciar o seu transporte.

Clarice acenou para um servente que passava pelo quintal.

— Senhor! — ela berrou, ao notar-se ignorada.

— Não precisa! — ele comentou. — Eu tenho um veículo próprio.

Fernando fez um gesto cordial com seu chapéu, cumprimentando-a, e entrou em seu veículo preto. A sua máquina inovadora que certamente o levaria ao Campo de Bagatelle a tempo para a apresentação de Santos Dumont.

Clarice, de um salto, sentou-se do lado do passageiro. Sem pedir permissão, ela passou a procurar algo no banco do veículo e perguntou:

— Onde está o cinto de segurança?

— Cinto de segurança?

O tom de Fernando foi inquisitivo. Confuso e claramente ofendido com o comentário da moça, ele perguntou:

— O que pretende fazer? Ir comigo? — Ele riu e disse: — Se você não se sente segura ao me ver conduzir o Tourão, então sugiro que fique... Ou encontre um veículo que mais a agrade.

— Tourão?

Fernando bateu no volante e repetiu:

— Tourão!

Clarice bateu um dos pés no chão do veículo e, em plena birra, resmungou:

— Deve haver uma explicação para isso!

— Isso o quê? — Fernando perguntou, confuso.

Então ela se recompôs, sorriu. Virou-se para ele e disse:

— Vou junto.

12

Latim

Campo de Bagatelle - Paris, França
Segunda-feira, 12 de novembro de 1906

Clarice era teimosa e persistente. Além disso, Fernando estava exausto. Não teve nenhuma energia para contestar. Ajudou Clarice a sair do Tourão, ofereceu seu braço em apoio enquanto a moça lutava para andar em meio ao mar de lama pelo Campo de Bagatelle.

No caminho, escutou um pano rasgar, uma batida de pé, mas se manteve de olho na paisagem ao redor.

— Meu vestido era novo!

Felizmente a multidão estava entusiasmada demais para prestar atenção em uma moça mimada, desleixada, teimosa e desgostosa com o dano irreparável ao seu vestido.

— E muito belo. — Fernando foi sincero ao elogiar o vestido. De fato, parecia uma peça de arte. Creme, com listas azuis e abraçava o corpo da menina com perfeição. O vestido dela era feito de algodão puro, tão macio que acariciava a pele ao toque. Era um convite, um homem pode facilmente querer explorar, passar os dedos em sua suavidade para, invariavelmente, encontrar o labirinto sensual de seus tesouros e perder sua sanidade em busca de uma saída.

Clarice parecia, com esse vestido, digna de ser degustada.

Mas ele estava sem tempo.

— Estava pensando — mentiu. Não havia pensado em absolutamente nada. — Não sou o homem para lhe ensinar a bela arte de sedução. — Ele permitiu que as palavras fugissem de sua boca desenfreadamente.

A moça parou... Firmou o tronco e cerrou os punhos.

Aconteceu algo?

Por que ela parou?

— Seu cretino!

A mão dela encontrou sua face. Fernando não esperava o tapa. Não soube ao certo se ficou assustado com o estalo em sua cara ou com o desaparecimento da moça logo em seguida. Sorriu e reverenciou, curvando levemente a cabeça, aqueles que testemunharam a cena, num gesto de desculpas. Alguns riram, outros o cumprimentaram de volta, outros fizeram careta, mas todos voltaram às suas atividades.

Então avistou a moça na outra extremidade do campo. De braços cruzados, ela falava algo para si mesma enquanto estapeava seu pé na lama. Ele se aproximou dela. Ela parou de fazer aquilo que estava fazendo e o encarou com olhos furiosos.

A moça o havia acompanhado para o evento. Por mais que ela fosse temperamental e mimada, Fernando não poderia deixá-la sozinha. Afinal, ele não era burro. Muitos criados do palácio haviam visto os dois saírem juntos.

Para não haver outra cena, Fernando pensou em uma desculpa para continuar acompanhando a garota. Mostrou as palmas de suas mãos em rendição. Ela bufou. Então, quando finalmente se aproximou, sussurrou em seu ouvido a primeira coisa que lhe surgiu:

— Conheço quem pode. Meu primo... Joaquim pode te ensinar a seduzir um rapaz.

Clarice revirou seus olhos.

Fernando ficou ali, parado, aguardando. Não sabia se a moça havia declinado seu pedido indecoroso ou se estava apenas fingindo. Ainda estava agindo teatralmente, em benefício à atenção que inadvertidamente recebeu com a indiscrição de seu tom de voz. Ela se afastou.

Então, a bela ruiva surgiu em meio à multidão. Agitada, correu até Clarice. As duas conversaram rapidamente. Fernando imaginou que ela deveria tê-los seguido. Possivelmente, para manter sua dama segura.

Logo em seguida, a ruiva passou a andar em sua direção. Qual era o nome dela? Droga. Ele havia acabado de passar a noite com a ruiva. Não poderia ter esquecido seu nome!

— Elaine! — Lembrou-se a tempo. Então a cumprimentou com seu chapéu e comentou: — Que bom que você conseguiu chegar a tempo para...

— Clarice precisa que você lhe... — Olhou em volta. Pigarreou e prosseguiu: — Ensine Latim.

Fernando soltou uma risada, mas conseguiu controlar-se a tempo de não levar outro tapa na cara. Então disse:

— Eu não posso. Já estou dando essas lições de latim para três mulheres. São ávidas por aprenderem a língua. — Inadvertidamente, sentiu uma nota de insegurança. Inclinou a cabeça. Afinal, quando uma mulher se sente satisfeita com o desempenho de seu amante, não o entrega simplesmente para outra mulher. Nem sendo a sua empregadora.

Tudo bem, queria outro retorno sobre sua avaliação de performance.

Ele perguntou:

—Você sabe que sou bom em Latim. Não sabe?

Elaine ignorou o apelo de Fernando e manteve-se firme em seu questionamento original:

— Por que não pode?

Fernando argumentou:

— Eu-sou-bom-em-latim — Fernando arguiu, pausadamente e com bastante firmeza em sua voz. — Posso te dar outra amostra de meus... talentos. Para tirar qualquer dúvida — Na verdade, ele planejava, dessa vez, virar essa ruiva frígida do avesso! Então argumentou: — Recebi boas indicações de meu primo... parece-me que ele também é muito bom em latim. Acredito que ele venha a ser o professor de que Clarice precisa. Vou falar com ele.

— Fale com ele, imediatamente. Precisamos de uma resposta nesse instante.

E voltou-se para sua dama, sem lhe dar outra palavra, nem lhe dar o retorno de seu desempenho em... latim.

13

Dia da consagração

Campo de Bagatelle – Paris, França

Segunda-feira, 12 de novembro de 1906

Assim que Joaquim desembarcou, após sua expedição na Floresta Amazônica, recebeu outra carta de seus pais. Outra... Como em todas as cartas anteriores, a mensagem era clara e urgente. A carta ordenou que Joaquim retornasse à casa de seus pais, em Portugal, para honrar o nome de sua família e casar-se com Alexia.

Uma reação desmedida e falsa, levando em consideração o que Joaquim desvendou e o que culminou ele a arrumar uma única mala para ganhar sua vida na França.

Na época, Alexia, a filha do sócio de seu pai, invadiu seu quarto pela janela e se despiu. Ela se ofereceu para Joaquim e tirou-lhe a razão. Então, em meio ao ato, seu quarto foi invadido por seus familiares. Foi um episódio dramático. No dia seguinte, sua mãe o obrigou a pedir a mão da moça em casamento. Joaquim negou-se. Algo não parecia se encaixar em meio àquele flagra. Afinal, ele já teve outras experiências sexuais em lugares muito menos reservados e isso jamais incomodou seus pais. Nem quando ele se deitou com a filha do médico que cuidava da sua mãe.

Enfim, como de costume, por meio de carta, seu pai ameaçou deserdá-lo, se não retornasse imediatamente. Joaquim só conseguiu rir com a ameaça. Cinco anos se passaram depois do incidente. Cinco anos se passaram longe de seus pais, vivendo uma vida plena e cheia de incentivos na França.

Em apenas cinco anos, Joaquim foi capaz de, com o seu trabalho, acumular uma renda considerável.

Mesmo assim, as ameaças vinham e seus pais o vigiavam.

Seus pais eram persistentes.

Sua mão, trêmula, amassou a carta. Foi preciso reprimir todo o seu instinto selvagem e sua fúria para não exclamar impropérios aos quatro ventos. Também precisou arrancar de seu peito a imensa vontade de comprar um bilhete de volta ao navio e retornar ao Brasil. De preferência, para passar um tempo indeterminado ao lado da Tribo Curupira.

O que mais entristeceu Joaquim não foi o fato de ser obrigado a deixar seus pais no passado e se mudar para outro país. Foi o oportunismo por detrás das ações honradas de seus pais.

Joaquim sabia que seu pai roubava seu sócio descaradamente com a ajuda de sua mãe. Também sabia que o pai de Alexia estava doente e que não demoraria para sucumbir à enfermidade. Então, o casamento entre Joaquim e Alexia uniria as posses. Isto é, seus pais finalmente adquiririam todo o tesouro do sócio. Como convenceram Alexia a invadir o seu quarto? Simples. Alexia jamais escondeu que carregava uma afeição por Joaquim.

— *Monsieur* Fernando me enviou para buscá-lo. Sou Charles e tenho um veículo lhe aguardando. Acabei trazendo as correspondências. Ele pediu para lembrá-lo que a apresentação de Santos Dumont será hoje à tarde.

— Obrigado.

— Imagino que eu lhe trouxe más notícias — disse Charles ao apontar para a carta, que já havia virado uma bola de papel em seu punho.

— Não importa — Joaquim respondeu, e arremessou a bola de papel ao mar.

Essa carta o desestruturou, o levou ao limite. Em poucos instantes, Joaquim estava bêbado em um bar. Não era de seu costume beber. Muito menos quando o sol estava se pondo. Talvez, por esse motivo, um copo de uísque o levou a cometer atos ainda mais tolos que o seu primo. Antes mesmo de o copo secar, ele já havia esbarrado com o general Jeremy Cordelle, soube que ele havia acabado de sair do baile dado na residência do Conde Louis de la Marquê, chegou a comentar sobre sua falta de vontade em conhecer pessoas da alta sociedade, acabou esquecendo-se da recomendação do gentil Pajé sem nome e contou ao Jeremy sobre os poderes da erva que trouxe do Brasil. Para a sua sorte, Jeremy não acreditou. Apenas ordenou que ele parasse de beber e encerrou o assunto.

***

Joaquim espreguiçou-se ao sair de seu veículo. Finalmente chegou à praça. Bom, pelo menos parte dele. Isso porque outras pequenas partículas haviam se perdido no meio do caminho, como diversos pequenos montes de dejetos expelidos por um cavalo. Ele se sentia um lixo quando chegou ao Campo de Bagatelle. Queria descansar. Tomar um belo vinho com os pés voltados para cima. Mas, infelizmente, chegara em cima da hora. Teve que reprimir o sono, amargurar o peso em seu pescoço e o lampejo em sua cabeça para chegar a tempo à competição.

Então viu uma loira estapear seu primo no rosto. A violência da mulher destinada ao primo fez crescer nele uma certa vitalidade. Isso porque sentiu-se em casa.

A cena era tão familiar que, de uma forma estranha e obscura, o acariciou e fez com que esquecesse seu desânimo. Ele cruzou os braços e manteve-se ali, parado, observando o desenrolar da cena. A moça se distanciou, falou com uma ruiva que, logo em seguida, abordou seu primo. Ambos discutiram por alguns segundos e a ruiva partiu. Então, julgou ser o momento certo para abordá-lo.

— Não sei o que levou a loira a lhe dar um tapa, mas acredito que tenha sido por um motivo justo. Você mereceu.

— Quanto tempo, Joaquim!

Fernando o empurrou para um abraço. O sorriso do primo estava iluminado, cheio de saudade.

— Sua aparência está deplorável — Joaquim comentou, depois de o estudar de cima a baixo rapidamente.

— Não julgue os outros pela aparência — Fernando respondeu. Apontou para Joaquim e disse: — Eu não julgo!

Então Fernando cruzou os braços e disse:

— Não vou explicar o motivo...

— Ótimo, não quero saber — Joaquim lhe assegurou.

— Preciso de um favor — Fernando pediu.

Joaquim elevou uma sobrancelha. Estava cansado demais para negar-lhe qualquer pedido. Apenas murmurou.

— Viu aquela bela jovem loira de vestido listrado? Chama-se Clarice.

Joaquim espiou novamente a moça de cabelos nervosos, corpo magro e postura duvidosa. Bela, mas nem tanto. Porém, nos poucos segundos em que a viu, admirou-a. Clarice conversava com a acompanhante. Ele enrijeceu suas pálpebras para focar melhor na moça.

Sim, ela até que era atraente. Seu sorriso resplandecia em um brilho que se destacava, com facilidade, lembrando-o da luz da lua em uma noite de maré alta. Ela caminhava com dificuldade, como uma borboleta procurando adaptar-se às asas assim que sai do casulo.

Joaquim perguntou:

— A moça que bateu na sua cara?

— Ela mesma.

— Gostei dela — comentou, com bastante sinceridade. Espirituosa, fez o que muitas mulheres deveriam ter feito.

— Não se apaixone pela loira, ainda. Ela é a prima do Conde de la Marquê... Bom, pensando melhor no assunto, se apaixone por ela um pouco. Isso porque preciso que a ensine a seduzir outro homem.

— Nem pensar! — Joaquim respondeu, sem precisar pensar duas vezes no assunto. — De onde surgiu essa ideia estapafúrdia? Mesmo depois de Alexia! O quê...? Filho da... — A vontade de Joaquim era de dar um tapa na testa de seu primo, mas se reprimiu e perguntou: — Quem é o sujeito que a moça pretende seduzir?

— General Jeremy Cordelle.

— Nem se a minha vida dependesse disso, ou a sua, por sinal — Joaquim comentou. Suspirou, meio cansado, meio exasperado. Só mesmo Fernando conseguia fazer propostas tão cretinas e suicidas. — Droga, Fernando, você sabe muito bem da fama do general... Merda! Sabíamos que era importante ir ao baile, mas combinamos que manteríamos distância da prima do Conde de la Marquê! Aliás, da família inteira. O Conde de la Marquê é um homem viciado em jogo, impulsivo e bêbado. Certamente poderá nos enfiar em uma roubada depois de três segundos de conversa. — Lançou a mão ao céu, em um gesto exasperado, e comentou: — Pelo visto a prima também segue a mesma linha do conde!

Fernando não pareceu convencido.

E comentou:

— Conheci o conde. Ele não me pareceu muito bem. Não bebeu um único copo de álcool. Olha que havia licor suficiente para embebedar dez mil homens. Inclusive, tentaram carregá-lo para um jogo de pôquer e ele recusou. Sinceramente, acho que ele não sobreviverá essa semana.

Joaquim enrugou a testa.

Fernando argumentou:

— Não gostaria de criticar um moribundo.

— Retiro o que disse. Agora, conte... O quão próximo você ficou da prima do conde? — Joaquim perguntou, temendo a resposta.

— Bom, não exatamente da prima...

Fernando parou de falar. Ambos foram esmagados, juntos, em outro abraço e violentamente forçados a curvarem para aceitar o caloroso cumprimento. Santos Dumont tinha uma força que contrariava sua estatura baixa e magra.

— Meus amigos, obrigado pela presença! Como sabem, a demonstração que fiz com o 14-Bis em outubro não obteve medições precisas. Então pediram outra. Hoje vou ganhar o Prêmio da Aeronáutica. Mas, inesperadamente, o ilustre Louis Bréliot entrou na competição. — Santos Dumont riu ao anunciar. — Decidi ceder a primeira demonstração para ele. Por mera cordialidade.

— Não cheguei a tempo da demonstração de Louis, mas disseram que ele fracassou.

Santos Dumont não disse nada a respeito. Havia uma confiança extrema em seus olhos. Também havia um brilho nos olhos do aviador que parecia planejar tirar anotações sobre o fracasso de Louis. De fato, era um homem prático demais para perder tempo com tais comentários. Em vez de se vangloriar com a avaria dos demais, tendia a estudar o erro para aprender.

Santos Dumont disse:

— Instalei dois ailerons nas asas. Estão muito boas. Já fiz alguns voos. Um às dez horas onde cheguei a voar quarenta metros no período de cinco segundos. Vinte e cinco minutos depois, realizei outros dois voos em que cheguei a atingir sessenta metros. Eu e minha equipe fomos obrigados a reparar danos no trem de pouso e no eixo das rodas. Foi tenso. Cheguei a temer que não conseguiria fazer outro voo hoje. Felizmente foram consertados. Vou iniciar meu próximo voo em breve. Estou pronto. Agora, sim! Torçam por mim!

Além de forte, Santos Dumont era rápido. Sumiu antes mesmo de eles terem a chance de responder ou agradecer o convite. Então surgiu Clarice, acompanhada de uma bela mulher, com cabelos ruivos e pele clara. De longe, era nítida a disparidade de classes.

Sem perder tempo, Fernando pegou no braço do primo e praticamente o carregou até Clarice.

— Gostaria de lhe apresentar meu primo Joaquim — Fernando anunciou.

— Muito prazer — Clarice respondeu meio sem jeito.

Joaquim fez uma sutil reverência. As bochechas da moça enrubesceram. Pelo visto, a moça sabia muito bem o que havia nas entrelinhas dessa apresentação. Um choque subitamente arrematou a coluna de Joaquim. Ele chacoalhou a cabeça, negando seu animalesco instinto. Droga! Foi a proposta de seu primo. Após meses preso no navio sem muito contato com o mundo externo, precisou reprimir a vontade de aceitar a proposta imediatamente e carregar a moça para o primeiro quarto disponível.

O que levou seu primo, que era um verdadeiro galinha, a negar Clarice? Certamente não foi seu status social. Fernando não discriminava.

— O prazer é meu — Joaquim finalmente falou, após alguns segundos perdido em meio a sua ereção colossal.

Clarice apontou na direção pela qual Santos Dumont passou e perguntou:

— Ele é Santos Dumont? Nossa, isso é fantástico! Queria muito vê-lo de perto... quem sabe, conversar com ele!

— Por quê? — Fernando perguntou.

— Ele vai voar! — A acompanhante ruiva indicou.

Joaquim forçou sua atenção para a apresentação de Santos Dumont.

Clarice roubou sua atenção novamente assim que se posicionou à sua frente, virou em sua direção e fez um gesto estranho com os olhos. Ambos pareciam piscar como se ela estivesse encarando apaixonadamente uma obra de arte. Não... Joaquim precisou refletir um pouco sobre esse gesto. Será que foi uma piscadela? Joaquim estremeceu.

O 14-Bis ganhou os ares. Foi incrível ver um veículo magicamente ganhar os céus sem a ajuda de nenhum estilingue, ou algo parecido. Uma multidão de espectadores aplaudia o nobre inventor. O 14-Bis chegou a voar cinquenta metros, tocou o chão e subiu novamente. Voou outros 82,6 metros. Aplausos por todos os lados.

Mas ainda não havia conseguido.

— Preciso falar com você. É sobre minha descoberta — Joaquim pediu ao primo. Seu objetivo era distanciar-se da menina. Ele andou alguns passos e, ao notar a inatividade do amigo, parou. Um pouco confuso, voltou.

— Posso dar a resposta à moça? — Fernando perguntou, apontando na direção de Clarice.

Então ele viu Fernando fazer um gesto indicando a Clarice que ela esperasse e finalmente se aproximou. Joaquim riu, meramente para disfarçar seu desconforto.

— A moça, naturalmente, não sabe o que pediu — Joaquim indicou. Estava segurando-se na presunção da ingenuidade de Clarice, apesar de vê-la bater um pé na terra, com um gesto de quem exige uma resolução do problema imediatamente.

— Alguma coisa me diz que a moça te laçou. Você está encrencado de alguma maneira. Isso é verdade?

— Bom... Talvez.

A vontade de Joaquim era de cortar a ereção de seu primo. Quem sabe depois de castrá-lo, Fernando passaria a raciocinar com a cabeça de cima?

Então ele passou a examinar a reação de Clarice para tentar entender o que se passava na cabeça da estranha moça. Será que queria isso mesmo? Para confirmar, mostrou a palma da mão para o primo, pedindo para ele sair do circuito, e se aproximou de Clarice.

— Senhorita? — ele a chamou, cordialmente.

Ao conseguir a sua inteira atenção, apontou para a rua a sua direita e anunciou:

— Precisamos conversar. Há uma casa rosa no meio dessa rua. Não tem como errar. Me encontre lá em duas horas.

A apresentação de Santos Dumont iniciou-se novamente. Agora contra o vento. Utilizando somente a fabulosa máquina que ele projetou, o 14-Bis, ganhou os ares. Planou maravilhosamente. Assim que atingiu a incrível meta de cem metros, todos ovacionaram. Isso provavelmente alimentou Santos Dumont, que manteve sua rota. Mais aplausos e gritos, mas a risada que superou a todas foi a de Clarice. A moça pareceu esquecer-se de todas as regras de conduta de uma mulher decente. De boca escancarada e aos saltos, Clarice foi alta, irritante e desconcertante.

Joaquim, aplaudindo, voltou à cena. Santos Dumont percorreu uma distância aproximada de 220 metros em 21,4 segundos. Definitivamente, quebrou o recorde.

O que Clarice estava fazendo agora? Dançando em círculos, com seus braços aos céus em uma exagerada e louca comemoração? Será que ela não percebia que roubava a atenção do momento com seus gestos descomedidos? Onde estava a dignidade dessa mulher? Clarice não precisava de uma lição sobre como seduzir um homem. Na verdade, ela precisava ser internada!

Joaquim deu alguns passos para o lado e voltou a atenção para a demonstração, já que Santos Dumont estava pousando. Para a surpresa de todos os espectadores, o 14-Bis aterrissou. Santos Dumont balançou seu chapéu branco, anunciando sua vitória. Logo em seguida foi carregado pelos ombros do Conde Jaques Fauré em meio a uma multidão. Joaquim os acompanhou em aplausos e comemorações.

Era um feito extraordinário e bem mais seguro que a sua erva. Bom, definitivamente mais fácil de controlar.

Durante a viagem, Joaquim testou a erva em um rato que achou pelo convés do navio. Até o momento sentia náuseas ao ver como o corpo do animal reagiu à erva que literalmente o virou do avesso.

Então Clarice roubou sua atenção novamente ao passar por ele com uma pressa incomum no esforço nada atrativo de se aproximar de Santos Dumont.

Fernando, aos risos, comentou:

— Clarice pediu para eu lhe emprestar uma caneta e papel. Ela disse que queria pegar um autógrafo do Santos Dumont. Ela é realmente estranha!

Joaquim balançou a cabeça para afastar o pensamento e voltou a aplaudir o amigo. Ninguém se cansava de aplaudir o feito de Santos Dumont, e Joaquim uniu-se à multidão.

14

A casa rosa

Paris, França
Segunda-feira, 12 de novembro, 1906

Letícia, ou melhor, Françoise que fingia ser Clarice (Ah! Mas que situação confusa!) manteve-se imóvel, observando a casa indicada por Joaquim do outro lado da rua. A casa tinha três andares. Era elegante e bem cuidada. Parecia uma espécie de pousada. Havia uma inatividade estranha no local. Todas as janelas estavam fechadas. Não havia uma única alma viva, ou barulho, indicando qualquer batimento cardíaco. Parecia uma carcaça colorida no meio da rua.

Os dedos de Letícia torciam-se e retorciam-se. As pontas dos dedos já estavam dormentes. Na correria para tirar lorde Fernando de seu quarto, havia se esquecido de suas luvas, puro desespero.

Mas será que realmente sentia frio?

Bastante confusa com o curso do seu sonho, ela não conseguia legitimar nem as suas sensações primárias, como temperatura e dor. Mais ainda, não compreendia por que se levantava de um sonho e, na noite seguinte, ao dormir, prosseguia com o mesmo sonho exatamente de onde havia parado.

Ao dormir como Françoise, uma loira que fingia ser Clarice para levar adiante um plano macabro, imediatamente acordava como Letícia. Abria os olhos como se tivesse emergido de um sonho. Ao dormir como Letícia, sentia seu corpo flutuar, prosseguir pelo Atlântico até a França, sentia-se içada por uma espécie de cordão invisível e parava no corpo de Françoise cuja missão era, no mínimo, macabra.

Letícia retirou o papel avulso de seu bolso. Observou o nome de Santos Dumont e lembrou-se da expressão de espanto no rosto dele quando pediu o seu autógrafo. Precisou reprimir a vontade de dizer como ele se tornaria importante, no futuro, para os brasileiros. Se Letícia não estivesse tão confusa, perdida entre sonho e realidade, certamente diria. Mas, em vez disso, acabou puxando-o para um abraço.

Ela riu, sem saber dar o verdadeiro sentido ao sonho. Colocou o papel em seu bolso e decidiu seguir com o curso dos eventos.

Ela estava ali, em frente à casa rosa, porque não conseguiu chamar a atenção do general. Refletiu, ao torcer o nariz. Havia mais pontos que contribuíam para sua falha além de sua falta de habilidade no quesito sedução. O corpo fino e desprovido de qualquer atratividade não atrairia nem um mosquito. De fato, seu corpo não era belo, mas na festa, Letícia esperava que o luxo a tornasse interessante. Se ao menos conseguisse abordar o general por um tempo maior do que dez segundos, certamente teria conseguido seu intento. Ela era astuta, sensata. Além do mais, para todos os efeitos, nessa realidade alternativa, já que Letícia vinha do futuro, teria informações suficientes para deixar uma conversa bastante interessante.

Letícia bateu com os pés na rua. Estava confusa. Por que raios estava parada em frente a uma casa, morrendo de frio, desconfortável, dentro do corpo de uma mulher que nem sequer viu crescer, fazendo parte de um plano de morte, sem conseguir sair desse nó de marinheiro que certamente ela não criou?

— Ok, sou Françoise que está fingindo ser Clarice — ela murmurou para si mesma. — *Clarrrice* — repetiu com um tom sarcástico.

Não havia mal nenhum em prosseguir com o plano. Por que não? Estava sonhando e curiosa. Queria ver até onde sua imaginação a levaria. Então ela andou com cautela até a porta da frente. Tocou a campainha e aguardou. Escutou um bocejo longo, seguido de resmungos e passos. A porta foi aberta por uma mulher gorda, de cabelos grisalhos e desgastada. Vestia um traje de governanta e tinha uma expressão facial de expulsar qualquer um.

— Clarice? — a idosa perguntou. Foi um alívio saber que Joaquim já havia lhe informado sobre sua presença.

Ela assentiu com a cabeça.

— Suba as escadas, siga o corredor, segunda porta à direita.

Letícia agradeceu e entrou no recinto vazio e escuro. Um requinte estranho para uma casa de médio porte. Ela percebeu que o dono dessa casa não economizou em sua decoração. Chão de mármore, pinturas desenhadas por artistas nas paredes, quadros com molduras de ouro. Acima do salão de entrada, havia um lustre elétrico, dando-lhe um ar esplêndido e moderno.

Ela subiu as escadas com uma das mãos no suporte de madeira e outra na barriga. Achava que seu estômago saltaria pela boca. Não sabia interpretar ao certo por que sentia que estava seguindo para sua cova, em vez de um quarto, para receber as instruções exigidas. O corredor estava repleto de quadros e esculturas de casais em posições estranhas, seus corpos unidos por um bastão que fazia parte do corpo masculino. Isso a fez estranhar. Todos os ornamentos eram audaciosos demais para a época em questão.

Sorriu, ao constatar como sua imaginação podia ser criativa e promíscua.

Então abriu a porta indicada pela governanta e entrou. Logo em seguida se trancou no recinto. Por que se trancava? Não sabia, ainda.

Ah, sim. Seguia o curso de seu sonho lúcido.

— Você está atrasada. — A voz de Joaquim a assustou.

Ela deu um pulo e se virou. Foi nesse momento que ela notou que estava em um quarto. Joaquim estava sentado em um divã vermelho idêntico ao móvel de seu consultório.

Joaquim era robusto. Ombros largos, alto, olhos azuis e penetrantes como o oceano. Ele olhava tão intensamente para ela que fez Letícia recuar e enrubescer.

Ela sorriu, encabulada. Uma reação que o fez estudá-la como se ela fosse um estranho objeto exposto em um museu. Por que ele olhava para ela desse jeito?

Decidiu ser prática e direcionar o assunto em questão.

— Preciso aprender a seduzir um homem poderoso, mais velho. Sei que isso pode parecer estranho, um pouco ousado, mas asseguro que é de extrema importância.

— Não é...

— Não é, o quê? — Letícia perguntou, confusa. Mas, por que esse rapaz simplesmente não começa seus ensinamentos? Não foi esse o intuito de vir até esse lugar? Será que Fernando chegou a explicar ao primo qual era o motivo desse encontro?

Raios! Por que ela estava com a impressão de que, a cada minuto que passava nesse estranho silêncio, mais chegava à conclusão de que ele era o homem mais belo que já conheceu? Letícia engoliu sua confusão, forçando-a goela abaixo, como um chá de boldo.

— O que você pediu não é algo estranho. Acredite... conheço inúmeras moças em sua posição. Elas apostam alto, na esperança de obter ganhos maiores. No entanto, todo investimento desse porte tem uma parcela imensa de risco.

Um sorriso surgiu no canto da boca de Joaquim. Poderia ser pena de sua condição? Da missão da qual foi incumbida? Por que ele mencionou risco? Ela sabia que não era bonita. Por Deus, viu-se no espelho e, para seu incômodo, apesar de estar sonhando, não era cega!

Letícia recuou. Deu alguns passos para trás sem saber como reagir a tamanha sinceridade. Ela desviou o olhar para diversos pontos do quarto, colocou a mão em seu bolso e disse:

— Vamos?

Ele pausou. Parecia incerto, um pouco desconfortável.

— Tem certeza? — perguntou.

Os olhos dele, que pareciam distantes, assumiram outra forma. Suas pálpebras enrijeceram-se, conferindo-lhe um ar predador. Letícia não respondeu.

— Venha sentar-se ao meu lado no divã. — A mão de Joaquim formalizou o convite ao indicar o local exato para ela se sentar.

Letícia deu um passo, depois outro.

— Curiosa essa casa. Onde estamos? — ela perguntou. Estava nervosa e precisava concentrar-se para não cair no chão. Por que ele a deixava tão insegura e agitada, ela não sabia nem estava interessada em saber.

A mão de Joaquim retornou para o luxuoso divã vermelho. Ele jogou a cabeça para trás e gargalhou. Divertia-se à sua custa, por sinal. Então ela soube o motivo de sua risada, quando respondeu:

— Não percebeu? Estamos em um bordel.

***

Em poucos segundos, Letícia encontrou-se ofegante, no meio do parque onde a apresentação de Santos Dumont ocorreu. Desistiu de seu plano antes mesmo de tentar, ao saber onde estava, como se realmente fosse uma moça puritana e vivendo nesse período.

— Burra! — ela berrou. Sua imperiosa incompetência evidenciada em seu sonho não via limites. Primeiro, não conseguiu negociar com o Conde de la Marquê, depois não conseguiu seduzir o general Jeremy Cordelle e, agora que conseguiu um tutor para ensiná-la, simplesmente desistiu da aula antes mesmo de tentar. Entrou em pânico, levantou e saiu correndo. — Burra! Burra! Burra! — ela repetiu, enquanto se debatia e chutava a lama, sem se importar com a sujeira que levantava a cada pernada, sujando todo o seu vestido branco. Também não se importou com os olhares confusos daqueles que passavam por seu caminho. Estava sonhando mesmo! — Burra!

Ela repetiria essa palavra até se cansar.

— Deve haver uma expli...

Ela estapeou os lábios em plena revolta, diversas vezes, recusando-se a terminar a maldita frase.

— Vejo que algo a atormenta...

Letícia deu um pulo com a súbita voz que se intrometeu na sua solitária e revoltada reflexão e, para sua surpresa, viu o general Jeremy sorrindo de volta. Ela se recompôs rapidamente, sorriu e estendeu a mão para cumprimentá-lo.

O general curvou-se e beijou sua mão. Letícia suprimiu a vontade de gritar de frustração e sorriu.

Ajeitou algumas mechas de seu cabelo que estava em plena desordem, cheio de terra. Passou a palma da mão no rosto. Ao notar um frescor pegajoso na testa, observou suas mãos e revirou os olhos. Havia acabado de sujar a única parte de seu corpo que estava livre da lama. Estava diante de outra falha, já que o general parecia divertir-se ao examinar o estado em que ela se encontrava. Sem jeito, ela disse:

— Tropecei.

Tentou manter a pouca dignidade que lhe restava e elevou seu queixo imponentemente.

Ele disse:

— Uma moça requintada como você não pode andar assim, sem companhia.

— E não está — surgiu outra voz, como se um figurante estivesse invadindo o cenário de uma peça. Com uma postura ereta, firme, sorriso impecável e olhar perigoso, Joaquim se aproximou da menina. — Desculpe a demora. — E curvou-se também para beijá-la na mão. — Foi um prazer revê-lo, general.

— Estou muito feliz em encontrá-lo. Na verdade, eu estava a caminho de sua residência para conversarmos um pouco mais sobre aquela planta que você me contou há alguns dias.

— Eu estava... indisposto — Joaquim comentou.

— Ah, sim. — O general deu uma risada e continuou: — Aprendi com um nobre que uma descoberta estapafúrdia, geralmente, é um grande passo para o desenvolvimento. — Ele apontou para a praça onde Santos Dumont fez a sua apresentação e disse, um pouco alterado pela bebida: — Se Santos Dumont viesse até mim, se ele me dissesse que poderia fazer decolar uma máquina, sem empurrão, planar e pousar sem avarias, eu faria o mesmo que fiz contigo. Mandaria que ele parasse de beber. No entanto, veja! Isso foi possível!

— Quem sabe outro dia. Já está tarde.

— Eu insisto. Inclusive, esse nobre que mencionou sobre descobertas estapafúrdias está também interessado em saber um pouco mais sobre a sua descoberta.

Joaquim definitivamente pôs um fim à conversa.

— Outra oportunidade, então.

— Pensa bem...

— Pensarei.

O general, um pouco contrariado, curvou-se, cumprimentando.

Joaquim retribuiu o gesto. Logo em seguida, o general seguiu seu caminho.

— Posso saber por que você cortou nossa conversa? — Letícia o estapeou com a pergunta. Ela não imaginava que haveria possibilidade de ficar ainda mais irritada do que estava há poucos minutos, mas se surpreendeu. Explicou: — O general ia me convidar para um passeio.

— E você iria fugir ou causar outro vexame que, invariavelmente, a deixaria ainda mais longe de qualquer possibilidade de conquistá-lo. Acredite, foi pelo seu bem.

Ela bateu com o pé no chão, em birra. Lama se espalhou entre o seu vestido e a calça de Joaquim. A esse ponto, não se importava com o que Joaquim ou qualquer outra pessoa pensava dela. Estava frustrada demais para dar atenção a esses detalhes sobre os quais sempre teve muito pouco controle.

Ela rosnou:

— Você me levou a um bordel. Acha que uma mulher de sociedade pode ser vista em um bordel? — perguntou a ele, com sinceridade. Nem acordada, vivendo a realidade do século XXI, se permitiria entrar em um bordel.

— Aquele bordel é o local mais discreto, considerando a natureza de nosso encontro. Os acontecimentos ficam ali, naquela casa, como se sua memória fizesse parte do pagamento por estar lá dentro. Pensa bem, a quem contará sobre sua experiência da casa, sobre o que viu?

— A ninguém, logicamente!

— Se encontrar a simpática Marie na rua, vai abordá-la para discutir sobre o encontro da manhã?

— Não, naturalmente.

— Pois bem... é discreto e seguro. Nada do que acontece naquela casa sai daquela casa. Além disso, venha comigo. Vou lhe ensinar um caminho mais discreto. Assim não será vista entrando e saindo do bordel. — Ele pegou no braço de Letícia, que se retraiu. — Clarice, não tocarei em você hoje. Fique tranquila.

15

Conhece o Cosmos?

Rio de Janeiro, Brasil
Quarta-feira, 27 de maio de 2015

— Obrigado por ter a disponibilidade de me atender hoje, apesar de termos feito sessões nos dias anteriores.

— Podemos fazer a sessão todos os dias da semana, se quiser.

— Ótimo. Antes de começarmos a minha sessão, conte-me sobre seu marido. Qual é o nome dele?

Letícia não respondeu. Encarou Daniel com uma expressão perturbadora, sem conseguir entender por que seu cliente havia agendado a terceira consulta se não parecia interessado em abordar suas questões.

Daniel insistiu:

— Você o ama?

Letícia riu e retrucou:

— Ainda não estou em processo de análise.

Silêncio.

Daniel lançou as mãos ao céu, demonstrando impaciência, e argumentou:

— Vamos, não é tão difícil confessar o amor pelo marido. Fiz uma pergunta corriqueira, e você se trancou como se eu tivesse ameaçado invadir sua alma!

— Repito, não estou em processo de análise.

Ele juntou as sobrancelhas e coçou o queixo, encarando. Letícia como se estivesse querendo desvendar um enigma.

— Hum... — ele murmurou. — Assunto delicado. Entendo. Presumo que não o ame.

Letícia manteve-se em silêncio. Sentindo-se desconfortável com a audácia do paciente, anotou a conversa em seu bloco apenas para focar sua visão em outra coisa.

Daniel levantou-se da cadeira com uma agilidade impressionante, considerando que, há apenas dois dias, ele parecia à beira da morte. Caminhou pelo consultório até chegar à janela. Olhando para baixo e observando o movimento pela rua, comentou:

— Sei o quão é difícil confrontar seus demônios. Eu sempre os confronto, de uma forma ou de outra.... No entanto, algo que aprendi na vida é que não dá para evitar esse confronto. Isso porque seus demônios estão aí, na sua frente, encarando-a. Não há como ignorá-los.

Letícia decidiu tirar um café para ambos. Esse rapaz era muito mais complicado do que ela poderia ter imaginado, mesmo com sua mente criativa. Após duas sessões de análise, ele se sentiu na liberdade de invadir a vida privada de sua analista.

O que ele faria amanhã? Pediria para sua analista massagear seus pés?

E em um mês? Pediria a chave do apartamento de Letícia?

Ela também tinha que reconhecer que não estava inteiramente disposta para conduzir o processo de análise nesse dia. Se Daniel não tivesse ligado e insistido, ela não viria. Desde a última vez que teve o sonho lúcido, cujo enredo prosseguiu como capítulos de uma novela, não conseguia pensar em outra coisa.

Letícia entregou uma xícara para Daniel, que agradeceu e voltou à sua poltrona. De uma forma estranha e obscura, ela queria entrar em um estado contínuo de coma, meramente para voltar a sonhar. No fundo, queria voltar a ver Joaquim. Ao menos para estudá-lo melhor. Com tanta movimentação, e pela quantidade de camadas de roupas encobrindo o corpo de Joaquim, não conseguiu ver, como queria, os traços fortes e esculturais do seu porte físico. No entanto seu rosto, com seus traços rústicos, unia-se a um sorriso daqueles que produz borboletas na barriga das moças, e ela logo percebeu que estava diante do homem de seus sonhos. Então por que não o estudar melhor? Além disso, Letícia estava curiosa com seus ensinamentos de sedução. Veja bem, Letícia tinha um físico bem esbelto. Por isso, jamais precisou aprender qualquer técnica de atração. Já o corpo de Clarice era reto, quase masculino, daqueles que não chamam atenção.

De fato, seria interessante aprender a arte da sedução em um corpo desprovido de atratividade feminina.

Será que voltaria a ver Joaquim? Provavelmente não. Letícia deveria reconhecer a improbabilidade de prosseguir com o mesmo sonho.

Escutou Daniel perguntar:

— Você conhece o cosmos?

— Não — ela respondeu, aos risos. Do que estavam falando mesmo? Ah, sobre seu casamento. Seu cliente definitivamente era um sujeito curioso.

— Concordo com você, o universo está além de nossa compreensão. No entanto, apesar de não termos a capacidade de descrevê-lo, ele está aqui, existe e pode ser contemplado pela grande poesia cósmica. Então, resta-nos aceitar a sua existência e imaginá-lo.

— Aonde você quer chegar?

— Você acredita no amor, assim como reconhece a existência do cosmos, apesar de não o conhecer?

— Ah, não da mesma forma. — Ela balançou sua cabeça, confusa. Será que, ao se negar a responder sobre Glauber, havia exposto uma área em sua vida íntima que afetaria a análise? Droga!

Letícia se corrigiu:

— Eu acredito no amor...

— Quanto?

Ela manteve um seguro silêncio.

Daniel voltou a falar:

— Imagino que haja uma regra única no cosmos, arrisco apontá-la como a evolução. Mas, para possibilitá-la, o universo deve abrir-se para infinitas possibilidades. Caso minha suposição esteja certa, por mera força do acaso, então posso concluir também que essa regra abraça o limite extremo do caos.

Ele sentou no divã, colocou a xícara na mesa ao lado e espreguiçou-se.

Daniel vagou do amor para o cosmos, passou pela evolução e determinou que a sua regra básica era o caos. Ele era realmente complexo.

— Você deve estar se perguntando por que falo de cosmos, caos e amor. Porque tudo está relacionado. Tudo existe e é tão palpável como o divã no qual estou sentado.

Daniel acariciou o veludo vermelho que envolvia o acolchoado no divã.

— Muito confortável — elogiou.

— Interessante a sua analogia — Letícia o elogiou.

— Não terminei... peço, então, para você ampliar seu conhecimento sobre o que é o universo. — Ele levantava um dedo para cada item de sua lista: — O universo físico, o universo microscópico, o universo pessoal, o universo místico e, me acompanhe, o universo psicológico. Todos os universos seguem a mesma regra, a evolução. Evoluir, sempre, para atingir a harmonia! Há pouco, perguntei-lhe sobre os seus sentimentos referente ao seu marido. Sua resposta verbal entrou em completa dissintonia com a serenata que se fez notada através dos seus olhos. Consigo perceber, nitidamente, que você está em plena desarmonia. Isso porque, mesmo não querendo, seu universo psicológico sofre. Você vacila miseravelmente ao dizer que acredita no amor. Concluo, levando sua expressão como indicativo, que não acredita nele. Mas, ao contrário de sua falta de crença nesse sentimento, assim como os tantos universos que listei, ele existe. Por que nega o amor?

— Não estou em análise — Letícia repetiu, sem forças para argumentar.

Daniel bebeu um gole e prosseguiu:

— Vamos mudar de assunto, então. — Colocou a xícara de café na mesa ao lado do divã e prosseguiu: — A vida ao nosso redor está acontecendo em paralelo, invariavelmente, e sem que você tenha qualquer controle sobre ela. Reconhece isso?

— Lógico.

— Então reconhece também que a vida ocorre nos três prismas temporais: passado, presente e futuro. Acredita que essa regra seja inquebrável. Mas lhe digo, a regra do tempo é igualmente caótica, assim como o cosmos. Tão caótica que não temos ainda a capacidade de entendê-lo.

— Você está profundo hoje — Letícia elogiou-o.

Tão profundo que ela não conseguia acompanhar.

— Agora responda... acredita que a vida no passado e no futuro podem estar acontecendo neste exato momento? Tudo em paralelo?

— Isso seria ilógico.

— Bom... Concordamos que o cosmos é caótico. Confirma?

— Sim.

— Depois do que falamos sobre o cosmos, sobre o caos, sobre o reconhecimento do amor... depois que concordamos que há um processo de maturação ilógico, por que não podemos reconhecer que o passado, o presente e o futuro não acontecem ao mesmo tempo?

Letícia bebeu um gole de café e perguntou:

— Por que está tão interessado em quebrar a regra sobre a continuidade do tempo?

— Porque sei, por experiência, que o tempo segue a mesma regra do cosmos.

Tá, ela se perdeu, novamente.

Daniel perguntou:

— Conte-me. Você ama o seu marido?

— Qual é a relação entre eu amar Glauber e o cosmos? Além disso, insisto que deveríamos falar de você.

— Insisto em ouvir sobre você hoje.

Letícia desistiu de controlar a sessão. Então seguiu com o curso da conversa.

— Glauber se distanciou primeiro. Após muito tempo tentando reverter nossa situação, decidi tentar uma nova abordagem. Ele clamou pela sua liberdade e eu lhe dei, e também tomei a minha. Um pouco antes de nossa primeira sessão, esbarrei em um rapaz chamado João. Transamos nesse divã. — Engasgou. — Droga! Não devíamos ter entrado nesse assunto.

Ela negou, descrente com sua incompetência enquanto Daniel contemplava suas palavras.

Ele disse:

— Obrigado por confiá-las a mim. Realmente sinto que estamos progredindo. Guardarei suas palavras com cuidado. Esqueçamos, por ora, João. Vamos focar em Glauber... O que sente por ele?

— Perguntando sobre meus sentimentos, de novo... — Letícia tentou sorrir, mas não conseguiu.

— Imagino que o queira bem, ao menos.

— Sim — ela respondeu com alguma sinceridade. — Bom, claro.

— Conte-me agora sobre João.

Ela deu de ombros.

— Não há muito o que contar. Ele me seduziu.

Daniel fez um gesto com a palma da mão, demonstrando sua clara objeção ao que Letícia havia falado.

— Não... esqueça. Pelo que me contou, entre o café e o consultório, foi um espaço de tempo de menos de duas horas. Não houve nem tempo para ele a seduzir.

Ela contestou:

— Você está errado. Senti-me seduzida.

Daniel deitou-se no divã:

— Então você me diz, com toda a sinceridade, que foi seduzida em um espaço de tempo curto, com apenas uma conversa? Que João conseguiu seduzir você, a ponto de convencê-la a trair seu marido?

— Sim, mas, como eu disse, queria viver a liberdade. Aliás, o que a minha dificuldade de acreditar no amor, a falta de lógica nos acontecimentos do passado, presente, futuro e a sedução de João têm a ver com o cosmos?

— Tudo.

Houve um silêncio tenso. Subitamente a sala ficou infestada de pensamentos, reflexões. Então o telefone sem fio de Letícia tocou. Ela fez um gesto para Daniel aguardar e pegou o telefone. Repentinamente, Daniel saltou em sua direção e arrancou o telefone de sua mão.

— É Glauber! — Ela indicou após o terceiro toque. — O que você está fazendo? — Confusa, ela levantou e tentou pegar o telefone da mão de Daniel, que habilmente despistou. Letícia colocou as duas mãos na cintura, em uma postura de repreensão e ordenou: — Eu nunca deixei de atender Glauber. Ele vai estranhar!

— Agora que não lhe dou esse telefone de jeito nenhum. — Para provar seu intuito, jogou o telefone pela janela. Comentou: — Conserto ou trago outro muito melhor.

— Você deve me dar uma explicação... — Forçou-se a parar. Então, irritada, exclamou: — Explique-se!

— Tente focar no que realmente é importante para você. É exatamente isso que faço aqui!

Ela gargalhou.

Ele, não.

16

Viagem

Rio de Janeiro, Brasil

Sexta-feira, 29 de maio de 2015

Joaquim não era aquele monstro que ataca suas vítimas em meio aos seus sonhos, mas de uma forma muito estranha, assustou Letícia. Isso porque dominou seus pensamentos como uma doença incapacitante. Então, para fugir de seus pensamentos e da imagem daquele que invadiu seu sonho, Letícia convidou Gisele para jantar. Mesmo exausta, decidiu caprichar nos preparativos como uma forma de se manter ocupada.

Durante esses dias, ela se trancou no escritório e se afundou na leitura sem se importar com o mundo externo ou interno. Estava agitada e receosa. Não conseguia compreender por que se lembrava constantemente da maravilhosa risada de Joaquim, tampouco conseguia entender por que aquele encontro ainda a afetava. Não conseguiu dormir uma só noite. Temia que, ao dormir, acabaria sonhando com outro assunto. De uma forma estranha, ela não sabia como lidar com a ausência definitiva de Joaquim.

Letícia tinha completa consciência de que Joaquim era apenas fruto de um sonho! Era um sonho! Ela tinha consciência do quão ilógica era sua consternação. Mesmo assim, a imagem dele persistia em sua mente, tão viva quanto a de seus pais falecidos.

Letícia bebeu um gole de seu café amargo. Deu um pulo ao escutar a campainha da porta, como se tivesse levado um choque. O café, pelando, caiu em sua mão. Ela gemeu de dor. Largou a xícara no canto da mesa da sala, lambeu a mão dolorida para limpar a fileira de café remanescente e correu para a porta.

— Obrigada por vir jantar comigo essa noite. — Letícia abraçou Gisele pela soleira da porta. — Fiz...

— Macarrão ao sugo — Gisele respondeu, sem emoção, antes mesmo de Letícia dizer. — É a única coisa decente que você faz.

— Não me ofenda — Letícia se defendeu, aos risos. Não se prolongou em seu discurso, já que era exatamente essa refeição que havia preparado. Então, para elevar o nível do jantar, indicou: — Comprei vinho francês.

Gisele entrou na sala e deixou sua bolsa na mesa ao lado da porta.

— Glauber já voltou de viagem? — Gisele perguntou.

— Não sabia que ele estava viajando — Letícia comentou.

Ela realmente não sabia e tampouco se importava com onde Glauber estava. Havia dias que não esbarrava com seu demônio. Também não estranhou o fato de Gisele estar munida de informações sobre seu marido. Os dois trabalhavam próximos, então acabavam se esbarrando com bastante frequência.

Gisele perguntou:

— Já pediu o divórcio?

Silêncio.

— Amiga, você já vive uma vida solitária. Olha como é jovem! O que tem a perder?

Julgando o assunto desgastado, Letícia ignorou a amiga, seguiu até a cozinha, observou a água no forno e colocou o macarrão na panela. Então abriu o vinho, pegou duas taças, serviu cada uma e seguiu para a sala.

Ao entregar a taça para a amiga, saudou:

— Um brinde!

— À liberdade! — Gisele e Letícia levantaram as taças, concordando com o gesto. Gisele prosseguiu: — Ganhamos um fim de semana em Petrópolis naquele hotel mal-assombrado que você me indicou. Explico no caminho como ganhei essas hospedagens. Depois do jantar, você deixa um recado para o Glauber sobre a sua decisão e, logo em seguida, partimos.

Gisele bebeu um gole, largou a taça com o vinho em cima da mesa de jantar e seguiu até a cozinha.

— Qual decisão? — Letícia perguntou, ao ver sua amiga procurar algo nas gavetas e prateleiras.

— Achei! — Gisele sacou um pequeno bloco de notas, uma caneta e voltou à sala. Entregou-os a Letícia e disse: — Sua separação. Pensei melhor no assunto. Não acho que seja bom enviar uma mensagem pelo celular. Sugiro desligar o seu celular durante o fim de semana. Se quiser, podemos enviar um e-mail de lá, posteriormente… após pensar bem no que escrever... ah! Não se esqueça, em sua nota, de ser graciosa e gentil com Glauber. Não queremos que ele saia machucado dessa relação.

Havia determinação nos olhos escuros de Gisele. Letícia ficou um pouco surpresa com a reação da amiga, pois não tinha calculado o quanto a sua relação desastrosa havia afetado Gisele.

Ao notar a inatividade de Letícia, Gisele colocou o bloco de notas e a caneta em cima da mesa e disse:

— Acho melhor se apressar com o recado. Ainda precisa arrumar as malas para sairmos. Não quero pegar a estrada de madrugada. Vou tirar o macarrão.

— Tá — Letícia disse, sem saber o que fazer.

Batendo palmas, Gisele ordenou:

— Vamos, garota! Chega de perder tempo ao lado desse encosto! Quantas vezes você me disse que queria se divorciar mesmo? Milhares? Vamos! Rompa a barreira do som!

As palavras de sua amiga acordaram os sentidos paralisados de Letícia, que se sentou na cadeira e começou a escrever:

Glauber,
~~*Desculpe por te*~~
~~*Venho por meio desta*~~
Quando você ler esse recado estarei viajando~~*, em Petrópolis.*~~ *Quero que saiba que* ~~*sempre foi*~~ *é importante para mim, mas preciso buscar um novo direcionamento para minha vida. Espero que entenda.*
Vamos entrar com o pedido de separação.
Segunda-feira estarei de volta. Podemos falar melhor sobre o assunto.
Um grande ~~*beijo*~~ *abraço,*
Letícia

Largou o recado na mesa e ouviu Gisele falar pela cozinha:

— Ok, amiga, você se superou. O macarrão está intragável. Vamos fazer suas malas e comer no caminho.

***

A pousada não era muito bem localizada, Letícia lembrou ao chegar e ver o entorno que, substituindo a mata selvagem, havia galpões, casas e prédios ao redor. A pousada era localizada em cima de uma ladeira íngreme. Com janelas altas e duas torres redondas, parecia-se um pouco com um pequeno castelo medieval.

Mesmo assim, era charmosa.

— Gostei! — Gisele disse ao estacionar seu carro na frente da entrada da pousada. Ela saiu do carro e tirou as malas. Parecia estranhamente animada e acordada, apesar de passar das onze e meia da noite.

Letícia, exausta, pegou a mala e seguiu em direção à recepção. Assim que abriu a porta, um apito disparou, anunciando a sua chegada.

— Já estou indo. — Uma voz feminina, rouca de sono, surgiu de dentro de uma porta localizada atrás da recepção.

Gisele sussurrou:

— Reservei dois quartos nesse hotel para meu chefe vir com a amante. Bem, dois quartos para ninguém ter provas de que os dois têm um caso. Eu já sabia que meu chefe não conseguiria convencer a esposa dele de que viria a negócios. A esposa está desconfiada e disse que viria junto. Então ele teve de formar outro plano e bem longe daqui. — Ela riu. — Como ele explicaria para a esposa que havia reservado dois quartos e que não havia negócio algum em Petrópolis? Imagina! Gostou? Tá, concordo com você que o local não é charmoso, mas... assim... É um local legal, interessante, mas ainda bem que meu chefe não trouxe a amante aqui. A mulher é muito fresca! Ela iria atormentar a vida do coitado. Não se sentiria segura rodeada por... Você percebeu? Havia mais de cinco galpões muito mal conservados por aqui.

— Gisele... — Letícia bocejou. — Acalme-se — pediu.

Letícia escutou o murmúrio de um idoso atrás da mesma porta. Logo em seguida, uma voz feminina:

— Desculpem. Ah... já vou.

Letícia estranhou o tom da voz.

— A moça parece preocupada com alguma coisa — comentou Gisele, dividindo a mesma percepção. Logo em seguida, Gisele coçou o nariz e passou a inspirar o ar ao redor como um cachorro faz quando busca conhecer um aroma: — Que perfume estranho...

Letícia bocejou outra vez. Realmente precisava dormir. Inconformada com a agitação da amiga, falou, sem qualquer barreira:

— Deve haver uma explicação para... — Ela bocejou pela terceira vez. Então confessou: — Preciso dormir.

Surgiu uma mulher com olheiras profundas. Ora sorrindo para elas, ora organizando as fichas na mesa da recepção. Ela tentava encobrir sua consternação com sorrisos exagerados. Letícia se perdeu tentando imaginar as tragédias que poderiam estar rondando a vida da bela mulata de meia-idade.

— O que houve? — Gisele perguntou.

Incrédula com a agitação da amiga, Letícia a repreendeu:

— Gisele! Que chateação! O que você tomou, energético? Droga, precisa me explicar o que há contigo!

— Não, amiga. Estou apenas tentando manter você acordada. Não foi o que pediu?

Sim, ela pediu isso à amiga, mas estava tão cansada que já não se importava em se confrontar com a sua decepção de dormir um sonho diferente. Seu corpo já beirava o *shutdown*.

— Obrigada — Letícia disse. Foi pega de surpresa pela explicação e pelos olhos cansados que a amiga conseguiu esconder tão bem. Então sentiu a doce sensação de estar sendo cuidada por alguém e abraçou a amiga.

— Ah, desculpem... tive um problema familiar. Meu avô passou muito mal pela manhã. — A mulata respondeu e sorriu, com seus lábios trêmulos, demonstrando a gravidade da situação. — Sou Rosa — ela se apresentou.

— Sou Gisele e esta ao meu lado é Letícia.

Rosa perguntou:

— Foi você quem ligou há algumas horas, dizendo que iria tomar o lugar do senhor Conceição?

— Vitor Conceição — Gisele complementou. — Eh, como está o seu avô?

A mulata deu de ombros.

— Está velho. Já não anda direito. Teve uma parada cardíaca pela manhã. Chegou a morrer, mas foi ressuscitado. Já não enxerga nem escuta.

— Nossa, mas ele está bem? — Gisele insistiu no assunto.

Letícia não sabia se colocava a mão na boca da amiga ou se procurava um lugar seguro para se esconder. Gisele estava sendo muito intrometida. Já beirava a invasão.

— Está bem. — A mulata estendeu a chave do quarto. — Não se preocupem em preencher uma ficha. Podem fazer isso pela manhã. Eh, desculpem pela falta de organização. Meu funcionário da noite faltou e, como podem ver, estou meio atolada.

— Lógico — Letícia comentou e sorriu. Procurava ser simpática e, ao mesmo tempo, se retratando pela invasão de privacidade por parte de Gisele. Pegou a chave e indicou: — Vamos, Gisele. Estamos cansadas.

— Letícia! Ah, graças a Deus! — Uma voz de um homem idoso surgiu por detrás da porta. Ao escutar o seu nome, Letícia ficou petrificada. Muito provavelmente era o avô de Rosa. Ele gritou: — É Joaquim!

Letícia sentiu todos os pelos do corpo arrepiarem. Algo lhe dizia para correr em direção à voz, mas, ao mesmo tempo, também dizia para correr dessa voz. A mulata, gesticulando exageradamente com as mãos, num ato de desculpas, disse:

— Perdoem. Ele está delirando. Preciso ir.

— Lógico — Gisele disse.

Então sentiu os dedos suaves de sua amiga em seu braço.

Ela disse:

— Vamos.

Letícia assentiu, assustada, sem saber o que fazer.

Gisele indicou uma rampa que dava para os quartos. Então disse:

— Vamos dormir.

17

Aula de sedução

Paris, França

Terça-feira, 13 de novembro de 1906

Letícia abriu os olhos. Seu queixo caiu ao notar que havia acordado no corpo de Françoise; uma loira que assumiu a identidade de Clarice e que tinha planos de assassinato. Sem querer racionalizar sobre a improbabilidade de retornar no mesmo sonho, no exato ponto onde o havia deixado, quando se deitou como Françoise, iluminou-se. Ela pulou da cama, exibindo uma vivacidade impressionante.

Escolheu um vestido verde com detalhes em branco. Bastante prático, por haver menos camadas, e belo em sua maneira. Não demorou para ajustá-lo em seu corpo. Já estava se acostumando com a complexidade dos trajes de uma mulher vivendo no início do século XX.

— Elaine! — Ela chamou sua irmã no sonho que, na realidade, se chamava Anabelle. Preferiu chamá-la pelo nome fictício, mantendo-se fiel ao plano.

Ela não se importava com o plano. Apenas não se interessava em sofrer retaliação da suposta irmã se não jogasse conforme as regras estabelecidas. Sabia muito bem como um sonho pode se transformar em um pesadelo. Também precisava de ajuda para se vestir. Queria abordar Joaquim o quanto antes. Conhecê-lo melhor. Queria... ah, não sabia muito bem o que queria. Apenas queria vê-lo. Sim... queria vê-lo.

Não escutou uma resposta.

Sem paciência, ao calcular o tempo que levaria para chegar ao centro de Paris para se encontrar com Joaquim, desistiu de abotoar o vestido. Examinou sua estranha fisionomia no espelho.

— Para que tanta roupa?! — Letícia reclamou ao pentear seus cachos em frente ao espelho. O que havia com esse cabelo? A escova passava com alguma dificuldade da ponta da cabeça até a orelha, mas parava ali. Havia tantos nós nas pontas de seus cachos que ela chegou a duvidar se algum dia essa tal Françoise chegou a tratar seu cabelo. — Deve ser uma moça descuidada! — ela reclamou novamente. Após muito esforço e uma boa dose de agonia, chegou a desembaraçar sua cabeleira que tomou uma estranha forma triangular. Os cachos deixaram de se curvar entre si e caíram de forma reta. Estava inflado como se ela tivesse enfiado seus dedos em uma tomada e sido eletrocutada.

— Françoise é virgem — resmungou em frente ao espelho. Sabia que seu raciocínio não fazia sentido, mas pensou que uma moça que permite o cabelo chegar a esse nível de descuido não deve ter encantado os olhos de nenhum rapaz.

Ela caminhou a passos firmes e largos até a entrada da propriedade. Queria ver Joaquim. Talvez contar a verdade a ele. Quem sabe ele poderia dar uma luz a ela? Ao mesmo tempo, queria vê-lo para estudar melhor a sua fisionomia. Precisava entender como ele conseguiu mexer com sua mente com tanta intensidade.

— Chame o transporte — ela pediu a Edward. Então, beliscando as maçãs de seu rosto para ficarem coradas, seguiu o seu caminho até a frente do palácio macabro.

Mas como Joaquim receberia a notícia de que vivia apenas na mente furtiva de Letícia? O que ele pensaria?

Ao sentar-se no banco de couro do veículo que se assemelhava a um calhambeque feito no porão de uma garagem, mudou de ideia. Não falaria nada. Em vez disso, seguiria com o curso de seu sonho. Aceitaria as aulas de sedução na esperança de, no meio do processo, encontrar algo em Joaquim que justificaria tamanho fascínio. Pelo menos teria uma resposta para todas as suas perguntas.

***

— Clarice, o que vê quando se olha no espelho? — Joaquim perguntou.

Houve um silêncio.

Letícia não soube o que responder.

Como poderia? Ela via outra pessoa. O corpo de Françoise que, estranhamente, ela conseguia controlar, como se fosse seu. Como essa história estava confusa! Letícia via o corpo de Françoise, que precisava fingir ser Clarice, mas que, de fato, não era ela!

Sem querer responder, ela deu de ombros.

Joaquim fez um gesto sutil com a mão, pedindo para ela analisar o seu reflexo. Confortavelmente sentado no mesmo divã vermelho e, ao contrário do dia anterior, ele estava limpo, com roupas novas. Seu ar fresco lhe assegurou outro nível de beleza. Ainda estava envolvido por uma camada desnecessária de roupas, mas Letícia conseguiu pescar alguns traços e todos a agradaram: ele era alto, de ombros largos, cabelos escuros e olhos azuis.

A esse ponto ela não soube se confrontava seu anjo ou o seu demônio.

Será que ele a cobiçava da mesma forma como ela o cobiçava? Logicamente, não.

— Não sou bela — Letícia confessou ao estudar imagem de Françoise pelo espelho do quarto. Letícia manteve-se lá, na frente do espelho, inspecionando cada aspecto vazio do corpo de Françoise. Estranhou a falta de seios, glúteos ou qualquer outra dádiva feminina que ajudasse na sedução. Mesmo que quisesse, Letícia no corpo de Françoise não teria a beleza física como uma aliada.

— Quando o foco da abordagem é a beleza física, e todos os seus esforços são voltados para apresentar os seus atrativos físicos, sabe que está apenas despertando uma única sensação no homem: o desejo sexual. Está certo, ela consegue o seu intuito momentaneamente, mas assim que a libido é satisfeita, quebra-se a única ligação que existe entre os dois e o interesse dele é extinguido. Pode até ser difícil acreditar, mas nós, homens, não pensamos somente com os nossos membros inferiores. Portanto, antes de pensar em deitar-se com o incrível general Jeremy, assegure-se de que ele já tenha lhe doado sua alma.

As palavras de Joaquim afetaram Letícia muito mais do que ela poderia ter imaginado. Isso porque ele havia descrito, com fidedignidade, o que aconteceu entre ela e Glauber. Ao mesmo tempo, ele explicou o motivo pelo qual seu casamento já estava fadado ao fracasso.

— Prossiga — Letícia pediu.

— Afinidade de ideias e interesses em comum. Você deve estudar a que esse desbravado general se afeiçoa. Quem sabe apaixonar-se por aquilo de que ele gosta. Então, provoque uma conversa a respeito desse tópico, mostre que você tem sentimentos semelhantes e tente criar essa sinergia, mas sem despertar o desejo sexual. Não naquele momento. É muito importante demonstrar curiosidade e fazer mais perguntas para que a conversa flua naturalmente. O homem reage muito rapidamente e é um bicho extremamente previsível, de fácil manipulação. Até os mais frios dos homens, ou aqueles que são mestres em disfarçar sentimentos, caem na rede. Depois de uma conversa como essa, ele pode até seguir seu caminho, frio, sem reação, naquele momento. Quando houver outra oportunidade de vocês se encontrarem, e haverá certamente, ele vai te procurar.

— Não posso procurá-lo?

— Não, jamais. Nem que tenha de cortar suas pernas para impedi-la de caminhar.

Letícia ainda se olhava no enorme espelho do mesmo quarto do bordel do qual fugiu no dia anterior quando viu a figura imponente de Joaquim invadir seu reflexo através do espelho. Ele parou atrás de seu corpo, perto o suficiente para ela sentir o aroma inebriante e masculino e fechou seus olhos. O poder do perfume fez seu corpo tremer e causou uma deliciosa sensação de borboletas em sua barriga. Jamais cheirou algo tão envolvente.

Ela negou com a cabeça, afastando inadvertido sentimento de desejo e perguntou:

— Você conhece o general. Não poderia me dar algumas dicas? Ontem vocês pareciam familiarizados.

— Eu o conheço — Joaquim respondeu com voz aveludada e a virou. A proximidade fez Letícia encarar forçosamente os belos olhos de Joaquim. Os mesmos que a encaravam com domínio. Ele beijou seus ombros. Letícia sentiu seus joelhos baterem entre si, suas pernas vacilavam e ela foi obrigada a apoiar parte de seu corpo no torso musculoso daquele que a torturava sem piedade.

Perguntou, desesperadamente, mantendo-se no assunto em questão:

— Sabe a que ele mais se afeiçoa?

— Sim, ele tem um gosto... excêntrico.

Ela não entendeu. Virou-se para Joaquim e encontrou seus olhos outra vez. Dessa vez viu a promessa de um mundo inimaginável de maravilhas. Ele sorriu e ela retribuiu, como se fosse um fantoche movido pelos hábeis dedos dele. Por que o seu corpo parecia mover-se no automático? Por que ela passava as mãos no rosto do rapaz incrivelmente belo a sua frente como se estivesse acariciando uma obra de arte? Será que o general gostava de sexo excêntrico? Cheio de tabus? Balançou negativamente sua cabeça confusa. Droga, não tinha tempo para essa baboseira. Precisava focar-se no maldito plano, para seguir em frente com a linha de pensamento de seu sonho.

Ela queria conhecer mais sobre Joaquim. Entender mais sobre esse estranho sonho. Nesses últimos instantes chegou à conclusão de que, para entender essa situação, precisava viver o sonho inteiramente. Essa era a chave. Precisou reprimir a vontade de enroscar suas pernas no corpo desse fabuloso homem e focar-se no presente. Mas tinha pouco tempo. Logo acordaria.

— Pode fazer uma demonstração? — Letícia pediu.

Por que ele parou e a encarou confuso, como se tivesse nascido um chifre em sua testa?

Talvez ela não tenha sido clara. Uma boa opção seria apelar para a precariedade da situação, já que era uma moça inocente (para todos os efeitos!) e em meio a um bordel. Não poderia? Logicamente, o belo rapaz de olhos profundos e, atualmente, confusos, não tinha a menor ideia de que era o homem de seus sonhos. Que ela acordaria, em algum momento...

Sem saber o que fazer, ela disse:

— Veja bem: sei que isso pode parecer um pouco audacioso, mas preciso conquistá-lo e estou com pressa.

Havia um brilho em seu intenso olhar, alegria ou diversão. Será que ele ria dela?

Ao perceber uma nota de ironia na expressão facial dele, Letícia enrijeceu-se por completo e permitiu que sua ira emergisse. Claro! Joaquim, por ser um espécime masculino, achou sua urgência fofa. Ela bateu com seu pé direito no chão, expondo com bastante clareza a sua raiva. Sua vontade era mandar que ele, o general, sua irmã, sua curiosidade e seu sonho, fossem todos para o inferno! Ela odiava que zombassem dela e não era um mero divertimento para um português burguês, que tinha pouco para fazer na vida além de ser o homem de seus sonhos.

— Pode começar a demonstração. Me ensine! — ela exigiu.

— Posso mesmo?

— Lógico!

Joaquim retirou seu paletó e desabotoou alguns botões em sua camisa.

— Claro, se você se sente preparada para aprender...

Ele se aproximou de Letícia e, com dedos delicados, retirou o chapéu de flores que ela colocou para esconder seu cabelo revolto, suas luvas, e afrouxou o colarinho de seu vestido verde. Homem bizarro, o que ele fazia agora? Havia acabado de dizer que ela precisava descobrir o que o general gostava, então pulou de uma extremidade para... isso!?

Ele perguntou:

— Onde você nasceu?

Os olhos dela encontraram os dele e ela jurou que viu o universo dentro daquelas retinas. Ele era muito atraente, não que isso importasse para ela no momento. Ele não deveria estar lhe ensinando como atrair o general? Droga, o homem dos seus sonhos era confuso e a estava deixando cada vez mais desconfortável.

— Você perguntou o país?

Ela não sabia se deveria responder a essa pergunta. Não sabia como responder a essa pergunta.

Talvez, poderia dizer...

"Eu nasci no mundo real."

Ou, talvez complementaria:

"Mas diferente de Alice, que caiu em um buraco, eu fechei os olhos e vim parar aqui."

Mas, como explicaria ao homem de seus sonhos que ele vivia apenas em sua cabeça?

Joaquim respondeu:

— Sim.

Ele estava perto demais. Praticamente roubava o ar que ela tentava avidamente respirar. Letícia não conseguia pensar com essa proximidade.

— Eu... Eu... Eu...

Ela abanou o pescoço com os dedos e inspecionou as janelas fechadas. Será que aguentaria tanto sufoco?

Ele desabotoou outros botões de sua camisa branca até expor parte de seu torso musculoso. Ele não parecia nervoso. Seu perfume a inebriava, seus ombros e seu torso a fascinavam, seus olhos a enlouqueciam e sua boca a convidava. Dava para ver os batimentos cardíacos em seu pescoço. Seu pulso estava calmo. Por Deus, ela nunca havia achado o batimento cardíaco de um homem belo!

Ela deu um passo para trás. Precisava pensar. Sentiu algo que não soube caracterizar.

— Temos todo o tempo do mundo! — ela ironizou, mesmo com sua voz vacilante. Precisava acordar, ao menos para tomar uma água. Beliscou-se, num ato de desespero.

Não deu certo.

— Vamos ficar um pouco mais confortáveis? — ele anunciou, e sorriu.

Ela não queria ficar confortável. Por Deus, queria as aulas! As teorias listadas em um quadro escolar! Os passos a se tomar quando se seduz um homem, se possível em uma apresentação em *PowerPoint*!

Ele se aproximou, insistindo na desnecessária proximidade já que o quarto era tão amplo. Seu perfume másculo inundou seus sentidos. Letícia se recolheu novamente. Seu vestido pareceu encolher ao redor de seus seios, roubou seu ar. Realmente desconfortável, ela colocou suas mãos abaixo dos seios.

— Quer ajuda com o vestido? — ele perguntou. Havia algo no olhar desse homem, algo perigoso, animalesco. Por que ele a seguia? — Você é muito bonita. Seus lábios são pura tentação.

Baboseira!

Ela distanciou-se até sentar-se na cama.

— Não vejo a hora de te ver nua.

Ele flertava com ela? Isso era flertar? Seduzir? Por que isso lhe pareceu tão incomum? Ninguém jamais flertou com ela! Os homens, na vida real, não flertam. Eles apenas... beijavam e falavam coisas sem sentido para preencher o espaço. Isso quando não havia música ambiente! Todos foram assim, inclusive Glauber.

— Não tenha medo — Joaquim disse.

A esse ponto ele a empurrava gentilmente na cama. Ela deitou, confusa. Joaquim estava passando dos limites. Ele já estava inclinando seu corpo para deitar em cima dela quando Letícia o interrompeu com sua mão e ordenou:

— Preciso aprender a arte da sedução, do que o general Jeremy Cordelle gosta. Não tenho tempo para brincadeiras!

Ele pausou. Primeiro estava confuso, depois riu.

— Vamos ao que interessa, então.

As pernas fortes e decididas de Joaquim forçaram a abertura das pernas de Letícia. Seus lábios encontraram os dela num beijo letal. Por Deus, ela queria muito prosseguir. A esse ponto tudo perdeu o sentido: sua missão, seu sonho, sua casa, sua vida. Agora era só...

Joaquim interrompeu o beijo.

Letícia tentou mover os braços e não conseguiu. Ambos os seus punhos estavam presos. Por que os punhos de Letícia estavam amarrados na cabeceira da cama? Por que ele segurava uma venda?

Ele sentou-se na quina da cama e estava a ponto de colocar a venda nela, quando Letícia berrou:

— Solte-me! Imediatamente!

Joaquim não a questionou. Soltou os dois punhos de Letícia da cabeceira da cama.

Ela empurrou Joaquim com suas pernas e correu para a porta. Estava confusa, queria ar! Abriu a porta, mas uma mão forte a fechou antes que ela pudesse sair.

— Você não quer seduzir o general?

Ofegante, ela não conseguiu responder. Colocou uma mão sobre seus seios. Com a outra mão, limpou o suor de seu rosto.

Joaquim a estudou por um tempo e acalmou seu olhar. Elevou uma sobrancelha como se tivesse reconhecendo algo, somente agora, e se afastou da porta.

— Estarei aqui amanhã, na mesma hora. Mas venha somente se estiver decidida a seguir com seu plano.

Letícia foi embora numa pressa tão urgente que se esqueceu de seu chapéu de flores. Pegou a primeira carruagem que passou, ofereceu moeda suficiente para fazer o cocheiro sorrir de orelha a orelha e ordenou-o a voltar para sua residência.

Quanta petulância!

Ela queria dar uma bofetada no meio daquele sorriso perfeito de Joaquim, até o faria, se aquele patife não vivesse em seus sonhos.

18

Prudência

Paris, França

Terça-feira, 13 de novembro de 1906

Joaquim xingava em quatro línguas diferentes enquanto caminhava a passos largos pelas ruas de Paris, até a sua casa. Ele queria esbofetear a si mesmo, chutar seu traseiro e jogar seu corpo numa fogueira. Todo castigo era pouco, pequeno, por ter aceitado ensinar a arte da sedução a uma moça inocente! Principalmente tendo o general Jeremy Cordelle como alvo!

Clarice era espirituosa, não muito bela, mas era, acima de tudo, uma tola. Na verdade, uma tola que carregava uma constelação inimaginável em seus olhos.

Joaquim passou as duas mãos vagarosamente sobre seu rosto como se pudesse, com o gesto brusco, espantar os pensamentos conflitantes que insistiam em brigar uns com os outros. A cada passo, subindo as escadas em direção à sua casa, maior era o seu interesse pela perturbada moça. Em contrapartida, crescia a sua revolta. Quando chegou ao último degrau, acabou se rendendo completamente à sua consternação. Um desarranjo que logo se transformou em fúria. Por isso Joaquim abriu a porta da sua casa violentamente, sem se importar com o barulho estrondoso e o rachado na parede. Priscile, sua governanta, sempre cuidadosa, correu para lhe dar assistência.

— O general Jeremy Cordelle o está aguardando no escritório. Disse que tinha um assunto a tratar com o senhor.

— Sim... sim — Joaquim resmungou ao lembrar-se da sua falha ao contar sobre a erva ao general. Joaquim suspeitava que, se Santos Dumont não tivesse provado que o impossível era, de fato, possível, o general não estaria ali.

Joaquim não se incomodou em retirar seu casaco. Com passos lentos, caminhou até o seu escritório. Como o general estava à sua espera, pensou que poderia obter algumas respostas, como: por que a jovem Clarice queria tão desesperadamente seduzir o general? Julgando pela sua aparência, decrépita e irritantemente repulsiva, a jovem não poderia estar perdidamente apaixonada por ele. Ou poderia?

Joaquim pausou por alguns segundos, à frente da porta de seu escritório, refletindo sobre a possibilidade de Clarice estar apaixonada. Sentiu as mãos leves de Priscile tirando-lhe o casaco, mas não olhou para o lado. Não conseguia deixar de pensar em Clarice e Jeremy aos beijos. Uma nota de ciúmes o fez cerrar os punhos. Subitamente emergiram sentimentos territoriais e nada civilizados. Prontamente, ele negou isso para si mesmo.

Clarice não poderia querer seduzir o general por paixão. Não, definitivamente não era por paixão. Então o que o general tinha de tão importante para ela arriscar tanto? Ou o que ele fez à pobre menina?

Ele ajeitou os ombros, forçando-se a recompor sua expressão corporal em uma ordem diferente. Decidiu varrer os sentimentos de posse, ciúmes e outros que não lhe pareciam muito familiares. Ficou a fúria, apenas. Então abriu a porta, decidido a arrancar as respostas do general, nem que fosse mediante força física. Ele conhecia o general. Era um homem cruel, cujos desejos sexuais giravam em torno de tortura e dor.

Joaquim entendia que havia diferenças entre desejos sexuais de pessoas. Sabia que alguns desejos poderiam beirar o limite da insanidade. Apesar de não suportar tais cenas, também não criticava aqueles que sucumbiam a esse tipo de relação, desde que houvesse consentimento, naturalmente. Também não queria saber muito sobre o assunto. Até o momento, os desejos sexuais macabros do general não incomodavam Joaquim. Claramente sentia um certo desconforto quando o general responsável pela segurança nacional se interessava por práticas que, em sua concepção, eram tão absurdas.

No entanto, Joaquim apenas entendia o assunto como algo tão desconcertante quanto ver o general sem roupa, apenas.

Bom, até Clarice entrar no meio da equação.

Então a cena tornava-se sombria, nebulosa e lhe dava ânsia de vômito.

Abriu a porta de seu escritório. Ao ver o general lendo as anotações de suas expedições à África, fechou a porta com força, rispidamente. Com o barulho, o general deu um pulo. Com o susto, acabou largando as anotações, que caíram no chão. Ao vê-lo, rapidamente se recuperou, sorriu, abaixou, pegou o bloco de anotação e disse:

— Você tem talento para desenhos. Achei muito interessantes suas anotações da expedição na Selva Africana.

Joaquim andou em silêncio até sua cômoda, onde ficavam as bebidas. Nesse momento, ao lembrar-se do gosto doce do beijo de Clarice, lançou mão de todo seu pudor. Pensou em lançar um soco no meio do rosto do general. Passou alguns segundos encarando as bebidas e buscando uma forma de suprimir tais sentimentos animalescos. Ele precisava se controlar. Precisava de respostas. Por isso, despejou o líquido âmbar em dois copos, caminhou lentamente até o general e lhe entregou a bebida.

— Nunca mais mexa em meus arquivos pessoais. Estamos entendidos?

O general assentiu. Joaquim apontou para a poltrona e disse:

— Sente-se. Precisamos conversar.

Jeremy obedeceu:

— Podemos continuar o assunto a respeito da erva. Estou interessado em ouvi-lo falar, agora que está sóbrio.

O interesse do general foi quase palpável.

Fez-se um silêncio, tempo suficiente para Joaquim guardar seu bloco de anotações na gaveta de sua escrivaninha. Então caminhou até o outro extremo do escritório, impondo o espaço necessário para a conversa, e perguntou:

— Conhece a menina do parque?

— Não — Jeremy respondeu com aparente sinceridade e bebeu o drinque em um gole só. — Podemos falar sobre a erva?

Joaquim passou a mão nos cabelos.

— Não — respondeu secamente. Voltou ao seu questionamento: — Talvez tenha a conhecido mais jovem. Não se lembra da sua fisionomia? — Joaquim perguntou. Realmente queria entender a raiva da menina e, acima de tudo, saber para onde direcioná-la.

— Não...

— Houve algum evento significativo durante essas suas expedições militares?

O general deu de ombros, com desdém, e respondeu:

— Sempre há.

Não era exatamente a resposta que Joaquim buscava. Procurou ser mais específico.

— Você já estuprou, matou ou violentou uma mulher durante esse período? Já matou pais, famílias inocentes?

Listou as mais terríveis possibilidades e as jogou no ar, presumindo que havia um motivo muito para levar Clarice a agir de forma tão imprudente. Certamente havia um motivo para ela querer seduzir o general.

Um motivo que não era, de forma alguma, ligado a um sentimento de paixão. Não poderia ter...

— Você sabe que tenho gostos... um pouco excêntricos. Às vezes, gosto de lhes causar dor e prazer ao mesmo tempo. Tenho muitas amantes... que curtem esse tipo de relação.

— Não estou interessado em suas atividades sexuais.

O general estudou Joaquim como se estivesse decidindo se falaria ou não. Após alguns segundos, ele se ajeitou na poltrona e contou:

— Bom, não faço mistério com relação aos meus interesses quando se refere a mulheres. Gosto de possuí-las com um tempero bem picante. Não sou do tipo de me contentar em transar com uma mulher sem lhe causar dor. No entanto, há algo que jamais disse a ninguém e.... sinto que é a hora de me abrir contigo. Gosto de quando elas gritam... Gosto de lhes causar pavor. Aprendi, em minhas viagens, que mulheres virgens são mais suscetíveis a gritar de dor, então as tomo.

— Você as estupra?

Nesse momento, Joaquim queria amarrar o general na árvore de seu quintal, especificamente ao lado do ninho de vespa, e esquecê-lo de vez.

O general respondeu:

— Não usaria essa palavra. Apenas as tomo... às vezes sem seu consentimento. Mas, depois de tirar o cabaço delas, naturalmente após algumas pauladas, geralmente as moças param de lutar.

Joaquim precisou pausar para respirar. Encostou-se na cômoda, ao lado da porta. Estava com uma dificuldade imensa de controlar sua ira. Subitamente, diversas imagens de jovens desoladas, enfrentando uma dor inimaginável, surgiu a sua mente. Será que Clarice queria se vingar? Será que ela foi uma dessas moças? Merda! Lógico que ela foi! Isso explicaria por que ela fugiu dele em seus dois encontros.

— Seja mais específico. Quem foram as meninas? — pediu, entredentes. Sua raiva crepitava mais que o fogo da lareira em seu quarto. Subitamente, o quarto ficou pequeno demais para os dois, depois dessa revelação.

O general olhou para o alto como se tivesse que desengavetar as histórias de um arquivo morto em sua memória e listou:

— Bom, recentemente estuprei algumas negras na rua, sendo que duas eram virgens. Também cheguei a ter relacionamentos obscuros com mulheres da alta sociedade, aquelas que gostam de uma dose de... tortura — ele comentou, aos risos. — Permita-me contar-lhe sobre a podridão das mulheres da alta sociedade? Teve uma, em específico...

— Julgo que seus relacionamentos com as mulheres da alta sociedade eram com base em consentimento.

— Sim, mas eram cheios de sangue.

— Pule-os.

— Ah, você quer saber dos casos em que não houve consentimento — presumiu o general, aos risos. — Se você não for à polícia, o que quiser, posso contar. Isso posso fazer em troca de um pouco da sua erva.

A estupefação de Joaquim foi evidente ao escutar essa espécie de negociação sórdida colocada na mesa como uma troca de mercadorias. Era uma atitude, no mínimo, cretina para um homem influente como o general. No entanto, Jeremy não era um homem para ser subjugado. Algo não parecia certo. Por que ele, subitamente, tornou-se tão interessado pela erva a ponto de se expor desse jeito?

Joaquim disse:

— E o que o faz pensar que eu manteria a minha boca fechada?

O general soltou um sorriso mordaz e disse:

— Tenho toda a confiança do mundo que não falará para ninguém. Meu caro. Você é inteligente e sabe que tenho a polícia e o exército sob o meu poder. Mas, se quiser, podemos mudar de assunto. Conte-me sobre a sua última expedição.

Joaquim precisava pensar. Queria estar livre de sua presença. Sem pestanejar, Joaquim tocou uma campainha ao lado de sua porta e em poucos segundos Priscile apareceu.

— Posso lhe trazer algo para comer?

— Não — Joaquim respondeu rispidamente. — Apenas acompanhe o general até a porta.

O general supôs:

— Vejo que está cansado. Podemos conversar melhor amanhã pela manhã?

— Talvez.

No entanto, antes de sair, o general sussurrou baixo o suficiente para somente Joaquim escutar:

— Tentei ser amigo. Respondi a suas perguntas com sinceridade. Agora você me trata assim... Não seria nada prudente segurar uma informação tão importante de um general do meu escalão. Dessa vez, vou deixar passar. Mas esteja preparado. Volto e espero que esteja preparado para fazer uma demonstração dos efeitos de sua erva.

— Amigo general, ao contrário do que aparentou, jamais fui prudente. Não sei nem o que isso significa. Portanto, não alimente as suas expectativas.

Tomando como exemplo ter verbalizado sua descoberta em meio à bebedeira, definitivamente não era prudente.

19

Mensagem em uma colher

Rio de Janeiro, Brasil

Sábado, 30 de maio de 2015

— Acorda, Letícia!

Sentiu um cheiro de enxofre que irritou suas narinas. Letícia piscou. Alguém a chacoalhou. Então escutou:

— Ah! Graças a Deus! Letícia acordou. — Gisele parecia falar com outra pessoa.

— É um método antigo, mas bem eficaz.

Uma voz masculina e muito pouco familiar que veio de uma distância pequena fez Letícia abrir seus olhos. Encontrou, em seu quarto de hotel, três pessoas: Gisele, Rosa e um rapaz. Rosa estava encostada na porta. Atenta, de braços cruzados, ela aguardava.

— Você parecia estar em um estado cataléptico. Por isso sua amiga pediu para nos chamar. Posso fazer um exame rápido? — Um rapaz de traços finos, estatura baixa e olhar cansado perguntou enquanto selava o frasco opaco.

— O que houve? — Letícia levantou um pouco e apoiou em seus cotovelos.

Os olhos arregalados de sua amiga expressavam a gravidade do que havia acabado de acontecer.

— São duas horas da tarde. Amiga, você simplesmente não acordava. Eu te chacoalhava, empurrava, gritava e nada! Cheguei a estapear seu rosto. Não sentiu dor?

O rapaz fez um gesto para Rosa, que se aproximou da cama com uma maleta. Ele abriu-a e pegou uma pequena lanterna, um aparelho de fonendoscopia e outro que mede a pressão. Sem questionar, ela permitiu que o doutor fizesse as medições básicas.

Ele concluiu:

— Você está estranhamente bem, mas sugiro que assim que retornar ao Rio procure um médico imediatamente.

— Deve ser estresse — Letícia presumiu.

Gisele concordou.

— Conhecemos um bom cardiologista.

Letícia fuzilou a amiga com o olhar. Gisele lançou as mãos para cima e comentou:

— Glauber é um bom cardiologista.

— Por que decidiu, subitamente, elogiar Glauber?

— O quê? Só falei que ele é um bom cardiologista. Um ótimo médico. Apenas isso!

O médico pegou o receituário em sua maleta, fez uma anotação e entregou o papel a Gisele. Então disse:

— Enquanto vocês não retornarem, recomendo que Letícia tome esse medicamento. — Ele retirou um frasco opaco de sua maleta. — Sou homeopata e, por sorte, estou com uma fórmula manipulada à base de florais. É um antidepressivo leve e não tem efeitos colaterais. Pode amenizar os efeitos de distúrbios de sono, até ela buscar um médico em que confie. — O médico se virou à Letícia e prosseguiu: — Sugiro que não tome nenhuma bebida alcoólica durante essa viagem e que busque bastante ar livre.

— Obrigada — Letícia agradeceu e sorriu.

— Doutor Normando, muito obrigada por ter vindo até aqui — Gisele agradeceu. — Foi bastante gentil.

— Tudo bem.

Ele já estava a ponto de sair do quarto quando comentou:

— Estava trabalhando... tenho uma loja de homeopatia no centro de Petrópolis. Geralmente não abro nos fins de semana, mas ela estará aberta excepcionalmente neste.

— Está aberta? — o rapaz descuidado perguntou, sem reprimir sua surpresa e foi imediatamente repreendido pelo médico com um singelo olhar.

— Muitas encomendas atrasadas — o médico comentou. Então agradeceu e seguiu seu caminho.

***

— O Doutor Normando é gato — Gisele comentou após um longo e ininterrupto silêncio que se estendeu do quarto até o Museu do Palácio Imperial.

Durante todo esse trajeto, Letícia relembrava dos detalhes desse estranho e contínuo sonho. O sonho era tão lúcido, tão vívido, que ela conseguiu evocar-se dos aromas de ervas e café que envolviam o corredor do bordel. Conseguia sentir o gosto do leite torrado, feito por sua irmã imaginária, para acalmar seus ânimos e vencer a insônia, após o último encontro com Joaquim. Mas, acima de tudo, conseguia relembrar, em detalhes, o peso do corpo de Joaquim, nos poucos segundos que ele a teve sob seu domínio.

Joaquim era peculiar. Um rapaz que incitava em Letícia perplexidade, confusão, irritação e, mais ainda, desejo. Em suma, o homem de seus sonhos sabia seduzi-la.

— Definitivamente, um pedaço de mau caminho — Letícia comentou, ao vento.

— Ele é meu! — Gisele saltou, ao anunciar sua posse.

Por breves instantes, Letícia teve vontade de opinar, mas se lembrou de que sua amiga falava sobre o médico que a havia examinado. Sem querer revelar sobre Joaquim, até porque este vivia somente em seus sonhos, ela elevou as mãos, em rendição.

Elas entraram no museu, trocaram seus sapatos por chinelos de uma espécie de pano, levando em consideração as ordens do estabelecimento, colocaram os pertences em um estoque e entraram em uma das salas com artefatos da Família Imperial.

— Adoro ver porcelanas antigas! — Gisele comentou, ao estudar uma coleção de porcelanas com pinturas florais, folheadas a ouro, típicas da realeza na época. — Ah, Letícia, veja! Essa colher tem uma mensagem escrita nela. — Letícia sorriu com o entusiasmo da amiga, até que Gisele leu a mensagem inscrita:

"Letícia, Françoise ou Clarice. Não importa o nome, o lugar e o tempo. Vou te encontrar. Te amo, Joaquim."

Gisele suspirou e comentou:

— Nossa! Será que ninguém viu isso? Uma mulher com três nomes? É a Marquesa de Santos? Foi amante de Pedro I ou II? Qual era o nome da Marquesa de Santos? Era sua xará?

Munida de uma furiosa curiosidade, trazendo possibilidades através de seus limitados conhecimentos sobre a história da monarquia no Brasil, Gisele supôs diversos cenários e fez incontáveis perguntas.

Enquanto isso, Letícia encarava a colher em estado de choque.

Será que Françoise realmente existiu? Será que vivia duas vidas, em paralelo e em tempos diferentes? Em meio à dúvida, Letícia foi sentindo suas pernas bambas. Sentiu-se sem controle e despencando, assim como Alice caiu no buraco atrás de um coelho com o seu relógio. Então ela perdeu a consciência.

20

Um brinde à nova vida

Paris, França

Quarta-feira, 14 de novembro de 1906

Letícia saltou, como se tivesse levado um choque, ao acordar e perceber que estava de volta ao passado. Correu até o espelho, vendo-se novamente no corpo de Françoise.

Os móveis característicos da época no mesmo lugar, no quarto de Françoise, as roupas antigas, o cheiro de um café da manhã requintado e misturado com a pureza de um ar que deixou evidências claras de que Letícia voltou a viver o mesmo sonho.

Será que era um sonho?

Ela passou a mão pelas mechas loiras e excessivamente encaracoladas. O choque do passado e do presente fizeram com que se lembrasse das palavras sem sentido de seu paciente. Daniel. As palavras desconexas de seu paciente pareciam desconstruir a lógica linear do tempo, e agora pareciam um aviso. Uma premonição. Será que havia viajado no tempo e assumido o corpo de outra mulher? E a mensagem na colher que, estranhamente, se dirigia a todos os nomes que carregava e que vinha como forma de recado amoroso de Joaquim? Será que Joaquim se apaixona por ela? Será que já estava apaixonado? Será que... Ah! Será que ele era de carne e osso? Será que vivia duas vidas em paralelo? Como isso foi acontecer?

Se, no caso bastante improvável, de ela estar vivendo uma vida no passado, qual seria a relação entre Joaquim e a Família Imperial? No Brasil, a república foi proclamada em 1889, quase quinze anos antes do ano em que se encontrava. Por que encontrou uma colher com uma mensagem inscrita para Letícia, Françoise e Clarice no Museu Imperial? Será que a mensagem era de Joaquim mesmo? Se, no estranho acaso de que essa mensagem realmente tenha vindo daquele homem que se incumbiu de lhe ensinar sobre sedução, quando ou como descobriu os outros nomes, se ela só se apresentou como Clarice?

Será que a mensagem inscrita na colher e as palavras de Daniel foram apenas uma grande coincidência?

— Lógico que foi — Letícia murmurou para si mesma, com alguma firmeza. Era um sonho. Definitivamente, um sonho.

E, para engavetar um assunto que lhe parecia batido, Letícia começou a se vestir. Voltaria a viver a vida de Françoise sem questionar passado, presente e futuro, ou, inclusive, descobrir se vivia um sonho ou uma realidade incomum.

Letícia decidiu, assim que terminou de amarrar seu sapato, que voltaria às aulas de sedução. Isso lhe daria outros minutos ao lado de Joaquim e, de uma forma estranha, ela precisava vê-lo outra vez.

— Françoise! Rumm... — Anabelle pigarreou, buscando se reposicionar na farsa. — Senhorita *Clarrrice*, já acordou? Assim, tão cedo?

Letícia não se sentia cansada. Lembrou-se de que, em seu último sonho, depois de seu encontro com Joaquim, retornou do bordel bastante agitada. Deitou-se e tentou dormir. Não conseguiu. Sua suposta irmã trouxe um leite quente e ela perdeu a consciência.

Anabelle prosseguiu:

— Você reclamou de insônia. Então, ao beber o leite que preparei, desmaiou. Literalmente revirou os olhos e caiu. Por sorte, caiu em cima da cama! Achei que dormiria até tarde.

— Preciso encontrar-me com Joaquim.

— Mas o encontro foi marcado para uma hora da *tarrrde*? Joaquim deve estar lhe ensinando bem — sua irmã comentou, aos risos, enquanto abotoava os botões de trás do vestido de Letícia. — De acordo com Fernando, Joaquim é um verdadeiro perito na arte de seduzir. Pelo que você me *descrrreveu* ontem, Joaquim já lhe apresentou as noções básicas.

— Noções básicas? — Letícia perguntou, confusa. Na noite anterior, antes de deitar-se, chegou a contar o episódio do bordel a Anabelle, mas referiu-se ao evento em um tom injuriado, sentindo-se praticamente violada. Bom, não tão violada... talvez um pouco injuriada.

Afinal, estava à frente de um tutor. Não de um cruel e inescrupuloso homem das selvas que precisava amarrar sua presa. Isso depois de roubar carícias para entorpecer sua razão, falar com um tom de voz aveludado para fazê-la perder seu equilíbrio, manter-se próximo ao ponto de desafiá-la a transpor a barreira da sensatez. Como ela poderia saber que Joaquim estava efetivamente tentando lhe ensinar a arte da sedução?

— Ah, sim! Ele precisa te ensinar sobre a *arrrte* de sedução e, de acordo com as fontes de Fernando, o general tem gostos... diferentes. — Ela levantou as mãos de Letícia e examinou os punhos. — Deixe-me ver. Ele te machucou?

— Não — respondeu Letícia, tirando as mãos da mira dos olhos de Anabelle. — Como assim, gostos diferentes?

— Ele é sádico.

Letícia precisou de alguns segundos para juntas as peças. Era isso que Joaquim tentava fazer, lhe ensinar a arte de ser dominada sexualmente. Ao imaginar estar sob o domínio do Joaquim, ela sentiu borboletas na barriga. Precisava falar com ele imediatamente.

— Esse tipo de relação... mais violenta, é comum?

Sua irmã deu de ombros.

Letícia ajeitou sua saia e passou a colocar as luvas e o chapéu.

— Só sei que estou animada com essa notícia! — Anabelle deu um pulo, enquanto batia palmas. — Fernando me disse que Jeremy é conhecido por ser violento com mulheres, e que existem boatos de que ele as tortura, mas nada comprovado. Dizem que é consensual! Que mulher permitirá isso?! Sabendo disso, você não precisa se casar com o cafajeste. Apenas o seduza. Vamos *flagrr-rá*-lo! A gente vai acabar com ele! Se ele tocar em ti, e você gritar por ajuda, o general será desmascarado! Não terá por onde fugir. Afinal, você é a condessa de la Marquê! — Anabelle pausou, juntou as sobrancelhas e observou: — Esse novo plano tem algumas falhas... Fernando pediu para a gente não colocá-lo em prática, por ora.

— Você está falando demais em Fernando. Por quê?

Anabelle enrubesceu imediatamente e ficou paralisada, deixando claro que havia algo íntimo entre os dois. Letícia sorriu, satisfeita em ver um belo sorriso iluminar o rosto de sua suposta irmã.

— Pelo visto não sou a única a receber aulas sobre sedução — Letícia observou, pegou sua bolsa e seguiu seu caminho.

Letícia chegou mais cedo do que o agendado. Bem mais cedo. Sra. Marie, a governanta da casa rosa, colocou na cômoda ao lado da cama uma garrafa de cristal de um líquido âmbar e dois copos. Explicou-lhe que era um presente do dono do estabelecimento; para facilitar as coisas. Logo em seguida, colocou um pano na mesa redonda, um prato com uma torta de chocolate e uma colher. Informou-a de que Joaquim ia demorar, mas que era para ela aguardá-lo.

Ela não soube ao certo como receber ou caracterizar aquele carinho em forma de uísque e bolo. O dono do estabelecimento deveria ser amigo de Joaquim, o que, em seu entendimento, denotaria o quão era devasso. Nesse caso, ela deveria esquecer-se do bolo e beber, para lhe dar coragem. Ou, quem sabe, esse mesmo dono viu Letícia (ou melhor, Clarice) correr, parcialmente vestida, pelos corredores do bordel afora. Então sentiu pena dela. Se esse fosse o caso, ela deveria comer o bolo para afogar a vergonha e ignoraria a bebida, por orgulho.

Letícia colocou o líquido âmbar em um copo. Estava tensa demais e certamente o uísque ajudaria a acalmar seus músculos. Queria abordar Joaquim. Perguntar-lhe sobre seus antecedentes. Entender se havia alguma relação entre aquela colher e Joaquim. Captar mais informações sobre essa realidade. Assim, quando voltasse a viver como Letícia, finalmente poderia determinar, de uma vez por todas, se vivia um sonho ou uma realidade.

A bebida desceu queimando de seu esôfago até o estômago. Ela achou que cuspiria fogo. Passou a caminhar de um lado para outro, estudando a bela arquitetura que dava a entender o verdadeiro fim daquele quarto.

O quarto era envolvido por tecidos vermelhos e revestido por um papel de parede aveludado, com flores que pareciam saltar como que em alto-relevo. Era exagerado, mas luxuoso. Ao mesmo tempo, pecaminoso. Então os olhos de Letícia pararam em um quadro de uma bailarina que ajeitava sua sapatilha. A menina do quadro curvava-se despretensiosamente, de uma forma insinuante. Havia uma pureza em sua posição meio desleixada, meio devassa. Não soube muito bem como interpretar a pintura. Era uma imagem paradoxal. Algo inocente demais para um quarto vermelho no bordel. Por isso, o quadro quebrou um pouco a tensão do quarto. Ela passou alguns segundos encantando-se com a mistura de cores femininas, claras. Passou seus dedos em cima das sapatilhas e observou um pouco mais.

Letícia balançou a cabeça para forçar sua atenção ao presente e sentou-se na mesa redonda. Decidiu experimentar a torta de chocolate, mas, quando pegou a colher e reconheceu a estrutura peculiar de sua borda, lembrou-se da colher no Museu Imperial e sentiu sua cabeça girar. Logicamente, o dono do estabelecimento deveria ter comprado o mesmo modelo.

Encarando a colher, Letícia acabou sendo atacada, novamente, por um vendaval de suposições. Será que era tão difícil assim conceber a possibilidade de viajar no tempo, de viver duas vidas? De fato, seria um verdadeiro presente ter a possibilidade de viver duas vidas, ou melhor, de viver a vida de Françoise, já que sua vida, efetivamente, não lhe interessava mais.

— Um brinde a Françoise — ela murmurou para si mesma. Pegou o copo de uísque e brindou ao vento, celebrando sua nova vida. Ao mesmo tempo, com tantas evidências ao seu redor, ela não conseguiu mais afastar a possibilidade de estar vivendo a vida real. Nenhum sonho poderia ser tão realista, tão convincente.

Colocou a colher no bolso da saia de seu vestido, ignorando a torta.

Então bebeu outro gole, e outro gole.

Já sentindo os primeiros efeitos da bebida, e ao notar a demora de Joaquim, ela pegou um papel para registrar a sua aventura.

Letícia aprendeu, na faculdade de Psicologia, os benefícios de registrar os importantes fatos de sua vida. Uma forma de manter viva a memória. Revivê-la. Era uma forma de retratar o futuro com palavras, em vez de imagens sem contexto.

Então foi até a escrivaninha, sentou-se na poltrona, deixou o copo de uísque e pegou uma estranha caneta e a estudou. Havia uma ponta com um pequeno espaço de onde descia o nanquim. Ah, sim. O nanquim. Letícia abriu a gaveta ao lado e pegou um pequeno frasco com líquido preto. Então ajeitou o bloco de papel e, após algumas tentativas frustradas, conseguiu domar a caneta e o nanquim. Então passou a escrever.

Começou a carta assim:

Me chamo Letícia. Sou brasileira e tenho vinte e três anos. Sou psicóloga, casada e venho do ano de 2015.

E, dessa forma, prosseguiu.

21

Medicamento

Rio de Janeiro, Brasil

Sábado, 30 de maio de 2015

O enxofre irritou suas narinas. Espirrou. Piscou. Logo em seguida, revirou os olhos. Havia luzes que pareciam cegá-la. Havia murmúrios ao seu redor. Escutou a voz de Gisele e concluiu que havia acordado, ou voltado ao futuro. Então tomou seu tempo para abrir seus olhos.

— O que houve? — perguntou, um pouco frustrada. A vontade de Letícia era de retomar do exato ponto de onde parou.

Gisele, enquanto arrumava as malas com uma pressa incomum, disse:

— Amiga, resumindo. Eu te mostrei aquela colher com uma inscrição interessante. Você empalideceu imediatamente. Juro! Sua cara ficou tão branca que pareceu que sua alma havia partido, deixando somente o corpo! Bom, quero esquecer desse detalhe. Você desmaiou no meio do museu. Confusa, e sem saber o que fazer, avisei os seguranças que você estava grávida e não havia com o que se preocupar. Então liguei para o Doutor gatão, que apareceu em menos de dez minutos. Enquanto isso um segurança te carregou para a frente do museu. Entramos no carro do médico que seguramente será o pai de meus filhos e viemos para cá. Normando te examinou, pela segunda vez, e não viu nada de absurdo. Então recomendou voltarmos imediatamente e ligarmos para um amigo dele. Enquanto isso, ele exigiu que você tomasse o medicamento homeopático que ele preparou. Imediatamente!

Assim que terminou de relatar, Gisele pegou um frasco opaco, em forma de cubo, que estava ao lado de outro frasco opaco, em forma de uma minigarrafa. Abriu o frasco, pegou três bolas brancas e estendeu a mão para Letícia.

Letícia encarou o medicamento e a imponência no rosto da amiga. Jamais foi fã de tomar medicamentos. Não seria nesse momento que mudaria de ideia. Então ignorou as bolinhas e levantou. Seguiu em direção à cômoda e examinou outra garrafinha opaca.

— Não vai tomar? — Gisele perguntou.

Letícia não respondeu. Ao contrário disso, perguntou:

— Foi com esse frasco que você me acordou?

Gisele assentiu e respondeu:

— Sim, Normando me deu.

Dito isso, Letícia pegou a garrafinha e arremessou-a para a parede, quebrando-a em mil pedaços.

22

Uma importante decisão

Paris, França

Quarta-feira, 14 de novembro de 1906

Joaquim havia perdido muito tempo no café da manhã. O general Jeremy Cordelle apareceu para o desjejum. Depois do que soube no dia anterior, queria enxotar o intruso de sua casa à base da porrada, mas não poderia. General era um homem poderoso... ainda.

Sentado à mesa, o general passou a falar sobre o tempo, sobre as moças da sociedade, sobre os negócios a fazer. Assuntos corriqueiros, dos quais se conversa na frente dos empregados. Também Joaquim não encontrou um ponto final, ou uma vírgula, na fala do General. Não houve nem uma brecha sequer para permitir que ele anunciasse que tinha outros assuntos a tratar. Chegou a invejar o pulmão do patife, já que o mesmo não sentiu a necessidade trivial de respirar e prosseguiu falando em larga escala. Após duas horas de uma procissão auditiva, Joaquim levantou-se. Foi o exato momento em que o General parou de falar. Tempo suficiente para Joaquim agradecer a sua visita, informá-lo de outro compromisso e sair.

— Desculpe o atraso.

Joaquim anunciou sua chegada com um pedido de desculpas e fechou a porta do quarto. Inspirou, torceu o nariz. Notou um ar azedo, daqueles que denunciam que o elemento chegou ao nível tão elevado de álcool. Então encontrou um corpo feminino esparramado no divã vermelho. O copo de uísque, caído no chão. O rosto da moça, coberto pelo antebraço, demonstrava a gravidade de seu entorpecimento. Seu cabelo loiro, desfeito, parecia querer saltar daquela cabeça num salve-se quem puder. As pernas da moça estavam escancaradas, uma pousada comportadamente no divã e a outra rebelava-se ao cair no chão.

Joaquim teve vontade de rir, mas se controlou. Não queria acordar a menina. Afinal, ele não tinha pressa. Notando que o estado da moça lhe parecia irreparável, pegou um papel da escrivaninha no outro extremo do quarto e escreveu um bilhete:

Clarice,

Desculpe meu atraso.

Você está adorável deitada nesse divã, mas, infelizmente, não poderei lhe aguardar.

Te aguardarei, nesse mesmo local e horário, amanhã. Dessa vez não me atrasarei.
Respeitosamente,
Joaquim

Colocou o bilhete em um envelope branco. Ele não selou o bilhete. Não viu necessidade disso. Nem colocou o remetente. Apenas olhou em volta em busca de um local onde uma moça, severamente afetada pela ressaca, pudesse encontrar um bilhete, sem dificuldades. Ao estudar o divã vermelho, encontrou, logo abaixo do braço caído de Clarice, um ponto onde o forro estava descosturado. Havia espaço suficiente. Assim que a moça acordasse, certamente esbarraria no envelope. Então encaixou o envelope na fissura.

Ele ajeitou seus trajes ao esticar sua postura, e tocou o botão da campainha para chamar a governanta. Assim que ela apareceu, ele disse:

— Cuide bem da menina.

A governanta aceitou sua moeda e assentiu. Então Joaquim seguiu seu caminho. Queria descobrir mais sobre a menina que atiçou sua curiosidade e dominou sua mente.

Ele desceu as escadas da residência de dez moças muito talentosas, singulares, apesar de serem pobremente tratadas como "*Femmes Public*". Era um bordel organizado pelo senhor François Gentile. Joaquim não gostava de frequentar essa casa. Não concordava com a forma como o senhor François tratava suas "*femmes*". No entanto, após Clarice o deixar louco de raiva no parque, teve uma ideia. Informou-a sobre o lugar e alugou o quarto do bordel num preço capaz de calar qualquer ser vivo que tivesse um pulso.

Ao sair da casa rosa, teve vontade de dar meia-volta e adentrá-la. O general Jeremy Cordelle estava do outro lado da rua, encostado na parede de um edifício, de braços cruzados e o encarando como um urso faminto após seis meses de hibernação.

Ele abaixou a cabeça e o ignorou. Andou a passos largos pela rua, buscando não se incomodar com outros passos largos que o acompanhavam.

— Por que não quer me falar sobre a erva? É ilegal? — ele disse, enquanto sorria para os conhecidos que passavam. — Você sabe que posso mandar te prender.

— Por que já não mandou me prender?

— Ah, mas você não entendeu — disse o general, aos risos. — Quero lhe propor uma parceria muito rentável. Tenho um parceiro, que é ainda mais influente que nós dois juntos, que está interessado em patrocinar o estudo da erva. Estamos interessados na origem dessa erva e em como ela funciona.

— Não estou interessado.

Joaquim não conseguiu controlar sua raiva. Desde quando soube das atrocidades, colocadas como se fossem uma mera lista de compras de supermercado, germinou nele uma raiva que dominou todo o espaço em seu coração.

— Quantas mulheres você estuprou, torturou e matou? — perguntou. Sua expressão era séria, perigosa. Tão diferente daquela que o general conhecia que se assustou e deu um passo para trás. Joaquim prosseguiu, sem se incomodar com a reação daquele que, um dia, foi seu amigo: — Quero números, idades e nacionalidades.

— Não vou saber listar — o general respondeu, de forma incerta.

— Ontem soube... inclusive listou as ocorrências com bastante nitidez.

— Não fuja do assunto. — Ainda incerto de como reagir frente a essa raiva que julgou inútil, o general riu e comentou: — Eram apenas mulheres. Precisamos falar sobre o assunto que realmente interessa.

O comentário foi como um soco na boca de seu estômago. Como Joaquim não percebeu as atitudes demoníacas por detrás dessa figura tão nobre, acima de qualquer suspeita? O general pegou em seu braço. Joaquim violentamente retirou a mão dele dali.

— Você não pode fazer isso comigo! — O general Jeremy vacilou. — Posso lhe prender por desacato à autoridade!

Joaquim passou a caminhar pela rua. Queria ignorar o idiota. Foi nesse momento que finalmente percebeu que havia aceitado ensinar técnicas de sedução para uma moça inocente, apaixonada e determinada. Ela cairia nas garras do cretino.

Por mais que Clarice tivesse motivos fortes para se aproximar do general, Joaquim decidiu que não a ajudaria. Mais ainda, que iria afastá-la do imbecil. Nem que tivesse que utilizar de meios obscuros para conseguir o seu intento.

23

Direcionamento

Rio de Janeiro, Brasil

Sábado, 30 de maio de 2015

Ao entrar em seu apartamento, correu para o computador a fim de pesquisar na internet qualquer informação sobre Joaquim, mesmo sem ter sobrenome do rapaz. Não encontrou. Então buscou informação sobre Françoise ou Clarice. Também não encontrou. Prosseguiu. Tentou pescar algo sobre Fernando.

Persistiu. Assim passou sua tarde de domingo.

Ela ignorou as chamadas no telefone, os e-mails, as mensagens de texto. Sua atenção voltou-se inteiramente para entender o passado que a rodeava.

Após algumas horas, Letícia bateu em sua escrivaninha e gritou em plena frustração. Será que ela estava perdendo o juízo?

Decidiu mudar o direcionamento de sua pesquisa. Desta vez buscou a relação entre a colher, o Museu Imperial e os nomes: "Françoise", "Letícia", "Clarice" e "Joaquim". Então viu uma quantidade interminável de artigos e textos sobre o estranho talher. A maioria dos textos afirmavam que a colher foi encontrada em meio aos pertences da realeza, mas que não houve um registro oficial sobre sua origem. Alguns textos supunham que as três mulheres eram filhas de Joaquim. De acordo com um dos textos, Joaquim era um nobre, que morava em Portugal e visitou a Família Imperial em um dado momento da história. Disse que ele deixou a colher para trás, provavelmente a esquecendo. Então, um dos serventes acabou colocando-a junto com os demais talheres da corte. Outros textos, mais fantasiosos, sugeriram que D. Pedro I foi secretamente apaixonado pelas três filhas de Joaquim, mas como não poderia se casar com nenhuma delas, tornou-se amigo do Joaquim para ter acesso às filhas. Relatavam, inclusive, dando a máxima ênfase dramática no clímax do romance que, um certo dia, Joaquim encontrou uma de suas filhas na cama com o rei e, revoltado, anunciou que voltaria imediatamente a Portugal. Então D. Pedro I escondeu as três moças, e Joaquim ficou desolado. Procurando-as, sem esperanças, até que momentos antes de morrer apareceu com essa colher. Pediu para o rei presentear as filhas, mas seu pedido não foi concedido e o rei escondeu a colher.

Letícia torceu o nariz.

Notando que a pesquisa na internet não a levaria a lugar nenhum, parou. Queria voltar a dormir. Quem sabe voltaria para o corpo de Françoise e retomaria a história de onde a deixou?

Subitamente, escutou a porta da sala abrir e fechar. Fechou os olhos, sem saber o que fazer ou por onde fugir. Estava tão focada em sua pesquisa que se esqueceu da existência de Glauber. A esse ponto já estava lendo o bilhete que ela deixou em cima da mesa.

Letícia entrou em casa com tanta pressa que se esqueceu de rasgar o bilhete.

Então escutou passos urgentes no corredor. Concluiu que Glauber já havia lido. Ela levantou. Precisaria enfrentar seu marido. Não dava para postergar isso. Assim que viu a expressão confusa e furiosa de Glauber encostado na soleira da porta do escritório, retraiu-se. Sentou na mesa do computador. Sem saber o que fazer, aguardou seu marido se manifestar.

Glauber a encarava ofegante.

O coração dela perdeu o compasso, em agonia.

Assim se passaram alguns intermináveis segundos.

Glauber balançou o bloco com a anotação de Letícia e disse:

— Assim? Vai me deixar... — Ele pausou. Os olhos dele passaram a mover-se freneticamente pela estante de livros de medicina até a estante do escritório. Parecia buscar as palavras certas. Não as encontrou e repetiu: — Assim?

Engraçado. A ideia de separar-se de Glauber não lhe doía mais. Agora, encarando seu marido, Letícia percebeu que não tinha mais nenhuma relação com ele. Que perdia tempo ao seu lado. Ela queria voltar a viver como Françoise. Queria ver Joaquim. De uma forma louca, não pertencia mais a esse lugar e a essa época.

— Sim — ela respondeu, simplesmente.

Fez-se outro silêncio.

Letícia decidiu por uma abordagem prática.

— Quer que eu faça as suas malas? Quer que reserve um quarto de hotel para você se hospedar?

— É você quem quer separação — ele comentou, como se a sua resposta estivesse nas entrelinhas desse recado.

Sem querer discutir, Letícia ajeitou sua postura, caminhou lentamente em direção ao quarto. Fez isso ignorando os olhares silenciosamente desafiadores que a seguiam em silêncio. Era como se ele estivesse esperando Letícia mudar de ideia.

Ele a acompanhou. Ao vê-la retirar a sua mala do armário, disse:

— Desculpe por não estar aqui, ao seu lado. Prometo mudar se você desistir desse movimento impulsivo e completamente maluco. — Letícia passou a colocar suas roupas na mala, sem dizer uma palavra. — O vestido verde foi comprado no meu cartão. Ainda estou pagando as exorbitantes parcelas.

Foi evidente o tom áspero na voz de Glauber ao dizer essas palavras. Letícia agiu com violência. Ela imediatamente lançou o vestido para o outro extremo do quarto. Logo em seguida, ela inspecionou, em sua mala, outros itens que foram comprados com o dinheiro de Glauber. Retirou um sapato bege e duas camisas. Lançou-os para cima. O sapato acabou batendo na porta do armário, fazendo um barulho alto, mas ela não se importou.

— Pode levar! — Glauber reagiu. — Foi só um comentário.

Julgando que havia colocado todos os seus pertences na mala, os quais foram comprados com o seu dinheiro, fechou-a. Olhou em volta e lembrou-se da sacola azul com a erva. Não poderia sair sem esse seu pertence.

Ela caminhou até o armário, abriu a gaveta de calcinhas e pegou a sacola azul.

— O que é isso?

Letícia respondeu:

— Algo que pertence a mim, já que não comprei com o seu dinheiro.

Com isso, ela encerrou a questão. Colocou o saco azul em sua bolsa, pegou sua mala e caminhou para fora do quarto. Foi interceptada na soleira da porta do quarto. Glauber pegou em seu braço e perguntou:

— Tem certeza?

Letícia sorriu.

Glauber recuou.

Então ela seguiu seu caminho sem olhar para trás.

***

— Não doeu como deveria — Letícia comentou, sentada na cama de um quarto de hotel, encarando a sacola de veludo azul que guardava uma erva estranha, mas bem saborosa.

Ao seu lado havia uma xícara de água fervente, com uma pitada da erva advinda da sacola azul. Tomou um gole do chá e gemeu de dor. A água queimou sua boca. Deveria aguardar mais um pouco para beber o restante do chá.

Bocejou de sono e deitou-se.

Então fechou os olhos.

24

Estratégia de jogo

Paris, França

Quinta-feira, 15 de novembro de 1906

Letícia abriu seus olhos.

Não, abriu os olhos de Françoise.

Não, precisava se corrigir. Letícia abriu seus olhos. Por mais difícil e surreal que pareça, eram os seus olhos.

Seus olhos.

Sentia sua cabeça tremer, como se um martelo estivesse batendo nela a cada segundo. O mundo rodava loucamente. A sensação de vertigem foi tão violenta que ela agarrou a primeira coisa a seu alcance, uma jarra de água em cima da cômoda, e vomitou. O cheiro azedo do vômito, o gosto nojento e a visão terrível de um líquido rosado a fizeram vomitar outra vez.

A porta do quarto se abriu e entrou a senhora Marie.

— Achei que você não fosse acordar — a senhora comentou, entrando com uma bandeja com torradas, queijos, frutas e café. — Bom dia — a senhora disse assim que deixou a bandeja em uma pequena mesa de três cadeiras no canto do quarto.

— Que horas são? — ela perguntou, levantando-se cambaleante, ainda lutando contra a vertigem.

— Coma — ela ordenou. — São seis horas da manhã e você precisa colocar algo no estômago, caso contrário, vai sofrer ainda mais.

A bile caminhou pelo seu esôfago até a goela. Letícia engasgou. Confusa e frustrada, perguntou:

— Joaquim não veio?

— Sim — a senhora respondeu, para a frustração de Letícia. — Ele me chamou assim que a encontrou apagada no divã. Pediu para lhe darmos toda a assistência e seguiu seu caminho.

— Merda! — ela berrou, explodindo de fúria.

A senhora Marie fez um gesto exagerado e simultâneo com os dedos indicadores para ela se calar.

— Você vai acordar as meninas! Elas trabalharam duro a noite inteira!

Letícia teve vontade de esmurrar a parede. Se não estivesse com tanta ressaca, iria. Seria incapaz de controlar sua reação diante de tanta ira. Ao contrário disso, ela perguntou:

— A senhora já foi uma... *Femme Public*?

— Cortesã... sim, fui uma das melhores — Marie respondeu com um sorriso maroto. Munida de um orgulho que não cabia em uma mulher de tal ofício. — Homens de quatro países vinham me visitar. Fiz uma considerável fortuna, mas não soube como mantê-la. Agora administro esta casa e treino as meninas.

— Qual é o seu nome?

— Marie.

— Não — Letícia comentou, aos risos. — Seu nome inteiro.

Ela não cometeria mais o erro de deixar de perguntar as informações básicas de cada um para pesquisar depois na internet. Dessa vez, quando voltasse ao futuro, acalmaria a sua curiosidade.

— Já nem me lembro mais do meu nome verdadeiro. Perdi-o quando assumi essa vida — Marie respondeu, em um tom de brincadeira. Como se estivesse zombando de ser obrigada a responder algo tão óbvio.

— Hoje, você é conhecida como?

— Marie da Casa Rosa.

— Ah.

Letícia sentiu-se desconfortável. Não sabia como lidar com aquela situação. Para ela, a falta de um nome significa, de certa forma, falta da parte mais importante da representação do ego. Mas, ao mesmo tempo, ela não perdeu o dela? Assumiu um corpo que não era seu, uma vida que não era sua e, acima de tudo, um nome que, além de ser de outra moça, também não era como as pessoas ao redor a reconheciam.

Marie comentou:

— Demorei para me acostumar com esse novo nome, mas com o tempo, acabei assumindo-o como uma parte minha.

— Entendo perfeitamente como você se sente.

— Ah! Baboseira, menina! Você é nova demais para entender isso!

Em meio a gargalhadas, Marie entrou no quarto. Fechou a porta e pegou o prato intocado de torta de chocolate. Juntou as sobrancelhas, colocou as mãos na cintura e entortou a cabeça.

— Engraçado, juro que deixei a colher aqui. — Então voltou-se a Letícia e perguntou: — Foi por isso que você não comeu?

Letícia negou.

— Não gosto muito de doces.

— Tudo bem, tente tomar o seu café. Ok?

Letícia sorriu em agradecimento à cordialidade, mas Marie não prestou atenção. Novamente juntou as sobrancelhas, entortou a cabeça e apontou para o divã.

— Parece que há um envelope preso no divã.

Letícia olhou para ele. De fato, havia. Em meio a um rasgo no forro, havia um envelope preso. Ela o pegou e o abriu. Então sorriu novamente, ao constatar quem era o remetente.

— Faz tempo que não recebo cartas. Só e-mails. Já havia me esquecido de como é gostoso abri-las.

— E *meius*?

— E-mail — Letícia corrigiu.

Marie enrugou a testa e arregalou os olhos. Então se manteve em silêncio, esperando por alguma explicação de Letícia, que riu. Havia esquecido que nessa época, não havia nem televisão, quanto menos computador ou internet.

— Correios? — Marie perguntou.

— Sim. Bom, é uma espécie de correio.

— Você é médium?

— Ãh?

— E, mail — Marie pausou, assentindo. — Correio Espiritual?

A conclusão de Marie fez Letícia gargalhar tanto que se esqueceu da dor de cabeça e acabou deixando seu corpo cair no divã. Realmente deveria controlar sua boca, ou acabaria entrando em uma verdadeira enrascada. A risada de Letícia contagiou Marie. Então passaram a rir sem parar, por alguns minutos.

***

Joaquim estava decidido. Protegeria Clarice do general e, o mais importante, dela mesma. Ele concluiu que Clarice não tinha a menor ideia do leão que enfrentaria se, porventura, seu plano de conquistar o general desse certo. Além do mais, Joaquim simplesmente não conseguia conceber, nem digerir, a imagem de Clarice nua nos braços daquele patife. Pior, só a mera imagem em sua cabeça lhe dava vontade de caçar o cretino e meter uma verdadeira porrada nele.

Foi com esse pensamento que ele invadiu o quarto do bordel, onde, em algumas horas, encontraria Clarice. Então ficou paralisado na soleira da porta. Ele estava preparado para absolutamente tudo, menos ver Clarice, com uma das pernas na cama e enxugando seu corpo molhado com uma toalha. O certo seria virar-se. Precisava olhar para outro lugar, qualquer lugar. Não conseguiu. Então os olhos de Clarice voltaram-se para a porta e o encontraram. Rapidamente, ela cobriu-se, murmurando um pedido de desculpas.

— Não... não... não... não... não... — Joaquim não soube bem por que repetiu essa palavra enquanto entrava no quarto e fechava a porta. Ele anunciou: — Chega de aulas sobre sedução.

Está certo, ele não precisava ensinar Clarice absolutamente nada nesse assunto. Ela já lhe parecia perita e podia listar diversas evidências para corroborar sua conclusão como, por exemplo, o fato de sua mente ignorar que Clarice não tinha nenhuma característica de um corpo que desejava em uma mulher e não conseguir pensar em outra coisa além dela desde o momento em que a conheceu.

Clarice tropeçou, a toalha dela chegou a descobrir a lateral de seu corpo, mostrando, por um breve instante, seus pequenos seios. Joaquim perdeu o fio da meada. Esqueceu-se do objetivo primário que o levou a se encontrar naquele quarto de bordel, focou-se exclusivamente na moça que se tornou, nesse momento, a visão personificada do que mais desejava em sua existência.

Repetiu:

— Chega de aulas de sedução por hoje.

— Mas nem começamos! — ela reclamou, procurando cobrir-se novamente com a toalha. Explicou: — Vou me vestir. Havia acabado de sair do banho. Marie foi gentil em me emprestar a roupa de uma de suas damas, já que não consegui ir para casa. Não esperava que você fosse chegar tão cedo.

Ela pegou o vestido azul-marinho e cobriu seu corpo, substituindo a toalha molhada. Os cabelos encharcados de Clarice ainda molhavam o colo da moça.

Joaquim precisou reprimir a insuportável vontade de seguir com a língua o caminho das gotas de água que percorriam o corpo de Clarice.

Subitamente, a mão esquerda dela tocou no torso de Joaquim, impedindo-o de aproximar-se ainda mais. Com o nível de tensão, ele não havia reparado que tinha se aproximado tanto da moça.

Ela disse:

— Preciso conversar com você.

Conversar? Clarice precisava conversar?

Joaquim riu do anúncio dela. Nesse momento, ele estava pensando em tudo, menos em participar de uma conversa civilizada.

— Você queria aulas de sedução — ele argumentou, sem saber o motivo de ter imposto o objetivo do encontro de ambos se ele não estava disposto a lhe ensinar absolutamente nada sobre o assunto.

— Você disse que não quer me ensinar sobre sedução — ela o lembrou disso.

A determinação imposta no tom de voz de Clarice fez com que Joaquim encontrasse seus olhos firmes. Sentiu seu coração parar por um instante. Subitamente, algo se transformou. Uma peça que Joaquim jamais imaginou que tinha se encaixou. Isso porque, lá no fundo dos olhos de Clarice, ele encontrou uma imensidão de estrelas brilhantes, incontáveis mundos a explorar e em que se aventurar.

Nesse breve e infinito segundo, sentiu como se a força do universo que estava dentro dos olhos de Clarice finalmente retirasse a venda daqueles olhos. Viu a eternidade.

Isso o fez acreditar em algo divino.

Escutou Clarice murmurar algo.

Atônito, sentindo-se completamente possuído, sentou-se na cama.

Clarice, não ciente do efeito que seus olhos causaram em Joaquim, entrou atrás da baia e passou a ajeitar seu vestido azul. Então ela se sentou em uma cadeira da mesa redonda. Suspirou, como se precisasse buscar em sua respiração a coragem. Então, disse:

— Estou vivendo uma situação muito peculiar. Não sei bem como isso foi acontecer comigo, mas o fato é que só há duas explicações para tudo. — Clarice fez um gesto exagerado, indicando todo o ambiente que a cercava. Pausou. Estudou Joaquim por alguns segundos, como se precisasse encontrar a melhor forma de abordar esse assunto. Elevou as sobrancelhas e continuou: — Preciso começar do início. Não me chamo Clarice. Sou brasileira. Moro no Rio de Janeiro e em outra época. Estou buscando uma explicação para tudo isso...

— Espera. — Joaquim levantou-se.

Andou até a cabeceira da cama, colocou um pouco de uísque em dois copos e voltou. Entregou um a Clarice e tomou a sua bebida em um único gole. Joaquim forçou sua atenção no relato.

— Sim, começa do início — Joaquim pediu. — Pode contar por que fugiu do seu país?

— Não fugi.

— Por que veio à França?

— Não houve um motivo específico.

Estranho. Nenhum viajante pega um navio e percorre por dois meses o oceano Atlântico por motivo algum.

— Veio de férias? — jogou um motivo no ar.

A moça elevou a palma da mão, como se estivesse pedindo silêncio.

— Encontrei, um certo dia, uma sacola de veludo azul que continha uma erva com cheiro de canela. Nela, veio um bilhete "Me Beba". — Ela fez um aspas com seus dedos e prosseguiu. — Achei que pudesse colocá-la em um chá. Então...

— Para! — Joaquim a interrompeu bruscamente.

Onde essa moça conseguiu a "Erva Transitória" da Tribo Curupira?

Além disso, Joaquim avançou muito pouco em seus testes. A erva, definitivamente, não estava adequada para consumo humano. Dissolveram-na em salina e injetaram-na em ratos de laboratório para testar seus efeitos, mas eles simplesmente passaram a ficar mais sonolentos. Um verdadeiro desastre!

— Onde conseguiu essa erva? Você invadiu meu laboratório?

Os olhos da moça se arregalaram. Não esperava deparar-se com essa pergunta.

Ela perguntou:

— Você pode me dizer quais são os efeitos dessa erva?

A pergunta fez Joaquim levantar-se. Estava confuso. Será que estava lidando com uma impostora? Uma ladra?

— Responda! — ele exigiu.

— Responda, você! — Ela praticamente o estapeou, ao devolver-lhe a mesma exigência. — Tá! Quer saber onde encontrei essa erva? Encontrei-a em meu consultório!

— Você é médica?

— Sou psicóloga. Ah! Não importa! Quer saber de tudo? Escrevi um relato. Está... — Letícia procurou o longo relato que escreveu. Foram quase cinco páginas. Seria bem mais simples que ele lesse do que ela falar, nesse momento. Ela procurou em cada ponto do quarto. Sem o encontrar, perguntou: — Onde está?

— O que você escreveu?

— O que aconteceu, ora! Desde o dia em que tomei essa erva em um chá, toda vez que caio no sono, acordo em um corpo diferente, em um país diferente, e há mais de um século! — Enquanto Letícia falava, o rosto de Joaquim perdeu a cor. Empalideceu a um ponto que a deixou preocupada. Mesmo assim, posicionou seus punhos fechados em cada lado da cintura e disse: — Isso mesmo, Joaquim. Sou do futuro.

Então parou de falar.

Sem dizer uma palavra, ele saiu do quarto. Em poucos segundos, ele voltou e disse:

— Conte-me tudo. Desde o início. Mas seja rápida.

***

Depois de duas horas de um inquérito que parecia não ter fim (com uma vontade imensa de chutar seu traseiro por não ter prestado atenção nas aulas de História), Letícia finalmente convenceu Joaquim de sua procedência.

Após a explicação, Joaquim se levantou, pegou no braço de Letícia e disse:

— Na carta que você escreveu, mencionou que é do futuro?

— Sim.

— Falou sobre a erva e como chegou até aqui?

— Sim.

— Tem certeza de que não entregou a ninguém essa carta?

— Tenho, ela estava ali. — Letícia apontou para a cabeceira em que escreveu o relato.

— Pois é... Fui atrás de Marie. Ela não confirmou ter visto a carta nesse quarto. Disse que é a única a ter acesso a ti, mas, se ela não pegou a carta, então outra pessoa entrou em seu quarto.

— Ela pode estar mentindo.

— Sim, pode. — Ele pausou. Foi até a porta e, ao ver Dona Marie passar, a chamou com um sinal. Letícia aguardou enquanto escutava palavras desprovidas das frases. Palavras que se destacavam como "General", "Cortesã" e "Rosalie". Seu coração já não parecia bater como deveria. Tomou uma velocidade rápida ao ponto de prejudicar a circulação de sangue em suas pernas. Isso a vez despencar na cama. Isso porque ela percebeu tardiamente que não estava sonhando e que havia acabado se expondo de forma absurda e desnecessária.

Joaquim fechou a porta e suspirou.

— Cometi um terrível erro. Trouxe você no estabelecimento que o general Jeremy frequenta. Isso porque tem uma cortesã que é fiel a ele. Uma tal de Rosalie. — Suspirou novamente e passou a mão em seu cabelo. Parecia que a sua mente trabalhava exaustivamente para encontrar um meio de sair daquela encrenca. — Ele esteve aqui...

Letícia negou, confusa.

— Será que ele entrou nesse quarto e pegou a minha carta?

— Ele não fez isso. Os clientes não têm permissão de vagar pelo segundo andar dessa casa livremente, por questões de segurança e discrição. Deve ter sido a sua cortesã. — Ele pausou. Finalmente encarou Letícia e disse: — Minha querida Letícia, você entrou em um jogo obscuro com pessoas que fazem absolutamente qualquer coisa para vê-la perder. Nesse ponto, o general que pretende seduzir está interessado em passar por cima de você para conseguir algo que está em sua posse. — Joaquim passou a caminhar para fora do quarto, mantendo seu punho cerrado no braço dela enquanto dizia. — Não sei como a erva veio parar em sua mão, mas antes de tentarmos juntar as peças, precisamos agir. Agora vou tomar as providências para colocá-la em um local seguro.

Em poucos minutos ela estava sentada em um veículo ao lado de Joaquim.

Joaquim arrancou com o carro. Foi preciso segurar o chapéu pelo efeito chicote.

— Você conhece a erva que me trouxe até esse tempo?

— Sim. Eu... ganhei-a de presente. É uma erva que transporta. No entanto, até agora não descobri como utilizá-la corretamente. — Ele apontou para Letícia. — Agora estou muito mais confuso, tomando pelo fato de que a erva só transportou a sua alma, que a fez voltar no tempo e se hospedar em um corpo de outra moça... qual é o nome verdadeiro dessa moça?

— Françoise.

— Ah, sim. Françoise...

— Como a sua erva veio parar no meu consultório?

— Sei lá! — Joaquim respondeu, dando de ombros. — Um paciente não pode ter deixado lá?

— Com um recado? Não se esqueça! A erva foi deixada com um bilhete "Me Beba".

— Um cliente novo, alguém que tem livre acesso ao consultório...

— Poderia ser Daniel de Ventura? Ele acabou de iniciar a sessão e vem cheio de mistério.

Esse paciente era realmente perturbador, Letícia reconheceu. Assim que for possível, certamente perguntará a ele.

Ele passou uma mão pelo rosto e disse:

— Sobre os planos de Françoise. Esquece.

Letícia já havia lhe contado sobre a farsa. Aliás, havia contado tudo...

— Por quê?

— Vamos mudar a estratégia do jogo. Primeiro, vamos nos assegurar de que você fique protegida. Precisa de alguém para cuidar de você.

— Mas não é melhor eu prosseguir com a vida e os planos de Françoise?

— Convenhamos, Letícia. Você não sustenta Françoise?

— O quê?

— Não importa agora — Joaquim disse. Freou o veículo e anunciou: — Chegamos.

Letícia espiou pela janela, viu uma capela. Ela riu. Joaquim havia acabado de falar sobre estratégia de jogo, mas se perdia em sua jogada antes mesmo da primeira carta. Ela comentou:

— Acho que você precisa se acalmar.

— Sim, preciso — Joaquim concordou e limpou o suor da testa com seu antebraço. Logo em seguida, ajeitou o cabelo, passou os dedos em suas sobrancelhas, alisou seu paletó, e murmurou: — Vou ter que preparar Fernando para a notícia. Ele vai querer me internar — Joaquim murmurou, preocupado com o que estava prestes a fazer.

— O que pretende? — Letícia perguntou, mas Joaquim não a escutou. Ele andou, a passos apressados, em direção à capela. Logo, abriu a porta da frente e entrou. O que ele planejava? Certamente não internaria Letícia em um convento, internaria? Não. Certamente não faria isso. Além do mais, por que Fernando ficaria tão nervoso se Joaquim fosse, de fato, interná-la?

A porta da capela se abriu. Saiu Joaquim dali, com uma expressão séria. Passou os dedos em seus cabelos como se estivesse penteando-os. A passos decididos, caminhou em direção ao veículo. Sentou-se.

Letícia escutou barulhos de algo estourando no cano do carro, sentiu uma tremedeira.

— Quer me dizer o que está planejando?

— Não é óbvio? — Joaquim perguntou, enquanto prestava atenção na direção e desviava de pessoas, animais e plantações. Mesmo de perfil, com o tom de voz urgente, ele comentou: — O padre tem pouco tempo para concluir a nossa cerimônia.

— Cerimônia?

Fez-se um silêncio. Joaquim juntou as sobrancelhas e suspirou.

— Claro, você deve ter outros costumes. — Corrigiu-se, e então prosseguiu: — Preciso protegê-la, Letícia. Não poderá mais voltar a viver como Françoise. Não percebeu? Em pouco tempo de conversa com Marie, acabou falando algo que a comprometia. Não há outro jeito de protegê-la. Não tenho renda suficiente para me tornar o guardião de uma mulher de uma família com títulos. Afinal, para todos os efeitos, você ainda é a prima de um conde. Precisamos nos casar.

— Joaquim! — Letícia exclamou. Francamente, Joaquim a estava assustando. Ele agia com uma urgência completamente contrária ao que a situação sugeria.

— Ninguém sabe que vim do futuro. Como podem saber? É só eu prosseguir vivendo como Françoise.

Ele riu, mas sua reação lhe pareceu tensa, incrédula. Letícia estava prestes a argumentar, mas ele a silenciou com um gesto da mão. Parou em frente a uma residência de três andares de esquina e a algumas quadras da casa rosa. No segundo andar da casa de tijolo vermelho, havia uma sacada de ferro que a percorria de uma ponta à outra. Parecia uma casa grande demais para apenas um homem de pouca renda.

— O que você faz? — Letícia perguntou, curiosa. Ele a encarou, desconcertado. Talvez se perguntasse por que diabos tinha entrado nessa enrascada. Se Letícia estivesse certa em sua suposição, então simpatizaria com o rapaz, completamente. Ironizou: — Tenho que dizer, essa sua proposta de casamento foi a mais romântica que já tive, mas vou ser obrigada a negar. Não sei nem o que você faz da vida.

— Sou engenheiro. Eu me especializei em reconstruir casas condenadas. Bom, assim é que me sustento. Também sou explorador e estudo plantas desconhecidas. É isso que precisa para aceitar a minha proposta de casamento?

— Não.

— Que pena. Porque você vai casar comigo, para o seu bem.

— Primo!

O grito de Fernando, vindo da extensa casa de dois andares, interrompeu a discussão. Segurando uma maleta média, trancou a porta da frente e correu para o carro. Sem pedir permissão, sentou-se. Arregalou os olhos, como se tivesse se dado conta, nesse momento, da presença de Letícia. Retraiu-se.

— Pode falar na frente de Letícia... Françoise. — Joaquim balançou a cabeça e corrigiu-se. — Clarice.

— Anabelle me contou sobre o plano. Já sei que ela se chama Françoise. — Fernando pegou na mão de Letícia e comentou: — Meus sentimentos, querida.

Juro que vou fazer o possível para ajudar vocês, mas acho que não devem prosseguir com o plano de vingança. Isso não vai levá-las a lugar nenhum. Sugiro uma abordagem mais definitiva: justiça. Sou advogado e posso ajudar vocês a prender o general. Acredite, ele já está balançando em seu cargo. Descobri, após uma breve investigação, que errou ao calcular o tamanho de sua imunidade. Ele acabou falando demais... sobre seus gostos... Eh... — Fernando fez um gesto com a mão, como se o aceno pudesse substituir as palavras que dariam continuidade à sua explicação. — Enfim, o general vai perder a imunidade em breve. Com isso, poderá sofrer as consequências de seus atos.

Joaquim interveio:

— Não foi por esse motivo que você invadiu essa carruagem. Desembucha. Eu e... Françoise temos um assunto urgente para tratar. Fala logo e depois me escuta.

— O laboratório foi invadido. Reviraram tudo. Destruíram muita coisa, mas não acharam nosso tesouro. Está comigo.

Fernando fez um gesto, indicando que o tesouro ao qual se referia estava dentro da maleta.

— Ótimo — Joaquim murmurou. — Quem é Anabelle?

Subitamente a mesma sentou-se no carro.

— Anabelle — Fernando a apresentou.

— Elaine é Anabelle. Entendi — Joaquim murmurou.

Anabelle sorriu para todos e entrou no veículo. Meio encabulada, confessou para sua irmã.

— Acabei contando sobre o nosso plano para Fernando.

— Hum — Letícia murmurou. Tinha de confessar. Pouco se importava sobre o plano de se vingar do general. Ela estava curiosa com outro assunto: será que a erva era o tesouro ao qual Joaquim se referia?

— Elaine é Anabelle e irmã de Françoise — Fernando confirmou. Então perguntou: — Como estão as aulas de sedução?

Letícia não respondeu. Apenas olhou para Joaquim para lhe dar algum suporte. Isso porque ela não tinha paciência para argumentar sobre um plano quando jamais teve a intenção de segui-lo.

— Não há motivos para seguirmos com o plano — Joaquim comentou. — Temos... outro assunto mais importante.

— Tá, tá, tá. — Anabelle abanou seu rosto e revirou os olhos. — Como se a justiça se aplicasse ao general.

— Dê-me algum crédito — Fernando argumentou com Anabelle. — Já coloquei detetives atrás dele. Vamos juntar provas e apresentá-las.

— A quem? — Anabelle exclamou, batendo com as mãos em suas coxas. Seus olhos exalaram uma dor escondida, palpável e comovente. Por um breve momento,

Letícia arrependeu-se de não ter dado importância à barbaridade que o general Jeremy Cordelle fez com seus pais. — Nossa mãe viajou para buscar mantimentos para casa. Seria uma viagem de dois dias. Após cinco dias, nosso padrasto decidiu ir atrás dela. Ele encontrou-a amarrada na cama e machucada. Estava cativa e sob a posse do general. Nosso padrasto o denunciou por estupro. Após um mês de avaliação, o caso foi engavetado. De acordo com a senhora Pauline. — Anabelle apontou para si mesma e Letícia, naturalmente achando que Letícia era Françoise. Fez um parêntesis. — Pauline foi nossa ama. — E prosseguiu. — De acordo com Pauline, foi comprovado que a nossa mãe consentiu com a violação. Imagina!! Então arquivaram o processo. Logo em seguida, o general teve a audácia de aparecer em nossa residência na véspera de Natal. Houve uma briga. Nosso padrasto foi morto pelo general em cima da mesa com a ceia de Natal. Disseram que a nossa mãe foi morta em nosso quintal. Trouxeram parte do cabelo dela ensanguentado como prova. Agora, vejam só! Arquivaram o processo novamente! ARQUIVARAM! Você acha mesmo que existe justiça, levando em consideração que o réu é o mesmo homem responsável pela segurança da região?

Ouve-se um barulho estrondoso de tiro. O carro passou a cambalear. Joaquim lutou para manter o controle. Mais tiros. O carro parou. Com a súbita parada, Anabelle caiu no chão do carro e Letícia se segurou nos braços de Joaquim para não cair também. Todos se agacharam. Fernando abriu a maleta e sacou dali duas pistolas. Entregou uma para Joaquim.

— O que você queria me dizer? — Fernando perguntou.

— Depois falaremos sobre isso — Joaquim falou ao Fernando. — Françoise e Anabelle. Fiquem aqui agachadas! — Joaquim ordenou.

Ambos, com expressões sérias, saíram para o combate.

A gritaria aumentou. Houve tiros, injúrias e ameaças. Mesmo em meio a tiros e gritarias, Letícia ignorou a ordem de Joaquim. Ela queria e ia ajudar! Por Deus, ela faria isso! Afinal, era de outra época, onde mulheres lutavam bravamente, e em pé de igualdade com os homens!

Letícia saiu do carro.

Então foi surpreendida por um estrondo doloroso na cabeça e perdeu a consciência.

25

Perdas

Rio de Janeiro, Brasil
Domingo, 31 de maio de 2015

Letícia abriu os olhos. Estava no quarto de hotel. Olhou em volta. Sentiu dor de cabeça. Precisou de algum tempo para se encontrar. Ela passou a mão em sua cabeça, onde sentiu uma dor aguda antes de...

— Françoise levou um tiro na cabeça — concluiu. Boquiaberta, precisou repetir a frase para acreditar: — Françoise levou um tiro na cabeça.

Letícia levantou-se cambaleando e abriu a janela do quarto. Não sabia como definir o que sentia. Era uma mistura de terror, agonia e desespero. Ela inspirou o ar e segurou-se na quina da janela para não cair. Como poderia explicar? Era como ser sequestrada e colocada em um cativeiro inacessível, sem que houvesse a chance de resgate. Como se uma força incompreensível a tivesse arrancado violentamente do corpo de Françoise para trancá-la em seu corpo original e jogar fora a chave. Seu peito doía como se a lâmina da faca estivesse entrando em seu coração lentamente.

Há menos de uma semana, Letícia se martirizava porque sentia um vazio incômodo em sua vida, mas hoje estava certa de que não sabia do que estava reclamando. Só agora ela percebeu, na verdade, o que era vazio; a mais profunda perda do ser.

Françoise deixou de existir.

— Não! — ela murmurou ao sentir as lágrimas deslizarem em seu rosto. Sentiu a garganta apertar. Ambas as mãos se cruzavam sobre seu peito, pressionando seu coração.

Ela vivenciou a morte, e agora, foi obrigada a viver no inferno.

Para uma psicóloga formada na linha existencial, essa vivência deveria empurrar seu nível de percepção e conhecimento para outro prisma. Viver em Françoise e perdê-la proporcionou-lhe esse entendimento. Ela perdeu parte do que acreditava ser. Perdeu Françoise e tudo aquilo que estava envolvido, quando se hospedava no corpo da moça.

Não havia como descrever tamanha dor. Isso porque ela não sabia se valeria a pena viver ao ser obrigada a carregar aquele vazio tão profundo dentro de si. Nada podia ser tão angustiante quanto finalmente perceber que não teria mais condições de retornar ao passado, resgatar seu outro "ser" e estar ao lado de Joaquim.

Ainda boquiaberta, com a mão em cima de seu peito dolorido, Letícia exclamou:

— Joaquim!

E despencou no chão, em meio a soluços.

Intermináveis soluços.

— Joaquim! — berrou, ainda mais alto, como se o som de sua voz pudesse transpassar a linha do tempo e chegar até o homem de seus sonhos.

Como doía. Sentiu-se desprovida de tudo. A sua solidão foi tão profunda e primária que foi capaz de mudar algo fundamental dentro dela. Isso porque tinha a mais plena certeza de que não havia como mudar essa situação. Soluçando, sem saber como se encontrar em meio a uma perda tão trágica, ficou ali, perdendo-se no desespero. Permitiu que seu tronco caísse no chão, derrotada. Moveu o corpo e deitou-se no carpete do quarto de hotel.

— Devolve-me Joaquim! Por favor.

O jeito, o sorriso, o perfume e os olhos. Aqueles olhos que carregavam a promessa do infinito. Ela os queria de volta. Os olhos mareados de Letícia não permitiam que enxergasse o teto, mas não era com o teto que queria falar, ao implorar:

— Joaquim, só ele. Traga para mim meu Joaquim.

Ficou assim, olhando para além do teto do hotel, permitindo que lágrimas caíssem sem parar, repetindo o nome "Joaquim" incansavelmente.

Perdeu parte de seu maior tesouro.

Perdeu...

Repetindo o nome do seu tesouro, esperou o tempo passar.

E o tempo passou.

26

Fuga

Paris, França

Quinta-feira, 15 de novembro de 1906

— Françoise e Anabelle. Fiquem aqui agachadas! — Joaquim ordenou.

Com olhos arregalados, batimento cardíaco no limite, Joaquim manteve seu corpo curvado e pulou do carro. Rapidamente avaliou o ambiente. Viu cinco homens fortemente armados em frente a dois veículos. Escutou um estrondo ensurdecedor e viu uma fumaça sair do cano da pistola de dois homens. Ao perceber que os outros três rapazes estavam ajustando as miras de suas pistolas, saltou em direção aos arbustos. Não daria tempo para contra-atacar. Nesse momento, precisava se defender desses tiros.

Outro tiro atingiu o lado esquerdo de seu lábio. Foi um tiro próximo, mas, felizmente, apenas um arranhão. Joaquim arrastou-se pelo arbusto para encontrar uma brecha e monitorar o movimento dos inimigos, mas antes de encontrar a brecha, escutou outros dois barulhos estrondosos. Outros tiros. Manteve-se parado, estudando a melhor forma de abordar o inimigo.

Fernando conseguiu uma melhor posição de defesa. Então foi o primeiro a atirar. Joaquim o acompanhou. Dois homens caíram no chão com ferimentos nas pernas. Fernando ainda atirava quando Joaquim saiu dos arbustos.

Então ficou paralisado.

Seus olhos arregalaram-se ao verem a cena. Era como se ele precisasse de um campo de visão bem maior para acreditar no que via. Anabelle estava debruçada e chorando em cima do corpo imóvel de Françoise. Ao redor delas, havia uma grande poça de sangue.

Enquanto isso, Fernando os empurrava, socava, ameaçava com palavras de justiça e fazia o possível para mantê-los afastados de Anabelle.

Joaquim ignorou o grito de alerta de seu primo, que lutava bravamente e caiu de joelhos em cima da poça de sangue.

Não importa os nomes: Letícia, ou Clarice, ou Françoise. Joaquim passou a arrepender-se em não ter ficado mais tempo ao lado dela. Por que não simplesmente fugiu com ela? Certamente, se o fizesse, estaria em sua lua de mel, e não vivendo essa catástrofe.

Françoise foi atingida logo acima do olho esquerdo. O rosto estava deformado pelos estilhaços e pelo sangue. Curvado, não conseguiu controlar seu grito de agonia.

Já não conseguia enxergar com seus olhos encharcados de lágrimas, que deslizavam de seu rosto e caíam em cima do que deixou de ser um rosto humano. Empalideceu tanto que julgou que fosse desmaiar. Agachado, em frente ao corpo deformado, sem vida, e que havia perdido aquilo que era mais precioso, sentiu a mais profunda apatia, e do mais profundo e cruel vazio, veio a percepção. Por mais estranho que parecesse, não era Françoise o objeto de seu fascínio. Tanto que, ao ver o seu corpo imóvel no chão, sentiu-se perdido. Levantou-se, primeiro de joelhos, depois numa perna e, a seguir, na outra. Em pé, vacilante, sentindo-se miserável, olhou para cima. Queria correr atrás da alma que havia se hospedado naquele corpo.

Letícia!

Ele queria a alma de Letícia.

Sentiu-se furtado de tudo. Nesse momento, ele percebeu que não poderia funcionar mais se não encontrasse a alma que se hospedara naquele corpo sem vida.

— Letícia! — Joaquim berrou, reabrindo a ferida da bala, sem se importar como a sua consternação poderia ser interpretada pelo mundo ao redor.

Dois punhos firmes seguraram-se em suas costas. Levantaram-no. Desconcertado, Joaquim observou em volta. Os policiais chegaram a tempo de salvar Fernando. Pelo visto, havia sido uma briga violenta, pois seu primo estava cobrindo o lado direito de seu rosto com um pano ensanguentado.

Dois policiais, que haviam acabado de levantá-lo, arrastaram-no para o comboio da polícia. Um deles abriu uma porta de ferro e o arremessou para dentro, ao lado dos cinco rapazes que o atacaram. Logo em seguida, Fernando foi também lançado para dentro do comboio. Então um dos policiais disse:

— Não temos dois comboios para separar *as moças*. — Ironizou: — Se porventura decidirem brigar. Tudo bem. Não me importo. Só digo que, se não brigarem, interrogaremos a todos para entendermos a situação. Depois os libertaremos para analisar o caso, mas se brigarem nesse comboio, abdicaremos de qualquer investigação. Aquele que sobrar da briga simplesmente apodrecerá na cadeia.

E fechou a porta, trancando a todos.

Fez-se silêncio dentro do compartimento.

Um silêncio quebrado por murmúrios de policiais e os soluços de Anabelle, do lado de fora.

Joaquim examinou os rapazes. Apesar de estarem sujos e suados pela briga, não lhe pareciam foras da lei. Havia quatro sentados à sua frente e o quinto ao seu lado esquerdo. Do seu lado direito estava Fernando, ainda cobrindo o rosto com o pano ensanguentado e segurando a maleta com a outra mão.

— O que vocês queriam? — Joaquim perguntou.

Todos ignoraram a pergunta de Joaquim.

— Temos que sair daqui — um dos rapazes a sua frente resmungou para o vizinho. — Não podemos ser vistos na delegacia.

— Eu sei! — o vizinho resmungou. — Cala a boca! — Apontou para Joaquim.

— Por que vocês não podem ser vistos na delegacia? — Joaquim quis saber.

— Porque são policiais — Fernando respondeu.

Um dos rapazes levantou-se, em uma postura desafiadora. Fernando, que levantou logo em seguida, alertou:

— Esse leve ferimento em minha testa não me impedirá de lutar. Ao contrário de vocês, estou puto. Estou me contendo por um fio! — Fernando riu e ironizou: — Não me importo em passar minha vida na cadeia.

— Muito menos eu — Joaquim adicionou. Em um tom rude, daqueles a que é aconselhável não se opor, disse: — Vamos ao que interessa. Quem contratou vocês?

Os rapazes se entreolharam, como se estivessem se comunicando silenciosamente. Enquanto isso, havia somente o barulho da terra revirada por onde o comboio passava e o som de metal batendo.

— Responda! — Fernando berrou.

Seu primo não conseguiria absolutamente nenhuma informação utilizando essa abordagem. Pelo contrário.

Ao mesmo tempo, Joaquim queria arrebentar a cara de cada um deles por terem matado Françoise. Depois queria matá-los, nessa vida e na próxima.

Toda a agonia se transformou em fúria, fúria esta que alimentou seu raciocínio lógico e o fez agir da forma mais calculada possível.

Nesse momento ele tinha de agir da forma mais estratégica possível, se quisesse ter alguma chance de reencontrar Letícia.

Primeiro encontraria quem estivesse por trás desse atentado e o esmagaria. Depois, reencontraria Letícia e ficaria ao seu lado, permanentemente.

Joaquim anunciou:

— Se me derem um nome, eu abro a tranca desse comboio.

— Você é louco? — Fernando retorquiu. — Eles acabaram de matar Françoise!

— É minha única chance de reencontrá-la! — Joaquim respondeu, sem conseguir controlar seu tom de voz. Com raiva, ele socou o banco e rosnou: — Não quero perder tempo!

— O que está dizendo? Françoise morreu! — Fernando insistiu. Ele ainda não havia sido inteirado de todos os detalhes.

Joaquim precisou reprimir sua frustração. Não era o momento de revelar todos os acontecimentos.

— Se abrir a porta, podemos ajudá-lo a reencontrar a moça que morreu — um dos rapazes zombou.

Antes que Fernando pudesse avançar no rapaz, Joaquim o impediu com o braço.

— Diga! — Joaquim berrou. Jurou a si mesmo que, se eles não falassem imediatamente, seria o primeiro a dar o soco. Ele já estava fazendo o impossível para manter-se controlado e logo perderia o controle.

— A senhora Rosalie — o rapaz do canto disse. Quando todos olharam para ele, deu de ombros e disse: — Vocês acham mesmo que o delegado nos soltará depois que descobrir que somos policiais? Além do mais, a senhora Rosalie também não vai nos tirar da cadeia!

— Quem é Rosalie? — Fernando perguntou.

— Antes de sair com Letí... Françoise da Casa Rosa, descobrimos que o general Jeremy se encontra regularmente com uma moça do estabelecimento que se chama Rosalie. Eles conseguiram uma carta que contém informações importantes sobre o nosso tesouro. Muito provavelmente, arquitetaram esse ataque por causa da carta.

— Você não está fazendo sentido — Fernando disse.

— Ei! Vocês queriam um nome, agora abram essa porta!

Extremamente frustrado, mas sem forças para discutir, Joaquim pegou um arame jogado no chão. Ele chutou a ponta da porta com tamanha força que entortou o ferro. Então conseguiu alcançar o cadeado. Com um movimento certeiro, o destrancou e tirou-o dali. Logo em seguida, abriu a porta e apontou para fora.

— Vão.

Todos saltaram, sem hesitação. A vontade de Joaquim era de ir atrás deles, queria buscar uma forma de reencontrar Letícia, imediatamente, mas foi impedido por Fernando, que disse:

— Vamos ficar! Precisamos de toda a ajuda possível. Precisamos também da lei ao nosso lado. Pensa, primo!

27

Explicações

Paris, França

Sexta-feira, 16 de novembro de 1906

Sentados na sala de Joaquim, em silêncio. Apesar do fogo da lareira aquecer ao redor, a sala ainda estava fria. A parede escura sobre a qual circulava o silêncio fúnebre incutira em sua alma um desconforto que Joaquim poderia jurar que nenhuma oração conseguiria extirpar.

Anabelle, encolhida no canto do sofá, engasgava-se em seu soluço. Ora passava a mão pelo cabelo, ora murmurava palavras silenciosas ao vento, em uma inquietude passiva.

Fernando andava de um lado para outro, angustiado, olhando pela janela com uma expressão dolorosa. Ele buscava entender e acreditar no que havia acontecido.

Joaquim, ao contrário dos outros, não se movia constantemente. Sentiu-se estranhamente aliviado por ter contado toda a história de Letícia e por ter contado sobre a erva. Bom, um pouco. Na verdade, sentia-se incapaz de pensar. Após algum tempo, ele girou a cabeça. O cansaço obrigou-o a se recompor no corpo em uma estranha e nova ordem. Reclinado no canto e com uma perna apoiada no braço da poltrona. Por uma estranha e obscura razão, não conseguia chorar. Não mais. Custava-lhe acreditar que jamais encontraria a mulher que carregava três nomes.

Anabelle, acuada no sofá, acariciava e venerava um talher, como se fosse um tesouro precioso. De longe, Joaquim reconheceu que a colher era da casa rosa. Estranhou.

Ele perguntou, finalmente quebrando o silêncio:

— Onde você conseguiu essa colher?

— Estava no bolso de Frrrançoise. — Ela estremeceu e lhe entregou. — Não era de Françoise. — Ela limpou a garganta. Disse: —Aquela moça não era Françoise.

Joaquim aceitou a colher e colocou-a no bolso.

— Meu pescoço está doendo — Fernando reclamou. Torceu o pescoço, levando sua cabeça de um lado para outro enquanto olhava para a rua, da janela da sala de Joaquim. E resmungou: — Ahhhh. O delegado quase nos virou do avesso.

— Me explica de novo? — Anabelle não conseguia segurar as lágrimas. Ela cruzou as pernas, abraçou-as e se encolheu ainda mais.

— Sobre o quê? — Joaquim perguntou. Havia falado muito, sobre muita coisa. Foi um discurso longo, que varou a madrugada. Agora era tarde demais para repeti-lo.

— Primeiro sobre a raiz, depois sobre o que realmente aconteceu que levou a moça do futuro a hospedar-se no corpo da minha irmã.

Joaquim estava exausto. Sentado na poltrona, segurando um copo d'água, ele inspirou profundamente e passou a relatar:

— Tudo começou quando decidi explorar a Floresta Amazônica. Lá machuquei o pé e uma tribo muito curiosa cuidou de mim. Todos eram pequenos. Quase humanoides. Tinham cabelos vermelhos e pés virados para trás. Tive sorte, porque eles não deram o mesmo tratamento para outros. Bom... resumindo. Os membros dessa tribo eram bem territoriais. Defendiam a mata com uma eficácia impressionante. Isso porque se movimentavam como nunca vi. Eles consumiam uma espécie de erva, em forma de fumo ou líquido. Então desapareciam em um local e apareciam em outro. Após algum esforço de convencimento... confesso que não precisei convencê-lo por muito tempo... o Pajé me deu um pouco da erva, e apenas me pediu que, quando eu voltasse, sugerisse um nome para ela. Por mais difícil que fosse de entender, até o momento não encontraram um nome à sua altura. O Pajé era louco! Como ele foi dar uma erva dessas para um cara que obviamente não tinha o menor conhecimento sobre o seu poder!?

— Tem certeza que é a mesma erva? — Fernando perguntou.

— Letícia me deu detalhes bem precisos das características da raiz. A não ser que no mundo existam duas ervas coincidentemente parecidas e que transportam matérias.

— Transporta no espaço, mas Letícia se transportou no espaço e no tempo.

— Na Tribo, quando questionei sobre os efeitos da erva, me disseram que podia transportar o espírito, o corpo e a mente. Tudo ao mesmo tempo, por um tempo definido, ou permanente. Isso depende de aonde se quer chegar. Eles... foram abstratos.

— Transporta por um tempo definido? — Fernando repetiu pausadamente, como se estivesse se forçando a entender a mensagem por trás das palavras. — Qual é o nome dessa Tribo? — Ele perguntou.

— Tribo Curupira.

— E do Pajé?

— Ele também não achou um nome à sua altura.

Houve um silêncio desconfortante na sala.

— São completamente loucos — Joaquim explicou.

Fernando se sentou no sofá e fez um gesto para Anabelle se unir a ele.

Anabelle limpou as lágrimas com o lenço e obedeceu.

Joaquim observou em silêncio o carinho do casal, sentindo seu coração partir-se pela falta de Letícia. Como ele queria estar com ela nesse momento. Tomou um gole de água para enxugar a amargura dolorosa.

— Continua — Anabelle pediu. — Me faça entender.

— Desde então tento entender como utilizar essa erva para transporte. Sem muito sucesso.

Fernando interveio:

— Mas, antes disso, você voltou do Brasil, ficou injuriado com a carta que recebeu de seus pais que lhe ordenaram a se casar com Alexia, bebeu, encontrou o general Jeremy e abriu a boca. Foi nesse momento que o general mandou você parar de beber... ou seja, não acreditou. Então veio parar na apresentação de Santos Dumont. — Joaquim estava prestes a interromper o idiota de seu primo quando ele levantou o dedo indicador e disse: — Mas! Ao contrário de nosso ilustre amigo Santos Dumont, que foi absolutamente genial em sua empreitada, você fracassou em entender como a erva funciona.

— O general me procurou depois. Perguntou sobre a erva. Aparentemente mudou de ideia. Foi, inclusive, bem persistente e irritante... disse que tinha um sócio influente que estava interessado em patrocinar a minha pesquisa. Bom, sobre a raiz... descobri pouco sobre a erva. Cheguei a testá-la em ratos no navio. Eles pareciam ficar mais sonolentos. No entanto, o ponto peculiar era que, toda vez que dormiam, pareciam estar mortos. Imóveis. Respiravam de vez em quando e seus corações quase paravam. Então, acordavam. E algo curioso aconteceu. Coincidentemente, outro rato morreu. Eu estava a ponto de jogá-lo no mar assim como fiz com outros, quando reviveu. Quando um aparentava estar morto, o outro acordava, e vice-versa.

— Você fez testagens no navio? Em... ratos? — Anabelle perguntou, torcendo o nariz, evidenciando sua ojeriza e esquecendo-se, temporariamente, de sua perda.

— Sim. Havia muitos na terceira classe. Bom... fiquei na primeira classe, mas consegui alguns ratos.

— Você deixou os camareiros limparem seu camarote? — Fernando perguntou.

— Parte.

Fernando murmurou algo e estremeceu.

— Não vamos falar sobre minha organização, primo! Quando Letícia me contou a sua história, juntei as peças. — Joaquim suspirou e voltou-se para Anabelle. — Sua irmã teve algum episódio de doença ou trauma recente?

— Sim. Isso foi há alguns dias. Ela teve uma febre forte, que parece ter atacado seu peito. Então acordou estranha, sem memória.

— Isso porque Françoise deixou de existir naquele momento. A alma dela partiu, e a alma de Letícia, a moça do futuro, assumiu o seu lugar.

Anabelle comentou:

— Nossa, como isso é estranho!

— De onde ela veio? — Fernando perguntou.

— Ela é brasileira. Mora no Rio de Janeiro. É psicóloga. Encontrou a erva jogada em seu consultório. Ela é do futuro. Seu presente, neste momento, é 2015.

— Como ela veio parar aqui? Por que aceitou fingir ser Clarice e seguir com meu plano?

— Ela achava que estava sonhando. Imagino que qualquer pessoa na sua posição faria o mesmo.

Joaquim levantou-se da poltrona e anunciou:

— Vou tomar a erva. Quero ver se ela me leva até Letícia.

— E depois, primo?

— Não sei. Só lhe peço uma coisa. Descubra quem é essa Rosalie.

Joaquim passou a caminhar em direção a seu quarto, com a erva na mão, quando escutou os soluços de Anabelle.

— Minha mãe se chamava Rosalie — Anabelle comentou em meio às lágrimas.

Joaquim ignorou o soluço e o comentário da garota. Ela tinha Fernando.

Ele tinha...

Ninguém.

28

Em busca de estrelas

Rio de Janeiro- RJ, Brasil

Terça-feira, 26 de maio de 2015

Definitivamente Joaquim vivenciou algo sem explicação. Foi assustador perder o controle sobre o seu corpo e sentir-se flutuar em meio às nuvens sem corpo ou direção. Foi estranho ver o tempo acelerar-se, ver edifícios gigantescos tomarem forma, ver matos transformarem-se em ruas e casas. Imaginou o susto que Letícia deveria ter levado ao ser puxada pelo vento e ver-se cruzando o oceano Atlântico numa velocidade inimaginável.

E a dor no momento em que uma espécie de corda iluminada penetrou em seu umbigo?

— João? João? — Uma voz feminina, muito pouco familiar chamava um rapaz. Curioso...

Ele colocou a mão em cima da barriga. Regurgitou. Droga... por que estava suando tanto e sentindo tantos calafrios? Todas as juntas de seu corpo pareciam inchadas a ponto de explodir. Seu nariz parecia pular de seu rosto e a vontade de espirrar constante, sem conseguir. Ele puxou o ar. Não conseguiu encher os pulmões. E, em vez disso, quis berrar de dor no peito. Por que tinha a sensação de que ia morrer a qualquer momento?!

— João? Acorda!

Joaquim sentiu tapas em seu rosto. Abriu os olhos.

Assustou-se ao ver uma moça muito estranha o estudar com um olhar estranho e ambíguo. Ela disse:

— João. Sente-se melhor? Quer mais coca? Vamos! Você precisa levantar-se para ir até a sessão de fotos. — Joaquim vomitou em um tapete persa. — Droga, João! Vou tirar a coca daqui antes que você vomite nela. — A voz da moça somando-se à dor em seu peito, em suas costas e em sua barriga intensificou seu tormento. Joaquim inspirou um cheiro insuportável de enxofre na sala que o fez vomitar outra vez. É isso que o futuro reserva para o homem?

Joaquim forçou seus olhos a abrirem-se. Estava em uma sala enorme, branca demais, com móveis que pareciam vir de uma espaçonave e iluminada por um lustre estranho. Ele tentou levantar-se e não conseguiu.

— Não sinto minhas pernas — Joaquim resmungou. Estranhou o som de sua voz. Arregalou os olhos, confuso. O mundo girava. Tudo parecia não se encaixar. — Onde estou?

— Vixi! Acho que você exagerou dessa vez.

Joaquim retraiu-se ao sentir as mãos suaves de uma mulher muito estranha passarem sobre suas costas. Por alguns segundos ele parou aterrorizado ao encarar uma mulher que parecia ter pulado da história de Frankenstein para a vida real. O pescoço da moça era cheio de rugas, como os de uma mulher de sessenta anos, mas seu rosto era deformado. Liso como de uma mulher de trinta anos, porém com os lábios inchados como se estivesse sofrendo uma reação de alergia violenta. No entanto, nada foi mais assustador do que ver os seios petrificados em cima de uma barriga reta, moída e estranha. A barriga da senhora tinha a aparência de um bife amaciado por um martelo de ferro.

Ao notar os dedos da mulher estranha deslizar pelo seu peito ainda doído, exclamou:

— Me larga!

Ele saltou para trás e exigiu:

— Me diga! Onde estou?

As mesmas mãos, que há pouco o aliciavam, passaram a bater em seu rosto.

— Não faça isso comigo, João! Você tem uma sessão de fotos hoje! Depois precisa pegar um voo para o Chile. Droga! Aposto que esqueceu das suas falas! Vou pegar o roteiro para você. — Ela correu até uma bolsa de couro marrom, que estava em cima de uma mala de metal.

Voo?

— Que mala é essa? — Joaquim perguntou, apontando para a mala de metal. — Estou em qual ano?

— Suas roupas. Quer saber mesmo o ano? 2015!

Roupas? Esse tal de João colocou suas roupas em uma mala de metal? Joaquim teve um acesso de tosse. Se ele não arranjasse uma forma de se recuperar, logo perderia esse corpo.

A moça lhe entregou um bloco de papel e o indicou com o dedo.

Então disse:

— Sua fala. Você será Christian. Será o protagonista da série "Revelação", escrita pelo renomado Arthur Salles de Souza. É um papel fantástico. Tive muito trabalho para consegui-lo. Além disso, temos que pagar pelo pó que compramos para comemorar o papel. Caso contrário, matarão a gente... Bom, você... você sabe... os fornecedores trazem uma boa coca, mas são muito violentos se não receber o dinheiro... você assinou aquele pedido.

Joaquim ignorou solenemente o que aquela destrambelhada havia acabado de falar. Jogou o bloco de papel para trás. Tinha mais o que fazer. Mesmo vestido com uma calça de operário, uma camisa de mendigo, ele partiria. Por mais difícil que parecesse, precisaria reprimir a dor e a agonia que cresciam em seu corpo. Também precisaria ignorar todas as novidades que certamente experimentaria durante esse trajeto. O mais importante era achar Letícia.

Movido pela súbita urgência, ele ignorou os resmungos da mulher e saiu do apartamento.

— Leva sua bolsa! — A mulher correu atrás dele e a entregou. — Vai voltar para pegar a mala antes de viajar? — Ela pressionou um botão que se iluminou.

Joaquim balançou a cabeça. Precisava achar um norte em meio àquele caos.

— Onde ficam as escadas?

— Vai descer dez andares? — ela perguntou. — Você está bem?

Uma pontada de dor afligiu seu peito. Seu estômago ficou embrulhado. Sentiu calafrios e passou a suar. Imaginou que estava vivendo os efeitos desconfortantes de ter assumido um corpo que, há pouco, havia acabado de perder sua alma.

— Sim — ele respondeu. Um exercício lhe faria bem.

A moça apontou para uma porta de ferro.

Joaquim, cordialmente, agradeceu.

***

A rua o desnorteou ainda mais do que o apartamento. Havia prédios tão altos que ele parecia estar vivendo em um livro de ficção científica. No entanto, o que mais o incomodou foi a mudança de temperatura. Dentro do recinto havia um frescor parecido com o verão na casa de campo de seus pais em Portugal. Fora do recinto, sentiu um calor de uma fornalha. Era como se estivesse instalando-se no mais profundo e tempestuoso inferno.

Ele estava a ponto de voltar, quando escutou a voz de uma moça de cabelos escuros e corpo deliciosamente curvado que estava passando por ele. Ela dizia:

— Deve haver uma explicação para tudo isso que estou vivendo. Acho que vou me mudar para Petrópolis. Sempre gostei de lá.

"Deve haver uma explicação..."

Joaquim reconheceu o resmungo. Curioso, decidiu seguir a morena. Nossa, que estranho. Em meio a uma quantidade incontável de pessoas que passavam, ele carregava uma certeza suprema de que ela era a moça que buscava. Como poderia explicar essa estranha sensação? Será que era Letícia?

A moça continuou:

— Vou sair daqui, me hospedar naquele hotel caríssimo, tradicional... Aquele na Rua do Imperador. Vou ficar lá, por conta de Glauber, até encontrar uma residência.

Ela riu enquanto pressionava um aparelho pequeno no ouvido.

Então disse:

— Não... vou para aquela pousada antiga, que parece um castelo medieval. Esqueci o nome... fui para lá com o Glauber no ano passado e amei o ambiente. Eram bem firmes em receber hóspedes não fumantes. É bem organizada. Havia histórias de que a pousada era mal-assombrada, mas me senti muito bem por lá.

Mal-assombrada? Ela ia se mudar para um hotel em Petrópolis bem organizado. Um castelo medieval. Não deve ser difícil encontrar... Boa dica. Se essa moça for, de fato, Letícia. Ele já tinha um ponto de referência.

Satisfeito com a informação, Joaquim acelerou o passo. Precisava provocar um encontro. Qualquer um. Então, parou à frente da moça e firmou sua estatura. Distraída com seu riso, ela não o viu à sua frente e esbarrou nele. O aparelho da moça caiu no chão.

A moça paralisou e mordeu os lábios. Então fechou seus olhos.

Barulho, barulho, barulho. Joaquim reprimiu a vontade de tampar as orelhas com as mãos e berrar. Precisava se recompor, ao menos para dar sustentação à moça que, subitamente, empalideceu a sua frente.

Ela fechou os olhos.

Joaquim limpou o suor que deslizava em torno dos óculos escuros. Precisava agir. Pelo que já podia notar, levando em consideração a tremedeira em suas mãos e pernas, não tinha muito tempo nesse corpo.

Subitamente a moça se curvou. Suas pernas estavam falhando.

Joaquim segurou-a com a pouca força que lhe restava. Então, para forçar uma comunicação e acelerar o passo, ele disse:

— Tudo bem?

Então, por alguns segundos, perdeu o fio da meada quando ela o encarou. O queixo da moça caiu e Joaquim sentiu uma pontada de choque em seu peito.

Joaquim espantou a súbita curiosidade em relação a sua reação e a reação da moça. Então partiu para algo mais prático. Seu tempo estava acabando. Assim que mediu a firmeza nas pernas da moça, a libertou. Então a analisou de cima a baixo. Poderia essa ser Letícia? A sua Letícia? Não seria uma inexplicável coincidência se fosse, já que ela fora a primeira moça abordada nesse tempo? Será que ela era a sua estrela? Sua alma gêmea?

Será que sua alma realmente conseguia reconhecer a alma de Letícia? Será que ela o reconheceu também?

Droga! Ele precisava focar-se!

Joaquim agachou-se e pegou o pequeno aparelho. Com um sorriso, lhe entregou.

Então disse:

— Uma mulher linda e indefesa desse jeito não pode sair na rua sem acompanhante.

Letícia sorriu e, lá no fundo, Joaquim teve certeza de que havia encontrado a sua estrela.

— Sou João — ele disse. Sorriu. Queria dizer o seu verdadeiro nome, mas não sabia se a moça chegou a conhecer o corpo que hospedava. Precisava ser cauteloso. Sua boca se curvou em um sorriso.

Será que o nome dela era Letícia?

Se fosse, ele teria ainda mais certeza.

— Ah, sim. Sou Letícia.

Joaquim reprimiu a vontade de avançar e dar um beijo na moça ali mesmo. Ele ficou encantado com a reação da moça ao se apresentar. Ela ruborizou-se, retraiu--se e colocou a mão em seu peito. De uma forma muito louca, ele sabia que ela o reconhecia.

Será que ela já tinha voltado no tempo?

Curioso, ele convidou-a:

— Como faço para me desculpar? Aceita um café?

***

Letícia sorriu e tomou um gole de café.

Durante o café, conversaram sobre assuntos corriqueiros. Ela disse que era psicóloga e que nasceu em Resende. Falou sobre seu passado e contou um pouco sobre seus planos para o futuro. Muitas informações coincidiram com as que lhe foram passadas no bordel. Inclusive as informações de endereço e contatos.

Enquanto isso, lutando para controlar a tremedeira nas pernas, Joaquim estudou-a. Será que Letícia, se ela fosse realmente a "sua Letícia", já voltara ao passado? Será que, enquanto ela piscava e coçava os olhos irritados, pensava naquele tiro que tirou a vida do corpo em que ela se hospedou? Será que ela parecia triste porque voltou para o futuro?

Para se localizar e entender o motivo que desencadeou as manchas vermelhas debaixo dos belos olhos da moça, Joaquim perguntou se Letícia já havia passado por situações estranhas em sua vida. Bem, não era exatamente uma pergunta que lhe traria as respostas que buscava, mas precisava começar por algum ponto.

Ela negou, com um olhar sincero e iluminado.

Isso o fez recuar um pouco. Uniu as sobrancelhas. Precisou reprimir a vontade de chacoalhar a moça para que ela dissesse logo de vez o que a atormentou para, logo em seguida, correr e exterminar o problema; fosse orgânico ou inorgânico.

Mudou de assunto. Perguntou sobre o seu matrimônio.

Letícia desconversou e tomou outro gole de seu café. Ria sem muito controle. Joaquim estranhou. Algo não estava certo. Acertou no ponto. A luz em seus olhos imediatamente se apagou. Joaquim pigarreou, suprimindo novamente aquele desejo meio animalesco, meio protetor. Queria colocá-la em seu colo e beijar cada centímetro de seu rosto.

Decidiu então por uma abordagem mais intuitiva. Encarou os olhos de Letícia e disse:

— Estou em busca de uma estrela.

Ele queria encontrar algum sinal daquela pessoa com quem havia se encontrado no bordel. Ela sorriu novamente. Ficou encabulada. Subitamente, um choque arrebatou a barriga de Joaquim. Sem saber o que fazer com aquela sensação, pegou na xícara gelada com café. Nem sequer tomou. Ela virou o rosto. Então aquela sensação ligeiramente tremida de um choque que era puro deleite cessou. Ele queria sentir aquilo novamente, então, forçou de leve o rosto de Letícia para si e achou, no fundo de seu olhar, bem debaixo de um mar de escuridão, uma estrela. Justamente aquela estrela que brilhava tão imponente. Era ela... Seu sinal... Sua alma gêmea.

Isso o fez sorrir.

E agir impulsivamente.

Não queria perder tempo.

Então, quando ela se levantou e sugeriu que eles conversassem em um local mais privado, sentiu uma energia mágica, que não estava lá e que o forçou a levantar. Quando deu por si, estava caminhando ao lado de Letícia. Prestando atenção em cada detalhe a seu redor: a rua, o número de identificação do prédio, o andar, o número do consultório.

Esqueceu de toda a dor que afligia esse corpo que não era seu. Procurou ignorar a agonia constante e a vontade incontrolável por algo que não poderia caracterizar. Algo que não estava vinculado à vontade de Joaquim, mas à necessidade de João. Durante o caminho, registrou cada detalhe desse lugar e momento. Jamais poderia esquecer.

Não, ele jamais poderia esquecer...

O nome dela em uma placa indicativa na porta, o sorriso tímido ao abrir a porta do consultório, o ar iluminado e aconchegante do ambiente, o cartão delicado, o endereço, o telefone e... Ah, sim! O toque das pontas dos dedos da mulher que o fez acreditar que tudo era possível.

Inclusive, encontrar o amor no futuro.

29

Em busca do amor

Paris, França

Sexta feira, 16 de novembro de 1906

— Nossa! — Joaquim murmurou assim que abriu os olhos e encontrou-se em seu quarto, deitado na cama.

Foi uma tarde memorável.

No momento em que ele se encontrou sozinho com Letícia, quando ela tirou os óculos e o encarou com aquele olhar meio travesso e sincero, Joaquim perdeu todo o foco. Seu mundo se distorceu. Tomou outra forma. Ele a puxou para si e a beijou ardentemente. Então mergulhou em uma imensidão de ondas suaves, perfumadas e doces. Era como entrar em uma espécie de transe. Um glorioso, fascinante e viciante transe.

De roupa, Letícia era bela, mas, sem roupa, era uma deusa. Joaquim tentou controlar sua voracidade enquanto lambia e mordiscava o seio daquela que correspondia a suas carícias com uma fome inigualável. Seu corpo, seu cheiro, suas curvas. Tudo pareceu ter sido feito sob medida para o gosto de Joaquim. Letícia era absolutamente perfeita em todos os aspectos. Até naqueles que, aos olhos de outros, poderiam ser interpretados como um defeito, como as estrias em sua cintura. Para Joaquim, tudo nela era charmoso e a forma como ela correspondia a seu toque o incentivava a explorar ainda mais aquele corpo.

Então Letícia gemeu e implorou que ele a devorasse sem reservas. Sem hesitar, Joaquim invadiu Letícia com selvageria e mergulhou ainda mais nas profundezas daquele oceano. Tentou forçar algum controle, mas sentiu que já era tarde demais. Havia se afogado em meio às ondas revoltas daquela mulher que carregava estrelas em seus olhos.

Quando sentiu Letícia pulsar à sua volta, afogou-se completamente. Perdeu a noção de tempo e espaço. Também perdeu a capacidade de controlar o grau de seus gemidos por finalmente encontrar a sua Atlântida.

Letícia fechou os olhos.

Joaquim beijou suavemente a sua boca.

Inadvertidamente, ele passou a tremer e a sentir os mesmos calafrios de outrora. A dor no peito voltou com mais intensidade. O corpo de João não duraria muito e, como não queria morrer no consultório de Letícia, seguiu seu caminho.

Tentou ignorar os olhares audaciosos de algumas mulheres durante o seu trajeto de volta ao apartamento de onde acordou. Sim, achou estranho ser obrigado a sorrir quando duas adolescentes o abraçaram e apontaram um dispositivo pequeno nas mãos ao gritarem "selfiiii!", ou algo parecido.

A dor se intensificou a ponto de algumas pessoas precisarem ajudá-lo na portaria. Acabou morrendo ali mesmo, dentro da portaria do prédio de João. A última coisa que ele escutou foi um grito e um choro feminino.

Com a evocação, Joaquim murmurou:

— Por que aquelas mulheres me abraçavam daquele jeito e me fizeram sorrir em frente a um dispositivo pequeno? Onde estavam as roupas delas? O que é selfiiii?

A risada de Fernando o pôs no presente.

— Era para encontrar Letícia, não participar de orgias.

Revoltado com a ironia do primo, retrucou:

— Vá ao inferno.

Sinceramente, não queria explicar a sua experiência depois que deixou Letícia no consultório.

— Não começe a histeria, primo — Fernando brincou, mas, em contrapartida, impôs certa seriedade em seu comentário.

— Desculpe. Também não provoca, primo! Estou a ponto de explodir! Encontrei a Letícia.

— Tem certeza?

— Sim. — E para provar sua constatação, disse: — Letícia me convidou para o seu consultório e fizemos amor.

— Hum. — Fernando sentou-se na cadeira, ao lado de Joaquim, e resmungou: — Tem certeza de que era a sua Letícia? Às vezes as mulheres dessa época podem ser mais... convidativas.

— Letícia, não!

Fernando enrugou sua testa mediante a reprimenda. Joaquim cortou o primo, levantou da cama e continuou:

— O que achei estranho foi que ela não me demonstrou nenhum sinal de ter voltado no tempo.

— Se ela não tem a erva, como voltaria?

A sugestão iluminou a expressão de Joaquim, que disse:

— É lógico! Precisamos entregar a erva para Letícia! O saco azul com o bilhete! Você irá entregar a erva com um bilhete dizendo simplesmente: "Me beba".

— O que você está dizendo! Não sabe nem como sua alma viajou até Letícia. Mais ainda, não tem a mínima ideia de como sua alma entra em um corpo prestes a morrer para ressuscitá-lo logo em seguida — argumentou Fernando.

Joaquim estava com pressa. Penteava o cabelo, escovava os dentes e trocava de roupa, enquanto dizia:

— Talvez nem venha a saber as respostas para todas as perguntas. Mas agora tenho de tomar uma abordagem mais prática. Preciso arranjar uma forma de me transportar completamente. Levar meu corpo, não somente a minha alma. Preciso terminar o meu experimento, agora.

Joaquim abriu a porta de seu quarto e passou a subir as escadas em direção ao laboratório. Fernando o seguiu enquanto argumentava:

— Primo, acalme-se. Você está afobado! Precisa primeiro descobrir se Letícia é, de fato, a *sua* Letícia. Não importa o que aconteceu entre vocês.

— É ela — Joaquim resmungou ao destrancar a porta do laboratório e entrar.

Joaquim passou a pegar potes, frascos, acender os fornos e equipamentos. Então pegou a erva e colocou-a na mesa. Pegou uma faca e, com dois movimentos certeiros e bruscos, a dividiu em quatro partes.

— Uma fica com Letícia. A segunda parte fica para mim, a terceira para o experimento e a quarta para você. — Após alguns segundos, uniu as sobrancelhas. Algo se encaixou: — Lógico! Não é difícil carregar a matéria se estiver dentro do seu corpo!

— O que está falando? Vai me dar?

— Sim, preciso que você entregue a erva a Letícia.

— Tá. Te ajudo. Isso se me convencer que ela é mesmo a sua Letícia. Agora como vou fazer essa proeza? — perguntou Fernando.

Joaquim revirou os olhos. Sinceramente, não tinha tempo para explicar o bê-á-bá para seu primo. Mesmo assim, respondeu:

— A erva causa um rompimento de partículas pelo calor intenso que ela produz, então transporta tudo, isto é, toda a nossa informação para outro local.

— Você me perdeu após as primeiras três palavras.

Joaquim passou a mão nas pálpebras, exasperado:

— Quer mesmo que eu te explique isso agora?

— Se não lhe for muito inconveniente.

— É inconveniente.

— Mesmo assim, quero.

— Ah, tá bom — Joaquim resmungou e largou os equipamentos na mesa. — Imagine que nosso corpo é um meio de transporte. Aquele 14-Bis de nosso ilustre amigo. Toda as informações que estão acopladas dentro desse meio de transporte são movimentadas pelo espaço e tempo. Só que o 14-Bis segue uma regra única: espaço e tempo contínuos. A erva quebra por completo essa regra. Ela aquece as partículas a ponto de rompê-las totalmente. Ainda não entendi muito bem como ocorre esse rompimento, mas acontece. Pensa bem... Quando Letícia assumiu o corpo de Françoise, também levou todas as informações acopladas em seu corpo, como sua saúde, sua memória. Até levou a última refeição que digeria naquele momento. Bom, assim que Letícia assumiu o corpo de Françoise, reorganizou todo o seu organismo e o alimentou com as informações que a trouxeram de volta à vida. Pelo menos por um tempo. O corpo de Françoise passou a funcionar com as informações de Letícia.

— Acredito em você.

— Tá. Agora preciso de você. Vou ficar aqui estudando uma forma de potencializar essa erva. Preciso me transportar por completo. Não quero transportar somente as informações dentro do meu corpo. Queria transportar o meu corpo junto com as informações.

— Por que você simplesmente não assume o corpo de um rapaz que, em tese, perdeu a alma?

— Porque quero estar com ela definitivamente. O meu corpo ainda precisa da minha alma. Por isso acabo voltando. Além do mais, quando assumo um corpo, é uma situação temporária, pois aquele corpo já está morrendo. — Joaquim observou a consternação na expressão de seu primo e disse: — Quando assumo o corpo de outra pessoa é como se o 14-Bis tivesse sido remendado, mas não consertado.

— Puta merda! Você está querendo viajar no tempo.

— Pense o que quiser. Eu quero ficar ao lado de Letícia, apenas isso. — Joaquim pegou duas porções da erva e entregou-as a Fernando. Então disse: — Tome. Cuidado. Utilize uma pitada da erva para se transportar. Outra, você entregará à Letícia.

— Como transportarei a erva?

— Depois dessa extensa explicação, a qual logicamente você não entendeu, sinto-me inclinado a orientá-lo a enfiar a erva onde lhe for mais inconveniente, mas não vou fazê-lo.

Fernando gargalhou, estendeu as palmas e balançou-as. Em um gesto de brincadeira, disse:

— Isso vai lhe custar muito caro, primo! Repito! Só entrego a erva se me convencer que ela é a sua Letícia!

— Tudo bem. Agora preste atenção. Coloque a erva dentro da boca, sem a engolir, naturalmente. Tudo que estiver dentro de seu corpo é transportado.

— Ah-há! Como se a minha alma tivesse uma ligação com a de Letícia. Como posso programá-la a ir até o seu exato tempo e localidade?

— Não vou xingá-lo novamente. Me recuso... isso porque você fará um favor para mim...

— E porque estou curioso.

— Tá... você acha que não pensei nisso? — Joaquim resmungou. Então parou e encarou seu primo com uma expressão séria e ofendida. — Acha que não perguntei aos Curupiras como controlar o destino? — Ele apontou para sua cabeça e disse: — Está tudo aqui. Você pensa no que quer e sua alma obedece. Letícia, quando veio até mim, estava em busca do amor.

— Tem certeza de que era isso que ela buscava? Talvez buscasse sacanagem, ou aventura...

— Vou ignorar o seu comentário. Eu, em contrapartida, também busquei o amor quando encontrei Letícia. Você, meu primo, não pensará em encontrar o grande amor da sua vida porque, naturalmente, foge disso. — Fernando concordou, sem hesitar. — Pois bem, pensará em data e endereço.

Ele anotou a data, o endereço e o número de telefone em um papel e o entregou a Fernando.

— Decore-o. Quando chegar lá, dê um jeito. Pegue um telefone e ligue para esse número.

— Vou ligar para Marte? Para que tantos números?

Joaquim mudou de assunto:

— Descobriu algo sobre Rosalie?

— Não. Anabelle está seguindo as pistas. Fiquei aqui, caso você precisasse de algo.

— Hum. — Joaquim não soube o que dizer ao saber que seu primo deixou uma mulher em luto, sozinha, buscando pistas de um suposto criminoso enquanto aguardava em casa. Preferiu não opinar: — Então sente e decore. Agora!

E voltou ao trabalho quando viu seu primo sentar-se em uma cadeira, atento às informações escritas no papel.

30

Tragédia

Paris, França

Sábado, 17 de novembro de 1906

Passava-se das duas horas da manhã quando o alarme da campainha passou a tocar insistentemente. Joaquim largou todo o material e desceu as escadas com uma pressa sobre-humana. Preocupado com o primo, que, nesse momento, estava em um sono profundo, pulou de dois em dois degraus sem pensar no que poderia acontecer se tropeçasse.

Não poderia acordá-lo agora.

Também, Joaquim estava agitado. Para não cair no sono e voltar naquele corpo no qual aprendeu a ter ojeriza, preferiu ficar acordado. Quem sabe João morreria de vez e quebraria essa irritante ligação que se criou entre sua alma e o corpo do rapaz?

Ele abriu a porta e encontrou Anabelle em pleno soluço. Ela mostrou suas mãos ensanguentadas e pediu:

— Posso entrar?

Assustado, Joaquim abriu a porta e deu espaço a ela.

A moça estava ofegante, assoando o nariz com sua saia, tentando inspirar o ar para limpar suas narinas tampadas. Sua expressão era de pleno terror. Estava trêmula, com seus olhos profundamente vermelhos e seu rosto encharcado pelas lágrimas que caíam sem parar. Ela passou a caminhar de um lado para outro na sala, dizendo:

— Matei a minha mãe... matei! Eu matei! — Tremendo, ela repetia. — Matei a minha mãe!

Joaquim segurou nos braços da moça, desconcertado com o desespero. Ela estava completamente desorientada, jogando palavras sem sentido ao vento.

— Sua mãe morreu em seu quintal. Você mesma me disse.

— Não!

Ela berrou tão alto que Joaquim deu um pulo. Confuso, levou-a até a cozinha e passou a lavar as mãos da moça. Uma camada de sangue vivo escorreu pela pia, lavando as evidências de algo grave que havia acabado de acontecer. Anabelle tremia e soluçava sem controle. O desespero da moça era tão palpável que Joaquim conseguia sentir o ar ficando pesado ao redor dela.

Anabelle parou de soluçar quando viu suas mãos limpas. Joaquim pegou uma toalha e as secou.

— Conte-me o que aconteceu — ele pediu.

— Querrria esquecer — ela sussurrou, com a voz trêmula.

Joaquim não disse uma palavra. Anabelle contaria, em algum momento. Por ora, notava apenas a energia pesada e sombria rondando a moça como um monstro que ganhara vida.

Ela correu até a pia, apoiou-se com as mãos no mármore que envolvia o alumínio, curvou-se e regurgitou. Joaquim segurou a moça pelos ombros.

Curvada, procurando controlar sua respiração ofegante, Anabelle abriu a torneira da pia, molhou o rosto e passou a falar.

— Eu estava na delegacia, tentando pescar alguma pista, então vi o Conde de la Marquê entrar. Achei que ele estava lá para saber notícias de Clarice, já que ela era, supostamente, sua prima. Fui até ele para lhe dar as más notícias, quando vi o general Jeremy Cordelle surgir do seu lado. Não sei! — Ela levantou o tronco e respirou fundo. Virou-se e encostou na pia. Abriu os olhos. Gotas de água misturavam-se com as lágrimas de Anabelle e caíam no chão. Ela passou as mãos no rosto e continuou, agora com um tom de voz controlado e rouco: — Fiquei perdida! Recuei assim que notei ambos caminharem em minha direção. A expressão em seus olhos eram os de um predador. Corri. Entrei em um táxi.

Anabelle parou subitamente e correu para os braços de Joaquim.

— Ah, prrrecisamos sair daqui! Agora! — ela exclamou.

— Preciso de mais tempo — Joaquim comentou.

O rosto de Anabelle se transformou. Antes, deformado pela tristeza, agora parecia vazio, frio. Ela disse:

— Minha mãe, que deveria estar morta, invadiu o táxi. Levei um baita susto, mas ela me contou que havia sido um mal-entendido e que ela não morreu no quintal.— Anabelle sorriu, ao lembrar-se da cena. — Cheguei a comemorar o mal-entendido e a abracei. Perguntei se ela sabia que, supostamente, quem estava no quarto era Françoise. — Girou a cabeça, fazendo uma expressão de nojo. Então continuou: — Você não acreditará nisso! Ela deu de ombros!! Nem quis saber! Então, como se eu quisesse saber, ela passou a falar! Confessou que acabou se apaixonando pelo general. Não consegui evitar! Perguntei se a *meretrrriz* tinha matado meu pai. Ela não precisou dizer nada. Sua expressão, seu sorriso... confirmaram minha suspeita. Então... ela, ela, ela. — Anabelle engasgou. — Eu falei sobre a morte de Françoise e minha mãe nem se importou! Ela disse que deveríamos deixar os mortos descansarem e o passado no passado. ESTAVA FALANDO DE SUA PRÓPRIA FILHA! Passado! Ela varreu Françoise com a mão! — Anabelle fez o gesto da mãe. Então riu, exibindo sua clara ojeriza. — O pior é que ela mudou de assunto. Para o meu espanto, perguntou sobre a erva. E mostrou a carta! Ela morava na Casa Rosa! Era a meretriz de Jeremy!

— Ela pegou a carta?

— O general. Ela é amante do general! — Anabelle passou a andar de um lado para outro ao prosseguir: — Começamos a discutir, a brigar. Por fim, empurrei-a do táxi. Ela caiu e morreu. Não sei! Pedi para o motorista parar. Corri ao encontro da minha mãe. Francis, o motorista, perguntou o que houve, perguntou se dava tempo de levá-la ao hospital, mas neguei. Pelo que vi, ela já estava sem vida. Como ela mesma disse, vamos deixar os mortos descansarem e o passado no passado.

— Meus sentimentos.

— Não, minha mãe morreu no quintal! Ou, ou, ou! — Ela balançou a cabeça, quase não suportando a dor. — Eu matei minha mãe!

Joaquim abraçou Anabelle para lhe dar algum suporte. Quando ela se acalmou, ele perguntou:

— E o Conde de la Marquê? O que tem a ver com isso?

— Não sei! O que sei é que eles estão vindo diretamente para cá. Estavam na polícia justamente para distorcer os eventos. Eles são poderosos. A justiça não se aplica a eles.

— O conde é o sócio do general — concluiu Joaquim. Então, ainda confuso, ele perguntou: — O conde não fez uma negociação com você e Françoise?

— Sim, íamos doar nosso dinheiro, mas nossa Ama, na época, não deixou. Como ele precisava de muito dinheiro, compramos a sua propriedade por um valor exorbitante e, em troca, ele nos deu cobertura. O conde apresentou Françoise como sua prima distante para que pudéssemos ter acesso ao general. — Anabelle pausou. Uniu as sobrancelhas e disse: — Na época da negociação, o conde e o general não me pareciam íntimos. O conde, inclusive, fugia de todos os oficiais que representavam a lei. Ele era viciado em jogos e bebidas. Estava a ponto de perder a sua propriedade quando sugerimos a parceria.

— Mas Fernando disse que o conde não tomou um gole de vinho e não chegou perto de um jogo de cartas. Parecia doente.

Anabelle limpou as lágrimas de seus olhos e estudou a feição de Joaquim.

Então perguntou:

— O que está pensando?

Uma movimentação estranha cortou a conversa. Luzes dançando pelas janelas e murmúrios urgentes anunciaram que o tempo deles realmente havia acabado.

— Vou acordar Fernando — Joaquim anunciou.

A movimentação ao redor da casa estava crescendo a cada instante. Joaquim precisava de algo para acordar Fernando de um sonho que parecia tão profundo como a morte em si. Munido pelo pouco conhecimento que adquiriu junto à sua experiência com animais, pegou um frasco de enxofre, abriu-o e posicionou-o à frente do nariz de Fernando que, com um susto, puxou o ar para dentro como se estivesse ressuscitando.

— O que houve? — Fernando levantou-se, cambaleante.

— Entregou a erva para Letícia?

— Sim. Inclusive polvilhei a erva com canela, para deixá-la mais interessante.

Não dava tempo para comemorar o sucesso da primeira fase de seu plano. Também não dava tempo de perguntar se Fernando achava que a Letícia do futuro era a mesma que assumiu o corpo de Françoise. Mas, se os sentimentos de Joaquim servissem de algum indicativo, então estaria certo. Era ela. Afinal, ele percebeu, ao perder o convívio com Letícia, e ao reencontrá-la no futuro, que só conseguia sentir-se inteiro ao lado dela.

— Por que demorou tanto?

— Estive ocupado.

Entrou no laboratório e pegou as ervas que restaram e as colocou em sua maleta junto com anotações. Era somente isso de que precisava.

Fernando e Anabelle entraram no laboratório, dividindo a mesma expressão tensa.

— Por que a polícia está rodeando nossa casa? — perguntou Fernando, confuso.

Subitamente, escutaram duas janelas do andar de baixo se quebrarem. Joaquim chutou a janela do laboratório e saltou para o telhado da casa ao lado. Fernando e Anabelle o seguiram. Pularam de telhado em telhado, até chegarem a uma distância segura onde conseguiram descer pelo tronco de uma árvore que passava por cima do telhado de uma das casas. Então seguiram sem rumo pelas ruas incertas de Paris.

31

Planos e estratégias

Paris, França

Sábado, 17 de novembro de 1906

Após algumas horas caminhando pelas ruas de Paris, Anabelle os convenceu de que poderiam confiar na senhora Pauline, a ama que a criou. De acordo com Anabelle, Pauline era discreta, mas os alertou quanto ao fato de ela ser, em certos momentos, rude. Para ela, a casa de Pauline era o local perfeito para se esconder da polícia.

Mais ainda, era o único local disponível para eles.

Então caminharam até o lugar indicado por Anabelle. Não foi um trajeto fácil. Nuvens carregadas ameaçavam jorrar uma chuva congelante. Ventos sopravam, dando um ar glacial que parecia penetrar nas grossas camadas de panos, rasgar a pele e congelar as extremidades. Águas de poças levantavam a cada passo, molhavam os tornozelos e faziam arderem os pés.

Então, depois de horas agonizando no frio, em meio a um campo, surgiu uma pequena casa cuja estrutura de madeira misturava-se com os tijolos em um aspecto rústico. Uma casa modesta e, de acordo com Anabelle, próxima à sua antiga residência. Um cenário belo e aconchegante, que os levou a correr para fugirem do inferno congelante ao seu redor.

Anabelle bateu na porta. Passou a pular e a bater palmas para espantar o frio. Joaquim e Fernando se entreolharam, preocupados. Estavam arriscando-se demais. Se Pauline não os aceitasse, seriam obrigados e voltar e, sinceramente, não sabiam se aguentariam tanto tempo em meio à baixa temperatura.

Uma mulher de estatura grande, rosto fechado e olhos escuros abriu a porta e um ar quente escapou de dentro da casa.

Joaquim teve que reprimir a vontade de saltar para dentro.

— Anabelle? — A senhora reconheceu-a, com uma certa surpresa em seus olhos. Então olhou para Joaquim e Fernando. Ela juntou suas sobrancelhas, cerrou os olhos e perguntou: — Quem são eles? O que fazem aqui?

— Precisamos de um lugar para passar a noite — Anabelle respondeu. — Esses são Joaquim e Fernando — ela os apresentou, apontando para cada um deles.

— Muito prazer — ambos cumprimentaram a mulher ao mesmo tempo.

A senhora os ignorou. Ela estreitou sua postura e negou, em um gesto de indignação.

Anabelle, pulando e esfregando uma mão na outra para esquentá-las, disse:

— Senhora Pauline, precisamos muito de sua ajuda. A noite está muito *frrrria*.

A senhora Pauline estudou o desespero evidente no rosto de Anabelle. Isso apaziguou sua expressão. Então abriu a porta para todos entrarem.

Pauline passou a falar e a arrumar a mesa:

— Fiz sopa de batata. Não é muito, mas podem complementar com pão. — Colocou uma panela tampada no meio da mesa. — Suponho que você, Anabelle, não está casada com nenhum desses cavalheiros. — Ajeitou quatro pratos na mesa. — Então dormirá comigo em meu quarto. Está com sorte, pois meu marido viajou ao lado do novo dono dessas terras. — Colocou quatro copos e as colheres. — Depois que você e Françoise decidiram vender a residência... depois que partiram, muita coisa mudou. — Apontou para as cadeiras e ordenou: — Sentem-se!

Fernando e Anabelle sentaram-se em torno da pequena mesa de quatro lugares. Joaquim preferiu manter sua guarda. A senhora prosseguiu:

— A boa notícia é que a esposa do novo dono é gentil e muito diferente da mãe.

Joaquim bocejou. Ele estava exausto e pouco interessado em comer. O cheiro da sopa tomou praticamente todo o espaço da pequena casa. A senhora Pauline exagerou nos temperos e na cebola. Ele odiava o gosto de cebola e não planejava comer. Isso até a senhora Pauline ordenar que ele se sentasse, com gestos. Então ele sentou-se à mesa. Passou a mentalizar e a preparar seu estômago. Só assim aceitaria o alimento.

A senhora falava sobre os novos vizinhos e as exigências dos novos chefes enquanto enchia os pratos de cada um com uma mistura de cor creme que parecia o meio-termo entre sopa e purê de batata.

Joaquim fez uma careta. Ao notar os olhos críticos da senhora, disfarçou com outro bocejo.

Pauline comentou:

— Anabelle, espero que não se importe com o que vou dizer, mas o seu padrasto não deveria ter se casado com a sua mãe.

Pauline suspirou, limpou o suor da testa com o pano de prato e sentou-se à mesa. Atentos ao último comentário de Pauline, ninguém tocou na comida.

Anabelle perguntou:

— Por que diz isso?

— Querida, você olha para mim como se tivesse sido a primeira vez em que verbalizei a minha opinião. Por que olha desse jeito para mim?

As mãos de Anabelle tremeram. A senhora elevou as sobrancelhas. Fernando interveio. Para disfarçar, pegou as mãos de Anabelle e começou a esfregá-las.

— Muito frio... — comentou.

A senhora enrijeceu suas pálpebras.

Foi a vez de Joaquim intervir.

— Anabelle está exausta, é só isso.

— Hum... — a senhora resmungou. Ela sentou-se à mesa e ajeitou seu corpo, exigindo que Joaquim se distanciasse para lhe oferecer mais espaço. Em seguida, tomou uma colherada de sua sopa. Varreu seu comentário com os dedos e disse: — Esquece isso, minha filha. Você não é nada parecida com Dona Rosalie. — Bateu as palmas e ordenou: — Vamos! Comam!

Joaquim provou um pouco da sopa. O gosto estava decente. A sopa não refletia o gosto forte de cebola, apesar do ambiente refletir bem o seu cheiro. Como seu estômago definitivamente não estava receptivo, forçou o alimento goela abaixo.

— Conte o que sabe sobre minha mãe. Não vou lhe julgar nem me importar. Só quero saber — Anabelle pediu.

Alguns segundos de silêncio se passaram. Pauline estudava Anabelle enquanto todos tentavam engolir a sopa, por mera necessidade e imposição.

— O senhor Andrés foi um homem bom. Sua origem é de uma família nobre, mas jamais agiu com arrogância nem destratou aqueles com menos posses. Era extremamente habilidoso com os negócios. O único erro em sua vida foi apaixonar-se por sua mãe, que nasceu e cresceu nas redondezas. O senhor Andrés foi amigo dela desde criança, mas jamais notou esse lado obscuro de Rosalie. Então sua mãe, aos dezoito anos, casou-se com seu pai e mudou-se para outra cidade. Após vinte anos, voltaram porque seu pai perdeu tudo em jogos de azar. Quando Andrés soube que vocês haviam se mudado para uma casa próxima foi logo atrás para ver se podia lhes dar assistência. Ficou encantado com a beleza dela. Também adorou conhecer você e Françoise. Lembro-me muito bem de seus comentários no dia, depois de retornar da visita. Também me lembro dos comentários dos criados, ao notarem sua fascinação. Isso considerando a renda que o Sr. Andrés acumulou e a ambição de sua mãe.

— O que eles comentavam, senhora Pauline? — Fernando perguntou.

— Que, em breve, a senhora Rosalie ficaria viúva. — Ela fez um gesto de cortar o pescoço com o dedo e perguntou: — Vocês entenderam?

— Meu pai morreu subitamente. Eu estava lá. Vi o esforço de minha mãe para salvá-lo.

— Sim, o médico examinou o corpo e constatou que seu pai morreu após uma reação alérgica a nozes. Não cheguei a conhecer seu pai, pois ele não cresceu na região. Mas eu conhecia a sua mãe e ela era capaz de esconder nozes em um alimento para matá-lo. Veja bem, uma pessoa que tem alergia a um alimento não o come. Então não sabe o gosto desse alimento. Seu pai não saberia distinguir o gosto das nozes em meio a um bolo de chocolate.

Anabelle parou de comer. Ela ajeitou seu cabelo, colocando-o atrás da orelha. Seu desconforto era evidente em seu rosto.

— Come! — a senhora reclamou.

Anabelle voltou a comer.

A senhora Pauline continuou seu relato:

— Como previmos, sua mãe apareceu logo no dia seguinte à trágica notícia da morte de seu pai. Nem sequer disfarçou seu luto. O senhor Andrés a acolheu. Não pensou em investigar o ocorrido. Ele estava cego! Acolheu a todas vocês e casou-se com a sua mãe no mês seguinte. — E comentou: — Ele queria uma família e estava completamente louco pela sua mãe. Ele a levou para suas viagens de negócios, onde provavelmente conheceu o general Jeremy Cordelle. — A senhora Pauline riu. Por alguns segundos, ao ouvirem o nome do general, todos se entreolharam.

Joaquim foi obrigado a forçar sua atenção para o discurso da senhora, que estava se tornando, a cada momento, mais elementar.

Ela prosseguiu:

— O senhor Andrés foi obrigado a negociar com todo tipo de gente. Ele era realmente fascinante. Conseguia manter-se digno e íntegro até em meio às escórias.

— O que você sabe sobre o general Jeremy Cordelle? — perguntou Joaquim, buscando juntar as peças.

A senhora Pauline realmente era muito bem informada, ele foi obrigado a reconhecer.

— Uma lista interminável de atitudes diabólicas. Só vim a descobrir tudo isso recentemente. A investigação do assassinato do senhor Andrés trouxe à tona muita coisa. Digamos que, neste exato momento, a polícia tem argumentos suficientes para manter o general Jeremy Cordelle preso por uma eternidade. No entanto, por ser general, o diabo ainda é protegido. Mas, de acordo com minhas fontes seguras, ele está prestes a perder sua posição... muitos homens não suportam um covarde que destrata mulheres e nem sequer esconde o feito do mundo.

— Você já ouviu falar do Conde de la Marquê? — Fernando perguntou, intrigado.

A senhora Pauline não respondeu imediatamente. Antes, ela estudou Anabelle, que se curvou. Ambas pareciam se comunicar por expressões faciais tão sutis que ficou meramente impossível de Joaquim decifrar.

— O conde que perdeu tudo em apostas e, muito provavelmente, amigo do pai biológico de Anabelle, já que ele seguiu pelo mesmo caminho. Farinha do mesmo saco! Pelo que sei, certas moças decidiram vingar-se do assassinato do senhor Andrés e daquela mulher ordinária com que ele casou. Apesar de eu tentar tirar essa ideia louca da cabeça dessas moças inconsequentes, me fizeram prometer que não contaria sobre isso a ninguém. Queriam entrar na alta sociedade, seduzir o general e matá-lo na calada da noite. — Ela soltou uma risada. — Não preciso dizer o quão estúpido é o plano. — Anabelle revirou os olhos. A senhora ignorou o murmúrio da moça e prosseguiu: — Então, movidas por uma energia irritantemente elevada, elas encontraram uma forma de entrar na sociedade sem expor o seu passado. Quando souberam que o Conde de la Marquê havia perdido tudo em uma aposta, contataram-no e fizeram uma negociação. Venderam esse terreno e partiram. Julgo que o plano não tenha dado certo?

— Você jurou não contar a ninguém.

— Há! Como se eles não soubessem desse plano até este exato momento? Não nasci ontem, menina!

Aos risos, a senhora levantou-se e passou a coletar os pratos. Anabelle levantou-se para ajudá-la.

— Notei que você não questionou nem defendeu a sua mãe dessa vez — a senhora comentou. Anabelle ficou paralisada, sem saber o que fazer: — Sempre defendeu sua mãe apaixonadamente. Por quê?

A senhora Pauline e Anabelle eram bem próximas, Joaquim presumiu. Sem poder ajudá-la, ele esperava que, ao menos, Anabelle não expusesse nada a respeito da erva. Caso contrário, seriam obrigados a fugir outra vez.

— Como está Françoise? — a senhora perguntou.

Foi nesse momento que Anabelle perdeu seu autocontrole e despencou nos braços da senhora em plenos soluços.

***

— Será que podemos confiar nessa senhora? — Fernando perguntou, esticando-se na única cama de solteiro do quarto de hóspedes. Joaquim ajeitou-se no chão duro e respondeu:

— Estamos sem opção. Apenas espero que Anabelle não conte a ela sobre a erva.

— Não. Isso ela não fará — Fernando lhe garantiu, com uma dose elevada de segurança. Logo em seguida, bocejou. Então comentou: — Acho que está na hora de me encontrar com Letícia. Não sei se reparou, mas acho que ela comprou o mesmo divã vermelho daquele quarto na Casa Rosa que a senhora Marie aluga para encontros impróprios. Aquele quarto com o papel de parede de flores vermelho ridículo. Você foi o último a alugar aquele quarto para se encontrar com Françoise. Sabe, aquele divã...

— Tive outros assuntos a que me atentar naquele momento. Não reparei em divã vermelho.

— Vou tentar descobrir se é o mesmo divã.

— Posso pedir outro favor, primo?

— Sua dívida comigo está crescendo. Logo se tornará impagável.

— Letícia comentou algo sobre morar em Petrópolis. Tenta dar uma passada lá. Estude aquele local. Gostaria de enviar mensagens para ela. Pedir-lhe para me aguardar. Dizer-lhe que a encontrarei em breve.

— Manda um e-mail! No futuro as pessoas mandam recados para as outras por uma espécie de correio que se transporta no ar, assim como fazemos com a nossa alma.

— Sim, ouvi falar em correio espiritual. Não confio. Vai que atinge uma alma errada? — Ele negou veementemente e disse: — Não, esquece o correio espiritual. Enquanto você estava entregando a erva para Letícia e Anabelle na delegacia, pedi para gravarem uma mensagem na colher.

E mostrou a colher com uma mensagem. Fernando leu: — "Letícia, Françoise ou Clarice. Não importa o nome, o lugar e o tempo. Vou te encontrar. Te amo, Joaquim." — E perguntou: — Você a ama?

— Sim... Não há dúvidas nisso.

Fernando ficou alguns segundos encarando seu primo e se chacoalhou. Sem querer se aprofundar em assuntos relacionados a sentimentos, perguntou:

— Como conseguiu encomendar essa escrita assim, tão rápido?

— Dinheiro. Incrível como as pessoas largam tudo em prol de uma grande soma de dinheiro.

— Tudo bem. Vou tentar oferecer essa colher a um estabelecimento como uma relíquia. Só preciso inventar algo. — E perguntou: — Onde quer que eu deixe essa colher?

— Em um museu ou local onde vai ser exposto permanentemente.

Assim, Fernando bocejou novamente e passou a zombar:

— Favores... Favores... Aqui vou eu, encontrar-me com a bela, curvada, inteligente, cheirosa...

— Mais um adjetivo e te boto para dormir com um soco no meio do rosto.

Fernando riu. E ajeitou a colher em sua boca.

Joaquim murmurou:

— Obrigado, primo. Realmente não saberei como retribuir a sua ajuda... jamais.

Ele viu seu primo sorrir, mesmo com as bochechas esticadas por segurar a colher e fechar os olhos. Então, subitamente, seu corpo se transformou em algo estático, sem vida. Fechou os olhos, certo de que, dessa vez, permaneceria nessa vida.

***

Joaquim já não conseguia mais ver sapos à sua frente. Estava frustrado. Desde o amanhecer, ele esforçava-se em achar soluções coerentes para potencializar a erva ao ponto de poder transportar o corpo inteiro.

Iria até os quintos dos infernos para conseguir se transportar inteiramente. Afinal, não poderia aparecer, viver algumas noites de amor para logo em seguida morrer na frente de Letícia. Isso seria encarado como bastante estranho, até para os parâmetros futuristas. Listou todas as informações, em detalhes, aprendidas na tribo, e aplicou-as.

Mas os malditos sapos não desapareciam. Pelo contrário, ficavam ali, coaxando e o encarando como se estivessem rindo de sua cara.

Suspirou. Encarou a sua lista e riscou outra palavra. Então recapitulou:

— Já tentei unir a erva com cloreto de sódio, anfetamina, nicotina, cafeína, tirosina, teanina, glutamina e inositol. Também já uni dois elementos ao mesmo tempo. Depois uni três ao mesmo tempo. Vou agora unir quatro...

Foi subitamente interrompido pelo primo, que anunciou:

— Morri. Aliás, Daniel de Ventura morreu. Aquele corpo não ia durar muito mesmo. Sobre a colher, já está alocada permanentemente no Museu Imperial de Petrópolis.

Joaquim fechou os olhos. Não estavam chegando a lugar nenhum.

— A última informação que obtive foi que Letícia se separou do marido. Ela está em um hotel.

— Ela informou que gostaria de se mudar para Petrópolis. Sabe se já foi para lá?

— Não, mas posso descobrir aonde ela vai. Precisarei tomar a erva e assumir outro corpo.

— Sim, mas antes preciso fazer uma viagem. — Joaquim recolheu todos os materiais e expulsou os animais da sua frente. Joaquim estava frustrado, agitado e furioso. Precisava de respostas. Era a sua vez de tomar a erva.

32

Ajuda

Floresta Amazônica, Brasil

Sábado, 17 de novembro de 1906

Foi extremamente doloroso assumir o corpo do humanoide. A morte desse Curupira foi cruel. Os primeiros sintomas que Joaquim sentiu foram: falta de ar, tonturas, náuseas e dor intensa na canela. Examinou a avaria em um de seus pés latejantes. Presumiu que o rapaz decidiu abandonar seu corpo dando-lhe perda total.

Demorou um tempo para se acostumar com a dor e se movimentar, considerando o tamanho reduzido do corpo. Então se deitou, esticou os braços para um galho de árvore firme e caído para firmar o corpo e servir de apoio para caminhar. Julgou, ao evocar a memória da sua última visita, que não estava longe. Ele não saberia andar com os pés virados, não imediatamente. Reclamou e chegou a berrar de agonia ao se levantar. Precisou de mais um tempinho para se acostumar com os pés virados, a dor. Engoliu os soluços de agonia pela dor que jamais imaginou sentir e caminhou pela beirada do rio. Uma névoa úmida pairava sobre a correnteza das águas, criando um arco-íris de tons indistintos e impermeáveis.

Ao alcançar a ladeira, Joaquim notou que as pessoas o encaravam com um olhar corriqueiro. Daqueles que indica rotina e convívio. No entanto, o abordavam falando uma língua estranha. Seus gestos indicavam que vinham lhe oferecer ajuda. Pelo visto, seu tempo era curto. Ele cambaleou com dificuldade, em direção à pequena oca, onde havia se encontrado com o Pajé da última vez. Passou pelos cães que o rodeavam e latiam, indicando que havia algo não familiar naquele corpo tão comum aos olhos daqueles que moravam ali.

Ele sabia que estava sendo ousado, mas não se importou. Invadiu a oca do Pajé sem nome que, naquele momento, estava sentado, imóvel e de olhos fechados, como se estivesse meditando.

O Pajé abriu os olhos e o examinou. Juntou suas sobrancelhas.

— Engenheiro português?

O Pajé sem nome já suspeitava que não estava confrontando um membro da tribo.

Joaquim decidiu por uma abordagem direta e sincera. Não tinha tempo para brincadeiras. Então assentiu.

Dito isso, o Pajé sem nome riu.

Então comentou:

— Vejo meu companheiro de luta, mas não falo com ele. — Cruzou os braços e perguntou: — Só consegue se transportar parcialmente, português? Estou decepcionado com a sua falta de habilidade! — Elevou um dedo e anunciou: — Mas sabia que retornaria! Já tem o nome para a erva?

Droga.

Joaquim se esqueceu desse detalhe. Rapidamente juntou os nomes de Clarice, Letícia e Françoise:

— Clalefra.

O Pajé olhou para o alvo e, com os dedos coçando seu queixo, refletiu sobre o nome:

— Tá. Bom nome. O que quer?

Joaquim logo notou que a melhor abordagem era falar a verdade. Para isso, precisaria explicar aquilo que nem ele entendia direito. O Pajé indicou uma pedra na oca. Joaquim ajeitou-se na pedra. Uma moça entrou trazendo uma cesta de panos e plantas. Ela murmurava algo que indicava indignação. O Pajé fez um gesto exagerado com a mão, como se estivesse varrendo a moça da caverna e resmungou algo em uma língua que Joaquim não conseguia entender.

Comentou:

— Ela veio cuidar do falecido Krureq.

— Ia cuidar de mim?

— Não. Iria cuidar de Krureq, mas é tarde. Ele deixou de existir. Agora você está em seu corpo, mas vai deixar de existir em breve. Esse corpo já era!

— Preciso aprender como potencializar a erva para transportar também o meu corpo.

A pergunta fez Pajé gargalhar. O descontrole do senhor foi tamanho, que temeu o tempo que levaria para ele se acalmar.

— Por favor. Preciso da sua ajuda — implorou. Joaquim precisava arranjar uma solução e o seu tempo era curto. Pela gravidade do ferimento desse corpo que hospedava, julgou que seria ainda mais curto.

O Pajé passou o dedo no rosto, limpando suas lágrimas de tanto rir.

— Dou-lhe o que quiser em troca — Joaquim lhe assegurou.

— Você me parece bem desesperado, homem — comentou o Pajé, em meio a risos. — Eu disse que a erva gera consequências.

— Qualquer coisa — Joaquim assegurou. — Faço qualquer coisa.

— Quero uma única coisa: a verdade. Me diga, e seja honesto, qual é o motivo que o faz querer mudar de plano?

— Mudar de plano?

— Sim, deixou de estudar a erva e passou a explorar os efeitos dela.

— Para encontrar uma moça que perdi.

— Por quê?

— Porque preciso vê-la novamente. Somente isso...

O Pajé estudou Joaquim, como se estivesse medindo suas palavras. Então suspirou, virou para o lado, levantou. Virou de costas e respondeu:

— Não.

— Por quê? — Joaquim perguntou, com o tom de voz alterado.

— Você disse que me daria qualquer coisa. Pedi apenas algo simples. A verdade. Esta, você foi incapaz de me dar. Então a sua resposta é não.

Antes que Joaquim pudesse argumentar, o Pajé virou-se para ele com as mãos estendidas e passou a proferir palavras estranhas. O corpo frágil de Joaquim reagiu. Sentiu seu coração bater em um ritmo inacreditavelmente rápido. Antes que ele pudesse perguntar o que estava acontecendo, perdeu os sentidos.

33

Nova tentativa

Floresta Amazônica, Brasil

Sábado, 17 de novembro de 1906

— Você é insistente — o Pajé sem nome comentou ao notar que Joaquim havia se hospedado em outro corpo. Com olhos muito pouco impressionados, examinou sua visita de cima a baixo e murmurou: — Carumin... um guerreiro admirável, mas impulsivo. Assim como você! Não vejo duas mortes tão próximas uma da outra aqui em nossa tribo. Incomum... — O Pajé sem nome fez uma careta e comentou: — Como conseguiu se hospedar em um corpo parcialmente devorado por uma onça pintada?

Joaquim não conseguiu responder. O corpo no qual havia se hospedado não tinha mais língua. No lugar dela, havia apenas dor aguda e uma sensação de que sangrava sem parar. Sentiu uma fileira aquosa deslizar do canto de sua boca. Para analisar o que era, encostou o dedo de seu braço esquerdo, já que o direito foi arrancado, e viu o vermelho vivo de sangue na ponta de seu dedo.

O Pajé o estudou profundamente. Seu olhar era intenso. Isso porque ele não queria entender as reações do corpo sem vida. Na verdade, buscava entender as mensagens nas entrelinhas de seus olhos. Procurava ver a verdade em sua alma.

Após um longo período de silêncio, a expressão do Pajé acalmou-se.

Então disse:

— Você não tem muito tempo, então me escute com atenção. Antes de transportar o seu corpo, entenda que pode haver duas resoluções. A primeira é uma viagem curta e que não dura mais do que a metade do dia. A segunda é só de ida e uma mudança definitiva. O poder não está na erva. Ela apenas inicia a primeira faísca do processo. O resto é contigo. Você deve se concentrar. Para se transportar permanentemente, é preciso arriscar tudo. Abdicar da sua vida nesse espaço. Exigir a mudança. Você é que determina onde ficará, mostrando a sua disposição para abrir mão de seu destino original. Então sentirá seu corpo formigar e, gradativamente, surgir em outro espaço. Outra dica... a mudança só será concluída se algo lhe puxar para aquele destino. Se algo não o puxar para lá, você retornará ao local de origem. É um processo muito perigoso.

Joaquim apontou para o mato, em uma expressão de questionamento.

— Sobre Clalefra? Se conseguir transportá-la contigo, é uma boa ideia.

34

Incriminação

Paris, França

Sábado, 17 de novembro de 1906

— Acorda!

Fernando puxou Joaquim do lugar de onde estava com um berro.

Por puro instinto, Joaquim passou a língua nos lábios para confirmar que esse órgão estava intacto e perguntou:

— A senhora Pauline chegou?

— Está chegando — Fernando respondeu. Espiou pela janela e indicou: — Chegará em aproximadamente quinze segundos. Esperamos o máximo de tempo para acordá-lo.

Esse último encontro renovou suas esperanças. Joaquim levantou cheio de energia.

— Obrigado. Vamos até a sala. Precisamos aparentar estarmos ocupados com alguma coisa — ele disse, enquanto pegava alguns desenhos e algumas plantas dos prédios que terminara havia mais de um ano.

Logo se sentaram à mesa da sala e, ao escutar a porta da casa abrir, Fernando disse:

— Talvez tenhamos que rever os cálculos para as pilastras de suporte do... — Fernando estudou rapidamente o desenho. — Ponto "a" e ponto "c". Não me parecem certas.

— Ah, sim — Joaquim concordou. Rapidamente espiou a senhora trancar a porta. Ela parecia prestar atenção ao que diziam. Voltou a dizer: — Você está certo. Mesmo depois de termos passado a tarde inteira revisando os números que indicou, realmente eles não parecem precisos.

— O que estão fazendo? — a senhora perguntou, incapaz de deter sua curiosidade.

— Sou engenheiro — Joaquim comentou. — Meu primo é advogado, mas geralmente me ajuda com os cálculos de projetos — mentiu. — Nesse momento, preciso de ajuda. Um projeto está atrasado e gostaria de terminá-lo o quanto antes. — Não soube ao certo por que disse isso, mas agora que as palavras já haviam saído de sua boca, não tinha mais como voltar. Sorriu.

A senhora cruzou os braços. Ela definitivamente não ficou impressionada com a encenação. Ao ver Anabelle entrar em casa, balançou as mãos em desdém e disse:

— Quando se cansarem de fingir ou de fazer isso que estão fazendo, sabe-se lá o que é, precisam partir. Acabei de saber que o Conde de la Marquê ofereceu uma fortuna inimaginável para aquele que trouxer a cabeça dos responsáveis pela morte de Clarice. Ou melhor, Françoise...

— Acham que nós matamos a minha irmã? — Anabelle perguntou, indignada.

— Acho que você, mocinha, deveria ter me contado sobre o assassinato da sua irmã — a senhora Pauline respondeu, sem esconder a tristeza em seus olhos mareados. A senhora Pauline estava claramente desconcertada. Não era por menos.

A senhora fechou os olhos, refletindo um pouco. Voltou-se para Joaquim e Fernando, então disse:

— Não sei o que vocês fizeram. Nem quero saber. Só sei que Anabelle não seria capaz de matar a própria irmã, nem andar ao lado daqueles que a mataram.

Anabelle abraçou a senhora, que retribuiu o carinho com alguns tapinhas desajeitados em suas costas.

— Vá, querida. Presumo que vocês estejam atrás de informações sobre o que motivou o assassinato de Françoise — a senhora Pauline comentou. Ela distanciou-se de Anabelle, passou o braço em seus olhos para limpar as lágrimas e disse: — Escutei da criadagem algo que pode lhe interessar. Algo que eu não sabia... recentemente, o Conde de la Marquê passou a frequentar a casa do general Jeremy Cordelle. Uma surpresa, já que o conde fugia de todos aqueles que representavam a lei. Ele sofreu uma mudança milagrosa. O conde parou de frequentar as casas de jogos de azar e parou de beber como antes. Também passou a praticar caminhadas... Isso dentro das possibilidades de seu corpo moído. Em tese, uma mudança dessa natureza deveria ser encarada como algo extremamente positivo para a família, mas não foi encarado dessa forma. Ouvi falar que a esposa do conde o ataca toda a vez que o vê. Os criados chegaram a comentar que, durante o ataque, ela gritava que ele não era seu marido. Que estava possuído por um demônio. Alguns dizem que a surdez enlouqueceu sua esposa. Eu não concordo. Meu pai sempre diz que um louco é, na verdade, uma pessoa normal que fala uma verdade que os outros não estão preparados para ouvir.

Escutaram uma batida na porta da frente. A senhora levantou a palma da mão, dando a entender que não havia o que temer. Então caminhou para a porta e a abriu. Conversou com um menino e lhe deu algumas moedas.

— Consegui três cavalos para vocês. Vão.

Joaquim foi o último a sair. Precisou pegar todos os seus materiais. Também deixou uma sacola com moedas para a gentil senhora que os acolheu.

Em alta velocidade, cavalgaram em direção à residência do Conde de la Marquê. Não estavam longe de Giverny. Em menos de meia hora já conseguiam ver no horizonte o imponente palácio que a herança de Anabelle e Françoise compraram e ajudaram a salvar. Se Françoise estivesse ainda viva, certamente teriam acesso aos aposentos. No entanto, Anabelle, em tese, era "Elaine", a acompanhante de Françoise. Havia uma chance de ela não conseguir passar pelo portão imenso que guardava a grande residência.

Pensando nas dificuldades, Joaquim passou a desacelerar sua cavalgada. Os dois acompanharam. Ele anunciou:

— Precisamos de um plano. Não podemos simplesmente entrar na residência sem a imagem de Clarice.

— Claro que podemos! — Anabelle corrigiu-o enquanto tentava controlar seu animal que rodopiava e saltava em uma agitação incomum. — O Conde de la Marquê *vendeu* sua residência à Françoise. Ela também escreveu um testamento, lavrado em cartório, de que tudo passaria para mim, caso morresse.

Anabelle abriu sua bolsa, sacou dali alguns papéis e os estendeu a Fernando.

— Você é dona de toda a residência, Anabelle — Fernando concordou, após uma rápida análise. Então, com um movimento brusco nas pernas, forçou o cavalo a cavalgar e anunciou: — Vamos entrar pela porta da frente.

Os documentos eram legítimos e foram facilmente identificados pelos guardas que os acompanharam até o salão principal da residência.

— O general está aqui, junto com o conde? — Anabelle perguntou ao mordomo, assim que este terminou de inspecionar os papéis.

O mordomo fez uma longa reverência à sua nova senhora, então assentiu.

— Eles estão no escritório. Devo anunciar sua vinda? — ele perguntou.

— Não — Anabelle disse. — Estamos com pressa.

— E o que vai fazer com os antigos residentes? Quanto tempo vai dar para eles saírem de sua casa?

— Não pensei sobre isso — Anabelle respondeu à pergunta com um tom de brincadeira, mas sua expressão indicou que ela não tinha certeza absoluta de não se tratar de uma ameaça real. Em seguida, fez um gesto para Fernando e Joaquim. A passos largos, Anabelle caminhou até o escritório e abriu a porta sem bater. Isso fez com que o conde e o general virassem ao mesmo tempo, com seus olhos arregalados.

De la Marquê, sentado em uma poltrona de couro imensa, rapidamente se recuperou. Para disfarçar sua consternação, cruzou as pernas e disse:

— Vocês me surpreenderam. Fugitivos da polícia não deveriam aparecer assim... Principalmente quando o General da força militar está presente.

— Somos vítimas! — Anabelle rosnou. — Aqueles cafajestes foram contratados por vocês para nos atacar! Eles mataram a minha irmã! Além do mais, essa é a minha residência!

E chacoalhou a escritura.

— Não tenho o menor interesse em saber de quem é essa residência, já que não pretendo ficar aqui por muito tempo. E os cafajestes que mataram a sua irmã foram contratados por Rosalie — de la Marquê esclareceu. — Sua mãe. — Adicionou com um sorriso mordaz no rosto. — E você, a filha dela, a matou. — Apontou para o general, que estava confortavelmente sentado no canto de um dos seus extensos sofás verdes. — Uma perda lastimável para meu amigo.

— Está sendo difícil viver sem meu girassol — Jeremy comentou, sem esconder seu sorriso e o tom de ironia.

— Diga-me, explorador... — o conde brincou com os dedos enquanto parecia refletir sobre a pergunta. — Se você fosse obrigado a abrir mão de sua saúde para conseguir tudo que deseja. O que faria?

— Não estou entendendo.

— Ah, está, sim. Imagine, Don Juan. Quanto se esforçaria para ter tudo que quer e ter a saúde que precisa para aproveitar seu tesouro sem reservas?

— Aonde quer chegar? — perguntou Joaquim.

— Quero informações. Estas que você pode me dar livremente e evitar um constrangimento maior. Apenas o local de onde se acha uma certa erva e como utilizá-la.

— Não sei a que se refere, mas prefiro o constrangimento maior.

O conde ajeitou-se na poltrona, fazendo uma careta. Sentia dor. O general levantou-se para acudi-lo, mas o conde fez um gesto ríspido com a palma da mão, impedindo-o.

E disse:

— Escute! — O dedo indicador de de la Marquê apontou para os céus. Conseguiam escutar barulhos de carruagens e agitação em frente à casa. — Vocês realmente me pouparam bastante trabalho ao virem até aqui.

O conde levantou-se, como se tivesse pouco tempo para agir. Rapidamente, pegou um frasco parecido com aqueles que Joaquim tinha em seu laboratório, abriu-o, colocou um pouco do líquido em suas mãos. Antes que Joaquim tivesse tempo para reagir, o conde passou um pouco do líquido na mão e no casaco de Joaquim. Então bebeu.

Joaquim não conseguiu reagir quando o conde cravou as mãos em seu paletó com uma expressão de plena agonia.

Engasgando, o conde rosnou:

— Você NUNCA! — Engasgou novamente. — NUNCA conseguirá chegar perto dela. Eu não vou permitir nem que tenha que viver e morrer mil vezes! Não sem me dar as informações de que preciso. — Pressionou seus dedos no paletó. — NUNCA!

Logo em seguida, os olhos do conde se arregalaram. Depois reviraram para trás e ele caiu no chão. O general Jeremy Cordelle levantou-se de sua cadeira, apontou para eles e gritou:

— Socorro! Mataram o conde!

A sala foi invadida por uma multidão de policiais, serviçais e familiares. Todos, inclusive Joaquim, chocados com o que viam.

Subitamente, o general saltou em Joaquim. Para todos ao redor, parecia que ele estava lutando com ele, vingando a morte de seu amigo. Na verdade, ele estava tentando achar a erva. Violentamente, o general passava suas mãos pelos bolsos, dentro da jaqueta, ao redor da calça e, de vez em quando, batia em Joaquim. Este, ainda confuso com o que viu, não conseguiu revidar.

Aparentemente, os policiais não sabiam como agir. Estavam apreensivos. Pareciam escolher entre agir conforme a lei, separar a briga e lidar com a ira do general, ou ignorar a cena que se desenrolava diante deles. Enquanto isso, Fernando passou a exclamar para que os policiais separassem os dois.

Joaquim recebia os golpes, atônito. Desesperadamente, tentando entender por que um conde se suicidaria somente para incriminá-lo. Por que ele abriu mão da sua vida depois de exigir informações sobre a erva. Por que disse que só permitiria que Joaquim chegasse perto de uma mulher depois de abrir mão de informações sobre a erva? Quem era a mulher a que ele se referia? O que ele quis dizer com viver e morrer mil vezes?

Após citar quase quinze artigos que suportavam a tese de separar a briga e de uma boa dose de ameaça, os policiais finalmente agiram. Três deles pegaram o general à força, que berrou:

— Ele roubou algo que é meu!

Joaquim não reagiu. Estranhou a reação do general. O conde havia acabado de se suicidar e o general nem sequer olhou para o corpo imóvel. Em vez disso, exigiu a erva. Notando que os policiais estavam impedindo qualquer conflito, e que a erva estava segura, permitiu ser levado ao veículo da polícia. Fernando e Anabelle foram também levados pelos guardas. Enquanto isso, vozes cortavam a sala. O general ainda gritava, alegando que havia sido roubado. Mas o cenário era outro, ligado a algo bem mais sombrio e perturbador.

Todos estranharam. O general distribuía ordens aos policiais, exigia a erva. Nesse mesmo momento, Fernando passou a argumentar, alegando que estavam diante de uma cena criminal, apontando para o corpo imóvel.

Anabelle balançava os papéis, alegando que sua casa estava sendo invadida.

Uma cena confusa, deplorável.

Enquanto isso, os criados comentavam e murmuravam.

Quem era a mulher a quem o conde se referiu? Letícia? Impossível! Letícia estava fora de acesso.

Assim que chegaram ao comboio, Joaquim reconheceu o rosto de um dos policiais. Notou a tensão na expressão do rapaz. Arregalou os olhos. Olhou ao redor. Não reconheceu os outros policiais.

— Fica quieto — o policial sussurrou um alerta.

Joaquim obedeceu.

Assim que a porta de ferro do comboio fechou, Fernando disse:

— Letícia está em perigo. Não notou?

— Não fale besteira. Ela está completamente inalcançável.

Fernando encarou Anabelle, ambos dividiam a mesma expressão tensa.

Fernando insistiu:

— Letícia está em perigo. Não escutou o que o conde disse antes de morrer?

Anabelle interferiu:

— Fernando está certo. Junte as peças. Pauline disse que a mulher do conde relatou que ele estava possuído por um demônio. Disse que ele não era mais o seu marido. Depois do que presenciei, posso apostar que a esposa do conde estava certa. Ele não era mais o seu marido. — Ela pegou na perna de Joaquim e disse: — Acabamos de ver o conde tirar a sua vida. Ele assim o fez, com o objetivo de incriminar e subornar você. Joaquim, ele agiu com segurança e firmeza. Mais ainda, com a certeza de que havia uma vida para ele em outro lugar.

— A erva foi dividida em quatro montes. Três continuam com a gente. E o outro monte, continua com a Letícia?

Joaquim fechou os olhos.

Incapaz de controlar sua agonia, socou a parede de ferro do comboio com um berro.

35

Zumbis imperiais

Rio de Janeiro, Brasil

Segunda-feira, 1º de junho de 2015

Gisele ligou algumas vezes. Deixou recado. Letícia não quis atender. Precisava de um tempo a sós. Sua dor beirava o insuportável. De fato, ela preferia ter perdido os dois olhos e todos os seus membros a perder Joaquim. Depois de chorar ininterruptamente, ela decidiu arriscar. Primeiro iria até Petrópolis. Depois tomaria a erva. Ela iria vagar pelo tempo e espaço até voltar a ver Joaquim. Por Deus, faria isso!

Nesse ponto, ela aceitaria estar ao lado dele em qualquer momento de sua vida. Criança, jovem, adulto ou idoso. Aprenderia a amá-lo platonicamente. Não importava. Letícia estava em busca de algo importante em sua vida e encontrou Joaquim. Agora, não abriria mão dele.

No fim do dia, Letícia já organizava seus pertences para a nova viagem. Chegou a passar um recado para seus pacientes, informando-os de sua súbita decisão de tirar alguns dias de férias. Como havia apenas três em sua lista, acomodou todos em um único dia e informou a eles que essa seria a sua última sessão. Em um gesto de cordialidade, disse que havia perdido um ente querido, mas que estaria em Petrópolis, caso houvesse alguma urgência.

Letícia estava ávida para voltar para Petrópolis. Para tomar a erva. Se o seu plano não desse certo, ela voltaria ao Museu Imperial e encararia aquela colher até o fim de sua vida.

Dois de seus pacientes já tinham feito suas sessões. De tempos em tempos, ela ia até o banheiro para retocar a maquiagem, que não conseguia retirar o inchaço ao redor de seus olhos, mas ao menos deixava em seu rosto menos evidências de um desamparo que estava longe de passar. Felizmente, eles estavam tão preocupados com seus problemas que não repararam na tristeza estampada no rosto dela.

Faltava apenas Daniel, e Letícia aguardou-o. Havia se passado quarenta minutos da sessão de Daniel. Geralmente, quando isso acontecia, Letícia não ligava para o paciente. Afinal, Daniel era recente. Havia acabado de iniciar as suas sessões. Poderia ter desistido de prosseguir. Mas algo a deixou incomodada. Talvez o fato de Daniel comentar sobre seu primo, Joaquim. O nome do homem que reteve, sob sua custódia, o coração de Letícia e que ficou lá, no passado.

Letícia não havia pensado nisso antes, mas, nesse momento, ao analisar essas similaridades, achou estranho. Isso a levou a ligar para o paciente.

Então uma voz rouca, masculina e incomum atendeu. Letícia pensou em desligar, mas se conteve. Ao contrário disso, disse:

— Alô, estou procurando Daniel de Ventura, sou sua psicóloga e ele não veio para a sessão.

— Qual é o nome da senhora? — o rapaz perguntou.

— Letícia. Sou a psicóloga dele.

— Sim, senhora Letícia. Sou da polícia. O caso do Daniel acabou pousando em minha mão. Ele faleceu.

— Ãh!? — Letícia levou um susto ao saber da notícia. — Nossa, meus pêsames... — Pausou. Por que estava dando os seus pêsames para um policial que investigava o caso? Sem jeito, estremeceu e reformulou: — Não sabia.

— Merdas acontecem. Não é isso que dizem?

— Obrigada por atender e me informar.

— Gostaria de chamá-la para conversar sobre o caso. Poderia me passar o seu endereço e telefone?

— Sim, claro.

Letícia passou a ditar suas informações. O receptor anotava e confirmava. Quando se sentiu satisfeito, o policial, do outro lado da linha, disse:

— Meu nome é Carvalho. Entrarei em contato com a senhora em breve.

A campainha de seu consultório tocou. Para finalizar a conversa e atender a porta, Letícia anunciou:

— Vou passar um tempo em Petrópolis, mas pode ligar no celular. Tudo bem?

— Não vá para longe. É o que peço — o policial comentou ao desligar o telefone.

Letícia juntou as sobrancelhas e encarou o telefone num gesto de passiva reprimenda quanto ao tom e à forma como o policial desligou o telefone. A campainha tocou uma segunda vez. Ela largou o aparelho, varrendo o incômodo, levantou-se e abriu a porta. Do outro lado, estava Gisele, ofegante, de olhos arregalados e chacoalhando um jornal. Por alguns segundos Gisele parecia incapaz de falar alguma coisa, o que fez com Letícia desse alguns passos para trás a fim de dar espaço para a amiga entrar no consultório.

Gisele exclamou:

— O médico gatão morreu!

E balançou o jornal e indicou com seu dedo uma página dedicada ao caso do médico. Letícia reconheceu a foto, enrugou a testa e pegou o jornal. Então passou a ler:

Começou pelo título:

— "Um Estranho Caso em Petrópolis." — Olhou para Gisele e entrou em seu consultório. Gisele a acompanhou e trancou a porta. Letícia passou a caminhar de um lado para outro, lendo a reportagem: — "Conhecido atualmente como 'Zumbi Imperial', o caso assustou Petrópolis nessa última sexta-feira. Um homeopata renomado chamado Normando de Macena foi encontrado morto em seu consultório, pela segunda vez. O que poderia ser reportado apenas como mais um triste caso de doença cardiovascular tornou-se um evento de puro terror. Isso porque ele já havia recebido sua certidão de óbito, pelo mesmo motivo, há uma semana." — Letícia parou de ler. Encarou sua amiga. Gisele estava sentada no divã, atônita.

Letícia enrugou sua testa e voltou ao texto. Passou a lê-lo silenciosamente e listou palavras-chaves encontradas na reportagem:

— O médico morreu de complicações cardiovasculares. — Leu um pouco mais e disse: — Nossa, deve haver uma explicação para isso! — E voltou a ler: — Antes de emitirem o atestado de óbito, pela primeira vez, três médicos diferentes o inspecionaram... um processo normal, antes de constatar o óbito em um paciente... nenhum médico sente-se confortável em atestar o motivo da morte... O corpo está largado no necrotério do hospital, pois precisam corrigir a data do óbito do atestado anterior. Nossa... — Voltou a ler e comentou: — Para deixar o caso ainda mais estranho, na semana passada, após atestarem a primeira morte do homeopata, o corpo sumiu do necrotério. Os familiares do médico estavam processando o hospital por ter perdido o corpo... então o corpo foi encontrado, novamente apresentando morte recente, uma semana depois... não sei o que pensar!

Letícia largou o jornal na mesa e sentou-se na cadeira.

— Não sei o que dizer. — Letícia corrigiu: — Estou indo para Petrópolis de novo. Vou ficar um tempo lá.

— Não quero ir! Dispenso essa viagem! — Gisele anunciou, levantando-se. — A não ser que você tenha uma explicação para isso!

Letícia riu ao ver o que parecia ser uma ironia sair da boca de Gisele. Apesar da expressão séria em sua amiga indicar pavor, consternação, indignação, curiosidade, tudo, menos sarcasmo. Como se Gisele tivesse levado um choque, saltou para a porta da frente, abriu a porta e esbarrou em um idoso de rosto pálido e olhos arregalados. O idoso caiu.

— Ai, meu Deus! — Gisele gritou, no susto.

Letícia correu em direção ao idoso para analisá-lo. O idoso estava curvando-se, com dor. A situação lhe parecia bastante delicada. Então Letícia abriu o celular e estava a ponto de ligar para uma ambulância, quando escutou o idoso perguntar em um sussurro:

— Está com a erva?

Algo não parecia certo. Os lábios e as mãos do idoso tremiam de dor, mas parecia ignorar sua agonia. Letícia ajoelhou ao seu lado. Ela pegou em uma de suas mãos e estranhou a temperatura. Estava tão gelada que parecia ter saído de um balde de gelo. Na falta de resposta, o idoso repetiu:

— Rápido. Não tenho tempo. Tem a erva? Onde ficará em Petrópolis?

O coração de Letícia retorceu-se com a pergunta. Será possível?

— Joaquim? — ela perguntou, sem conseguir segurar a esperança no tom de sua voz. Será que Joaquim tomou o corpo de outro para saber aonde ela estava indo?

— Primo. Antes eu era Daniel. Agora sou... esse — o idoso respondeu. Então passou a tossir. — Não mostre a erva para ninguém. Fique com ela o tempo todo.

Letícia sentiu seu coração pular de alegria. Era como se os seus sentimentos e o mundo, repentinamente, voltassem no tempo. Ela queria berrar de alívio, mas notou a urgência nos olhos confusos do idoso e respondeu:

— Fernando?

Ele assentiu.

— Sim, estou com a erva e ficarei em Petrópolis.

Ouviu o idoso inspirar o ar, aliviado.

— Chamei a polícia! — Gisele anunciou.

Letícia sussurrou o nome do hotel de destino. Ao terminar, sentiu o punho do idoso amolecer em suas mãos quando ele soltou seu último suspiro.

***

Fernando, o primo de Joaquim, hospedou-se no corpo de Daniel, seu cliente, ao mesmo tempo em que ela se hospedou em Françoise.

Uma conclusão intrigante, no mínimo.

Letícia dirigia seu carro. Subia a serra em meio a uma multidão de perguntas. Por que Joaquim mandou seu primo para encontrá-la, em seu lugar? Será que havia acontecido algo com Joaquim? Será que Fernando precisava de sua ajuda e Joaquim estava em perigo?

Talvez, por esse motivo, quando ela notou um homem pálido correr em direção ao seu carro, e saltar em cima do capô, não teve reflexo. Não deu tempo de parar o carro e evitar o atropelamento.

Boquiaberta, ela parou o carro imediatamente. Manteve-se ali, horrorizada, sem conseguir acreditar no que havia acabado de acontecer.

O corpo do homem cambaleou em cima do capô de seu carro, mas logo em seguida caiu no asfalto. Como se ela tivesse levado um choque, Letícia finalmente tirou seu cinto de segurança e saiu do carro. Suas pernas tremiam de agonia. Logicamente não teve intenção de atropelar ninguém. Por que esse homem praticamente atirou-se em seu carro?

Ela se ajoelhou para examinar o estado do homem. Suas roupas estavam rasgadas atrás das costas. Conseguia sentir um cheiro forte de enxofre e flores. Ela colocou dois dedos no pescoço do homem. Recuou quando não sentiu pulso. O rapaz estava gélido. Será que já estava morto? De fato, nesse momento, ele realmente não estava mais vivo. Droga! O que ela faria?

Um grupo de espectadores surgiu da mesma direção que o homem veio quando corria em direção do carro. Sem saber o que fazer, Letícia levantou-se. Muitos pareciam assustados, com seus rostos inchados.

Com uma voz trêmula, Letícia se defendeu:

— Ele saltou em meu carro. Não tive tempo de frear.

Uma das moças, com rosto inchado, a empurrou e exclamou:

— Meu pai havia acabado de se levantar de seu caixão! Sua assassina!

Letícia levantou as mãos em plena rendição. Duas mulheres intervieram quando a moça parecia querer atacá-la. Ambas conseguiram, a muito custo, retirar a moça do local.

Uma delas disse:

— Se você atacar a mulher, mudará a cena do crime!

Outra disse:

— A filha da puta tem que apodrecer na cadeia!

Letícia começou a chorar. A esse ponto não havia outra coisa a fazer, apenas encarar o corpo pálido e estático do homem caído no chão e lamentar profundamente o ocorrido. Assim, ela ficou soluçando até que encontrou um bilhete preso no punho fechado do falecido. Ela aguardou o momento em que todos se distraíram para pegar o bilhete e guardá-lo em seu bolso.

***

Já era noite quando Letícia finalmente chegou ao hotel indicado. Haviam sido horas de depoimento. De pura tortura. Se Fernando não tivesse aparecido em frente ao seu consultório, no corpo de um idoso, e não tivesse exigido seu paradeiro, Letícia voltaria para o Rio.

Letícia parou em frente à recepção do mesmo hotel em que há pouco havia se hospedado com Gisele. A mesma moça que as atendeu anteriormente a saudou:

— Bem-vinda, senhora Letícia.

Letícia se impressionou com a moça:

— Rosa, obrigada por me reconhecer.

A moça riu. Ela respondeu:

— Você esteve aqui na semana passada.

— Como está o seu parente?

— Faleceu aquele dia. Já estava velhinho.

— Meus sentimentos.

— Bem, foi um dia estranho. Pela manhã, ele teve um infarto. Chamamos a ambulância para levá-lo ao hospital, mas ao chegar, os profissionais me informaram de que ele havia falecido. — Ela deu de ombros. Pegou a ficha de *check-in* e uma caneta. Sua expressão se transformou sutilmente de melancólica para algo mais sóbrio. Quase profissional. Ela disse: — Apenas coloque seu nome, endereço e telefone.

Letícia aceitou a caneta e passou a preencher a ficha, conforme instruída.

— Mas ele ainda estava vivo, da última vez que chegamos — Letícia comentou. Não queria pensar nos acontecimentos da tarde. A esse ponto, ela queria pensar em qualquer outro assunto.

— Ah, sim. Pois é...— A moça coçou a cabeça, meio sem jeito. — Os enfermeiros da ambulância estavam certos em um ponto: meu pai morreu naquele dia. No entanto, anteciparam a hora da morte. Imagino que poderia ser visto como outro "Zumbi Imperial". — E sorriu, dando de ombros uma segunda vez. — Posso anotar o número do seu cartão de crédito?

— Claro — Letícia respondeu.

Ela abriu a bolsa para procurar sua carteira. Sem a encontrar, resmungou para si mesma e passou a retirar todos os seus pertences dali. Alocou cada pertence no balcão, no esforço de encontrar a sua carteira.

— Droga — reclamou. — Por que insisto em comprar bolsas enormes?

A moça riu, mas quando viu Letícia sacar a sacola azul de sua bolsa, trancou seu sorriso.

— Você fuma? — a moça perguntou.

— Achei! — Letícia retirou a carteira da bolsa. — Se eu fumo? Não — Letícia respondeu, enquanto abria a carteira. Ela estendeu o cartão. — Você se refere a isso? — Apontou para a sacola azul.

— Sim.

— Eu a uso para tomar chá.

A moça anotou os números do cartão de crédito de Letícia e lhe devolveu o cartão. Também lhe entregou a chave do quarto.

— Quarto de número cinco. Tudo bem?

— Obrigada.

— Eh... Posso lhe pedir uma coisa: guarde esse chá em uma mala. Não o utilize aqui. Meu avô e pai sempre foram muito rígidos quanto a isso.

— Por quê? É apenas chá...

Rosa suspirou. Olhou para os lados e disse:

— Sei que pode ser um pouco estranho, mas esse estabelecimento tem algumas... — Ela parou de falar subitamente. Letícia olhou para trás, viu um casal com o filho sair. Rosa acenou para ambos. Eles acenaram de volta. Assim que a família saiu da recepção, ela prosseguiu: — O que vou lhe falar não deve ser comentado.

— Fique tranquila — Letícia assegurou a ela.

— Posso estar falando uma grande baboseira, mas não quero pagar para ver. Bom, esse estabelecimento tem um... fantasma. É inofensivo, mas odeia qualquer tipo de fumo ou chá. Ele tende a aparecer quando alguém fuma ou bebe algum chá. Não oferecemos almoço ou jantar porque manejamos as ervas ao preparar a comida.

— Nossa!

Rosa deu de ombros e disse:

— O que posso dizer... realmente houve alguns casos. Um, inclusive, era recente. Bom, mas o hóspede estava fumando maconha e seu juízo pode ter ficado alterado. Não posso confiar. — Ela riu, mostrou as palmas das mãos e disse: — Virou tradição. Você entende?

— Regras são regras — Letícia comentou, sem a mínima intenção de segui-la.

— Obrigada e boa noite.

Com isso, Letícia pegou sua mala e seguiu até o quarto indicado. Realmente não pretendia tomar qualquer chá essa noite. Precisava chorar um pouco mais. Enquanto isso, rezaria pela alma daquele que ela atropelou. Mas, acima de tudo, por mais difícil que parecesse, precisava esquecer o mundo ao seu redor. Pelo menos essa noite.

36

Letícia, não ouse voltar

Rio de Janeiro, Brasil
Terça-feira, 02 de junho de 2015

"Letícia, não ouse voltar"

"Letícia, não ouse voltar."

Letícia leu e releu o recado que encontrou no corpo do homem que havia atropelado. Notou com bastante curiosidade que o recado fora direcionado a ela ou a alguém que carregava o mesmo nome. Tomou um gole de seu café. Releu o recado.

Era uma exigência. Daquelas que um pai faz ao filho ou que um familiar com certo poder faz a outro. Ou um chefe faz a seu subordinado. Ou um cônjuge faz a outro.

Estranho...

— Não ouse voltar — murmurou, sem saber como interpretar a mensagem. A esse ponto, ela já não questionava se o recado se destinava a ela. Levando em consideração todas as circunstâncias em torno daquele trágico evento, não tinha dúvidas de que o recado era para ela.

Letícia analisou a cena do atropelamento com mais cuidado. Lembrou, com uma dose muito elevada de terror e curiosidade, que o moribundo corria na direção do seu carro. Queria ser atropelado. Ele carregava o recado e, enquanto corria, balançava o recado como se estivesse indicando que ela o pegasse. Mais ainda, de acordo com os relatos da multidão raivosa que se acumulou ao lado de seu carro após o acidente, o moribundo havia acabado de levantar-se de seu caixão no meio do funeral. Será que ele realmente ressuscitou por razões naturais ou recebeu um hospedeiro, assim como Françoise a recebeu? Será que era Joaquim? Letícia se perguntou enquanto olhava de forma bastante vaga para a recepção. Então ela se lembrou da vez que o avô da Rosa a chamou pelo nome. Será que aquele era Joaquim?

Letícia uniu as sobrancelhas. Sim, havia uma chance enorme de o idoso ter recebido a alma de Joaquim. No entanto, ele apenas agradeceu aos céus por ter encontrado Letícia. Uma atitude muito diferente da do moribundo, que correu em sua direção. Ele não queria encontrá-la. Na verdade, queria impedi-la de seguir o seu caminho.

Letícia inspirou rispidamente ao sentir um choque em sua barriga. Queria pular de alegria ao notar que Joaquim a procurava, mas não conseguiu.

De uma forma muito estranha, tinha certeza de que o moribundo não era Joaquim.

Era outra pessoa.

Um café pousou em sua mesa, o que levou Letícia a olhar para a mão que segurava a xícara. Elevou as sobrancelhas e suspirou, impaciente.

— O que está fazendo aqui, Glauber? — disse ela, reconhecendo aquela mão.

Glauber sentou-se à sua frente e disse:

— Estou hospedado em outro quarto. Recebi uma ligação da delegacia. O delegado Carvalho está a caminho. Eu o convenci de que você não fugiria e que era inocente. Acabei contando sobre você e nossa crise conjugal. Ele entendeu que você não tem um perfil assassino. Ele me assegurou que não está trazendo um mandado de prisão preventivo.

— Foi um acidente! — Letícia comentou. — O cara deveria estar alucinando e pulou em cima do carro. Glauber, ele acordou de seu próprio velório!

— Disseram que o médico não soube atestar seu óbito. Aparentemente os médicos dessa região precisam voltar à faculdade de medicina.

— Ele morreu de câncer!

— Não, ele estava vivo e você o atropelou — ele corrigiu.

Letícia calou-se. Enrugou sua sobrancelha e tomou um gole de café. Glauber arrastou seu prato com um bolo de laranja para perto de Letícia.

— Coma — ele ordenou.

— Não estou com fome.

E não estava mesmo. Pelo contrário, seu estômago retraiu-se para o tamanho de uma noz. Letícia queria sumir dali imediatamente. Lembrou-se do recado. Estremeceu. Tomou outro gole.

— Me diga como ajudá-la — ele pediu.

Ela não respondeu. Por alguns segundos escutou-se apenas os tiques dos talheres nas xícaras.

Glauber suspirou. Com uma expressão de extrema preocupação, colocou a mão em cima da dela. Letícia retirou sua mão dali imediatamente, recusando o carinho. Ele disse:

— Fui um idiota. Não soube valorizar você. Eu te amo, Letícia. Preciso ter a chance de lhe mostrar isso. Por favor.

— Letícia?

Letícia voltou-se em direção a uma voz estranha, masculina, que se intrometeu em meio ao silêncio desconfortante do casal.

Um homem grande, forte, de ombros largos e braços musculosos a saudou com um sutil gesto de cabeça. Era uma figura intimidante. Ele parecia um lutador de boxe, mas estava vestido com a formalidade de um profissional. Ele tirou seu casaco de couro marrom, deixando à mostra um colete à prova de balas que estava por cima de sua camisa branca.

Sem pedir permissão, sentou-se em uma das cadeiras da mesa do desjejum do hotel. Então fez um gesto para uns garçons e apontou para o café de Glauber, dando a entender que queria ser servido.

— Sou Carvalho — o rapaz loiro com olhos bem azuis como a mais alta e perigosa onda do oceano se apresentou. — Falamo-nos por telefone. Você estava em busca de Daniel.

— Lembro-me de ti — Letícia comentou.

O garçom trouxe uma xícara de café e Carvalho agradeceu com um gesto singelo de cabeça, dando a entender que não queria perder o direcionamento da conversa.

— Então vamos pular os galanteios. Você sabe quem eu sou e, em contrapartida, sei quem você é. Agora vamos ao que interessa. Estou sem tempo.

Dito isso, ele abriu sua pasta e colocou a foto de Daniel na mesa. Então disse:

— Daniel de Ventura. Um paciente recente. Teve um ataque cardíaco. Ficou entre a vida e a morte, mas sobreviveu. Morava sozinho. Seus familiares informaram que ele começou a se consultar contigo. Dias depois, morreu durante o sono.

— Ele era o meu paciente — Glauber interveio. Então se virou para Letícia e perguntou: — Não sabia que ele também era seu paciente. Você jamais me contou sobre isso.

— Hum... — o delegado murmurou e levantou uma das sobrancelhas. Estava registrando cada palavra e gesto. Aparentemente, era um homem bem inteligente.

Colocou a foto de um modelo na mesa. Letícia juntou as sobrancelhas. Os olhos pareciam ser daquele rapaz que ela levou ao seu consultório após tomar café. Do rapaz que lembrou Letícia dos prazeres do sexo. No entanto, seu rosto era de um ator e modelo famoso.

— João da Mata. Ele era ator... Fez alguns papéis marcantes como "Rodrigo" no filme "O Vingador do Povo". Também fez diversos papéis com novelas. Foi "Tarcílio" em "Dias Felizes" e "Arnaldo" em "Vidas do Sertão". Certamente você o conhece. Não conhece?

Letícia levantou-se da cadeira subitamente ao juntar o nome com o rosto da foto. Como ela não reconheceu que o belo homem com quem transara era tão famoso? Que espécie de mulher promíscua transaria com um rapaz sem se dar conta de sua importância na vida pública?

— Ah, calma... calma. Sente-se — Carvalho pediu, serenamente.

— Aonde você quer chegar? — Glauber questionou-o, com um tom de voz firme. Ele estava defendendo Letícia, claramente.

— Apenas quero conversar.

— Mas não vou permitir — Glauber interveio. — Minha esposa não falará mais uma palavra sem o seu advogado!

Carvalho levantou-se. Jogou outras fotos em cima da mesa e alertou:

— Procure um advogado. Por enquanto, peço que não saia deste hotel. Geralmente não demoro nas investigações, mas exijo que você permaneça onde está.

Ele pegou seu casaco e seguiu para fora do hotel, sem olhar para trás.

Letícia curvou-se ao ver as fotos do idoso que morreu na frente de seu consultório, do homem que atropelou, de Daniel, de João e do médico que a atendeu da última vez em que veio a Petrópolis.

Então concluiu:

— Estão achando que sou uma *serial killer*.

Sem forças, ela aceitou o abraço apertado de Glauber, que disse:

— Vou te proteger, meu amor. Eu prometo.

***

Letícia acordou sem energias. Sentia-se enojada por não ter protestado e recuado diante dos galanteios daquele que não sabia seduzi-la como Joaquim. A cama fedia. Conseguia sentir o cheiro do suor de seu ex-marido por cima dos lençóis das fronhas. O chuveiro do banheiro estava ligado. Glauber tomava banho em seu quarto. Letícia levantou-se. Queria evitar qualquer análise sobre o que a levou a tomar uma atitude tão imbecil.

Andou até sua bolsa e procurou seu celular. Queria ligar para Gisele e conversar com a amiga. Qualquer coisa que a fizesse pensar em algo além do que havia acabado de acontecer. Ela localizou o celular, mas havia algo faltando em sua bolsa.

Movimentando os pertences de um lado para outro, procurou a erva.

Não a achou.

Sentiu todos os ossos de suas costas se arrepiarem.

— Glauber, você pegou o meu chá? — ela perguntou.

O chuveiro foi desligado. Logo saiu Glauber molhado, envolvido por uma toalha e expondo um largo sorriso no rosto. Ignorando a pergunta de Letícia, ele a abraçou e comentou:

— Eu te amo.

Letícia saiu do abraço, passou as mãos sobre o resíduo molhado em seu corpo e repetiu:

— Meu chá. Você pegou o meu chá?

— O delegado apareceu novamente. Você estava dormindo. Não a acordei. Deixei-o inspecionar a sua bolsa. Então ele levou o chá para averiguar a origem. Disse que o devolverá amanhã, se não for nada ilegal. Bom. Se for ilegal, então virá com o mandado de prisão. — E riu. — Ah! Já ia me esquecendo. Levaram o seu carro. Não pude evitar. Mas fique tranquila. Já coloquei um bom advogado em seu caso e vou resolver isso.

— Por que levaram os meus pertences?

— Como disse um deles, é para te incriminar, o que duvido, julgando pelo aspecto daquele mato que carrega na bolsa de veludo azul, e tomaram o seu carro para prender você no hotel.

Letícia pouco se importava que o policial tivesse levado o seu carro, mas queria a erva de volta, imediatamente.

— Quero a erva! — exigiu, batendo com seu punho na cabeceira do quarto.

— Por quê?

Letícia não respondeu. Em vez disso, o chicoteou com outra pergunta:

— Quem é você para permitir que outra pessoa leve os meus pertences?

— Sou o seu marido — ele comentou.

— Estamos separados! — ela retrucou.

Glauber abriu os braços, olhando ao seu redor. Permitiu que a toalha caísse no chão, mostrando seu corpo pelado para Letícia quando disse:

— Não é o que me parece!

— Saia! — Letícia gritou enquanto jogava as roupas de Glauber em sua direção. — Saia! — repetia, em meio à sua fúria. — Suma da minha vida!

Glauber se vestiu. Então disse entredentes:

— Eu vou, mas volto! Tenho que resolver um problema no trabalho. Não sei quando vou resolver, mas voltarei. Pode ser hoje, ou amanhã. Fique aqui e não faça outra besteira. Escutou?

— Saia!

37

Em busca do inimigo

Oceano Atlântico

Quinta-feira, 29 de novembro de 1906

Joaquim notou o cheiro de cigarro e enrugou a sobrancelha.

De acordo com suas suspeitas, o Conde de la Marquê já havia morrido e seu corpo recebera um hospedeiro. Isso seria uma explicação para ele tirar a vida sem hesitar. A princípio, Joaquim precisava entender a erva. Precisava abordar o inimigo e esmagá-lo antes de chegar a Letícia. Ele simplesmente a tomava e concentrava-se em duas palavras, Erva e Petrópolis. Em seguida, sentia-se puxado para o hotel, mas não tinha o menor controle sobre o tempo em que apareceria.

Não tinha ideia de quem poderia querer fazer mal a Letícia. Também não tinha a menor ideia de que alguém poderia prejudicar Letícia. Imaginou que esse sujeito quisesse a erva apenas. Então passou a transportar seu corpo para entender a erva e, o mais importante, flagrar o sujeito se transportando com a erva. O hospedeiro do conde tinha uma relação forte com Letícia, portanto, considerando o fato de Letícia ter indicado que ficaria nesse hotel, o demônio também poderia estar nesse mesmo local. O problema é que Joaquim não queria ir até Letícia, temendo não conseguir prover segurança à amada. Ele precisava esmagar a ameaça antes que chegasse até ela.

Havia se transportado, de forma parcial, setenta e oito vezes. Ele ainda não conseguia entender completamente como a erva funcionava. Ela parecia não seguir uma lógica, nem um tempo linear.

Ele olhou para decoração futurista e cubista ao seu redor. Havia aprendido a discernir vestimentas e comportamentos típicos da época futura, pela experiência que adquiriu em suas viagens. Concluiu que estava na metade do tempo entre o seu presente e o presente de Letícia. Nesse momento, invadiu um dos quartos do mesmo hotel em Petrópolis, na década de cinquenta.

— Não quero voltar para casa, Amélia — um homem de estatura média comentou, enquanto se espreguiçava na cama.

Tinha de concentrar-se para não se materializar a ponto de ser visto outra vez.

Havia uma moça relativamente jovem de cabelos cor de caramelo e ondulados fumando em frente a uma janela. Ela estava nua, envolvida por uma toalha.

Ele comentou:

— Você sabe as regras para esse hotel, não pode fumar. Volte para a cama. Temos pouco tempo.

Joaquim foi forçado a sair do local quando o rapaz se levantou da cama e exibiu seu corpo nu. Isso fez Joaquim torcer o nariz, desgostoso.

O rapaz ajeitou a cortina e deitou-se na cama. Ajeitou o lençol em cima de seu corpo pelado e disse.

— Tome cuidado com a cortina, vai que a minha esposa contratou um detetive? Logo terei de voltar para a casa se não minha esposa irá suspeitar.

A moça que Joaquim julgava ser Amélia ignorou o rapaz. Fumando, ela caminhou lentamente até o banheiro. Joaquim olhou ao redor. Mais uma vez era hora de averiguar se havia qualquer sinal da erva no quarto. Algo dizia a Joaquim que seria, assim como das outras setenta e oito vezes anteriores, outro encontro decepcionante. Mesmo assim, ele a seguiu, atento a todos os detalhes do banheiro que, até agora, fora iluminado pela luz do quarto. Suspirou ao confirmar a sua decepção. A moça ligou a luz do banheiro e ficou paralisada ao avistá-lo. Deu um salto quando ouviu a moça gritar em pleno terror. Ele foi visto de novo. Foi descuidado.

Joaquim fez um gesto cordial e desapareceu.

***

Eles haviam embarcado rumo ao Brasil para fugir da polícia até encontrarem uma forma de abordar o verdadeiro inimigo e encontrar Letícia. Esse era o plano.

Um plano frágil, que vacilava, retorcia-se e lutava para manter o curso em meio às ondas revoltas, como o navio em que havia acabado de embarcar.

Durante esse período, Joaquim se trancou em seu camarote para navegar em tempos desconhecidos. Depois de tantas viagens e de tantos descuidos, podia jurar que era protagonista de uma história que atormentaria os sonhos dos mais criativos autores desse gênero. Ironia, pura ironia. Ele jamais gostou de ler livros de terror.

Escutou batidas na porta. Pela força imposta, imaginou ser Fernando.

— Já vou — indicou.

Joaquim colocou os pés no chão, sentindo o familiar formigamento na sola do pé após seu transporte. Cambaleou, ajustando-se com o movimento do navio sobre as ondas do mar, até a porta. Assim que a abriu, seu primo entrou com uma bandeja. Anabelle entrou logo atrás.

— Se você não comer, vai ficar doente — Anabelle alertou-o.

Joaquim revirou os olhos. Fernando colocou a bandeja na mesa e reclamou:

— Você não come direito há mais de uma semana. Desde o momento em que embarcamos neste navio. Se não comer, pode não chegar no Brasil vivo. Concordei em ajudá-lo nessa empreitada insana, mas não tenho vocação para babá.

Fernando estendeu uma colher de sopa com uma expressão sombria no rosto.

— O que houve? — Joaquim quis saber. Pegou a colher com uma mão, a sopa com a outra, sentou-se à mesa e passou a se alimentar. — Não deixei de comer. Apenas não estou comendo com a frequência de um esfomeado. Tenho mais o que fazer.

— Eu também sou um cara ocupado! — Fernando indicou, apontando com o dedo indicador em seu peito. — Não posso ser abordado pelo comandante dessa embarcação para explicar por que meu primo não sai para tomar um sol de vez em quando!

— As pessoas estão achando que você é um vampiro ou algo parecido — Anabelle indicou, com meio riso.

Joaquim riu, ao concluir que, ironicamente, tornou-se protagonista de duas histórias de terror.

— Amanhã você vai tomar café da manhã conosco. Nosso amigo, Santos Dumont, está a bordo e quer vê-lo.

— Santos Dumont está aqui? — Joaquim perguntou.

— Se você tivesse saído uma única vez de seu camarote, perceberia isso — Fernando rosnou ao marchar para fora do camarote.

Anabelle passou as mãos sobre os braços e manteve-se lá, estática. Havia uma certa satisfação em sua expressão. Pelo visto, Fernando parecia incomodado com... Anabelle?

— O que houve com ele? — Joaquim perguntou.

— O senhor Pedro Cruz me convidou para jantar na varanda de seu camarote. Fernando não aprovou esse encontro. Disse que pode afetar a minha reputação.

Joaquim juntou as sobrancelhas ao estranhar a reação do primo. Será que ele estava com ciúme?

— A irritação de Fernando seria justificável se vocês estivessem juntos.

— O que não é o caso — Anabelle indicou. — Ele deixou claro que não abdicaria de sua liberdade desde o início de nosso caso. Não tive qualquer expectativa. Bom... não sei o que fazer, mas confesso que estou me divertindo com sua reação.

Joaquim riu. Francamente, gostou de ver seu primo tão agitado. Fernando merecia cada segundo desse tormento, tendo em vista a quantidade incontável de mulheres cujos corações ele esmagara.

Então disse:

— Vai fundo... minha sugestão é que você jante com o senhor Pedro. Divirta-se.

***

O quarto mudou de cor. Pareceu ter sido reformado. Os móveis eram outros. Havia roupas espalhadas em diversos locais no quarto. Era um período de tempo próximo à época de Letícia, considerando a arrumação do ambiente e a tecnologia ao redor. Um rapaz estava sentado em uma cadeira, observando a mata por sua janela. Ele fumava enquanto seus ombros balançavam.

— Camila! Por que você fez isso comigo? — o rapaz exclamou. Deu outro trago. O cheiro forte da erva irritou as narinas de Joaquim. Ele precisou reprimir a vontade de voltar ao constatar que o rapaz fumava maconha. Aproximou-se com cuidado. Viu o rosto vermelho do rapaz, que parecia segurar um aparelho prata e pequeno nas mãos. Ele havia reconhecido esse aparelho nas outras vezes que se transportou. Era um telefone portátil. Um aparelho fascinante e, dependendo da época, bem popular.

Os dedos do rapaz pareciam pálidos, sem sangue, pela força desprovida ao segurar o aparelho. Pela expressão do rapaz, algo bastante sério parecia aflorar dessa conversa.

— Tenha, ao menos, a dignidade de terminar o nosso namoro olhando em meus olhos.

O rapaz virou-se subitamente, sem dar chance de Joaquim esconder. Ao avistá-lo, todo o sangue pareceu fugir de seu rosto.

Joaquim notou, após suas experiências de transporte, que a maioria dos homens não encaravam o inexplicável com a mesma dignidade das mulheres. Antes que o rapaz experimentasse um infarto, Joaquim se materializou um pouco mais e lançou um soco no meio do rosto do rapaz, o que o fez apagar imediatamente.

38

Encontros e despedidas

Oceano Atlântico

Sexta-feira, 30 de novembro de 1906

Cada dia que Fernando passava dentro daquele navio infernal, mais ele queria saltar para o mar aberto. Isso porque, estranhamente, a ideia de sofrer de hipotermia e morrer afogado lhe parecia bem mais atraente do que ser abordado por diversos senhores pedindo autorização para caminhar com Anabelle, ou jantar com Anabelle, ou dançar com Anabelle. A ficar com aquela que, um dia, fingia ser Elaine.

Anabelle, Anabelle, Anabelle.

O pior era quando ela aceitava o convite.

Ele perguntou:

— Como foi o jantar com o Senhor Ped... — engasgou. Fez um esforço tão grande para disfarçar sua fúria no tom sereno de sua voz, que vacilou. Socando o peito, Fernando buscou resgatar seu ar. Então, finalmente, quando conseguiu, fez um gesto de desdém com a mão e complementou: — Aquele senhor. Rummm. — Pigarreou. — O cara baixinho, vesgo e de bigode bem alongado.

Sim, o senhor Pedro Cruz tinha um bigode irritantemente alongado, mas exagerou ao adicionar as demais características. Estava puto.

Anabelle o ignorou. Em vez de responder, ela tomou um gole do suco de laranja.

— Como está o seu café, Joaquim? — ela perguntou.

— Delicioso — Joaquim respondeu.

Estava claro que Anabelle agia de forma inapropriada e irônica. Por isso Fernando sentiu vontade de socar Joaquim no meio do nariz por ter respondido à moça. Se o amigo Santos Dumont não estivesse sentado à mesa, certamente exigiria que retomassem o assunto do encontro. Afinal, Fernando estava em seu direito! Ele havia se instituído o guardião da moça durante a viagem.

Mas Joaquim redirecionou a conversa:

— Ficamos impressionados com o seu feito. Foi um ato de perseverança e de glória. Conte-me, amigo, o que o motiva?

Dumont respondeu:

— Lembro-me de que minha mãe dizia que, quando eu tinha apenas um ano de idade, furava balõezinhos de borracha para estudar o que havia dentro. — Ele riu. — Lógico que seria um exagero imaginar que o menino dessa idade faria algo movido por uma natureza de experimentação científica, mas sempre fui curioso. Quando jovem, quando ainda morava na cidade de Palmira, em Minas Gerais, já construía meus protótipos. Uma vida livre e cheia de aventuras. Sim, sou bom mecânico, mas isso não basta. Amo a ciência. Uso-a para tudo na vida. Também devoto total paixão a tudo o que faço. Quando vivi do café, na Fazenda Dumont, utilizei-me do conhecimento do método experimental para melhorar o cultivo e transformei a fazenda no maior estabelecimento agrícola do país. Agora, você me perguntou sobre o que me motiva e lhe respondo: amo o que faço e isso é o que me motiva. — Santos Dumont bebeu um gole de café, então comentou: — Soube que você, Joaquim, gosta de explorar novas plantas. É botânico e cientista de paixão.

— Pode-se dizer que sim.

— Eu também gosto de explorar. Inclusive, já escalei o Monte Branco.

— Nossa, é uma escalada de quase cinco mil metros — reconheceu Joaquim.

Fernando queria participar da conversa, mas se via incapaz de formular uma única e miserável pergunta. Culpa de Anabelle!

Anabelle, Anabelle, a maldita Anabelle!

Santos Dumont comentou:

— Sim, mas eu me afeiçoo por alturas elevadas. Já criei alguns balões, como o *Brazil* e *Amérique*.

— Ah, sim! — Joaquim elevou as sobrancelhas. — Um dos menores balões tripulados já construídos.

Santos Dumont riu, ao comentar:

— Acabei construindo um dirigível motorizado, aquele que contornou a Torre Eiffel.

— Ah, sim! Ganhou o prêmio Deutsche! — Joaquim elevou as sobrancelhas e assentiu, dando a entender como admirava o amigo. — Agora me conte sobre o Oiseau de Proie III. Fiquei entusiasmado ao vê-lo ganhar o Prêmio do Aeroclube da França.

— Também fiquei. Naturalmente ele foi o melhoramento do Oiseau de Proie II. Primeiro inseri entre as asas duas superfícies octogonais que foram conectadas por cabos às costas de meu paletó. Isso me deu mais segurança para regular o voo com a inclinação de meu corpo. Como você viu, fiz seis voos. Apenas parei porque a asa direita tocou no chão e sofreu pequenas avarias. — E mudou de assunto. — Fico feliz em finalmente encontrar você, Joaquim. Estava a ponto de duvidar na palavra de seu primo quando me informou que você havia embarcado no navio. Pretende fazer negócios no Brasil?

— Não. A viagem é por motivos pessoais.

— Férias?

— Pode-se dizer que sim.

— Não está fugindo da lei, está?

Joaquim riu. Nesse momento Fernando notou que o tom de voz de Santos Dumont foi de brincadeira. Forçou uma risada qualquer. Precisava aparentar que estava presente, apesar de sua mente estar focada em um único lugar. Sob a custódia de uma única pessoa.

— Anabelle — Fernando chamou a atenção da mulher cuja presença o perturbava ao ponto de insanidade. Ele pediu: — Passa a manteiga.

Ela observou a manteiga à frente de Fernando, claramente confusa e um pouco ofendida. Fernando estremeceu. Por que havia pedido para Anabelle passar manteiga em seu pão, mesmo? Balançou a cabeça, ao perder o fio da meada. Observou o olhar de consternação na moça, que elevou uma sobrancelha. Ele disfarçou, pela segunda vez. Levantou seu pão e disse: — Em minha torrada. Passa a manteiga em minha torrada. — Anabelle uniu as sobrancelhas. Não gostou do comentário, mas Fernando insistiu no erro: — Depois de tudo que estou fazendo para unir Letícia com Joaquim, você poderia, ao menos, passar a manteiga em minha torrada. Não acha? — E balançou seu pão. — É o mínimo.

— Bom dia a todos.

Fernando largou o pão como se fosse um alimento podre ao ver o senhor Pedro sorrindo. Precisou reprimir a vontade de arremessar o alimento no meio dos dentes expostos do patife. Espiou a reação de Anabelle, que sutilmente recuava. Presumiu, nesses meros segundos que, apesar dos esforços de Pedro em cortejar Anabelle, não estava sendo bem-sucedido. Sorriu.

Ao ver o largo sorriso subitamente emergir do rosto de Anabelle, fechou a boca.

— Bom dia, meu amigo! — Santos Dumont, sempre cortês, levantou-se e abraçou o senhor Pedro.

Joaquim assentiu, silenciosamente cumprimentando o visitante. O senhor Pedro olhou para Fernando, que apenas piscou longamente, dando a entender um certo sentimento de tédio.

— Espero que não se importem. Gostaria de roubar Anabelle por alguns instantes — o Senhor Pedro anunciou. — O dia está muito belo e gostaria de dar uma volta ao lado dela pelo convés.

Anabelle ajeitou sua postura. Presumindo que a intenção dela era de aceitar o impertinente convite, Fernando levantou-se. Ele se pôs entre Anabelle e Pedro como uma barreira protetora.

E disse:

— Anabelle tem compromissos.

— Ah — Pedro murmurou, enrugando a testa. — Bem, quem sabe à tarde?

O senhor Pedro sorriu para todos, beijou a mão de Anabelle e seguiu seu caminho. Durante todo esse tempo, Anabelle encarou Fernando com verdadeira fúria nos olhos.

Ele não se importou com isso. Colocou as mãos nos ombros de Anabelle, em um gesto de posse, enquanto observava Pedro sair do salão.

— Eu queria tomar um sol ao lado de Pedro — Anabelle indicou, pasma.

Antes que eles chamassem ainda mais atenção, Fernando colocou sua mão nas costas de Anabelle e anunciou:

— Vamos tomar sol, eu e você.

Sim, precisava conversar com Anabelle. Desde o momento em que ele aceitou viajar para o futuro, e abordar Letícia, Anabelle se fechou. Era como se tivesse aparecido um muro impermeável entre eles. O que mais o incomodava não era essa súbita e inadvertida resistência por parte da moça. Por Deus, ele até achava esse clima de conquista incrivelmente excitante. O que o incomodava era que Anabelle mudou completamente, sem qualquer indicativo, e ele não conseguia pescar o que motivou essa drástica mudança.

Uma brisa suave passou pelo rosto de Fernando quando ele abriu a porta. Pedro estava certo, o dia estava esplêndido. Ele deu passagem para Anabelle. O vento soprou mechas encaracoladas dos cabelos de Anabelle.

Fernando sentiu seu coração saltar ao perceber como o sol refletia sobre o rosto daquela deusa ruiva. Não havia uma única mulher no passado, no presente e no futuro que pudesse competir com tanta formosura.

Anabelle era bela em todos os sentidos. Mesmo agora, injuriada, exibia uma graciosidade que o encantava profundamente.

De forma alguma Fernando cometeria o mesmo erro do dia anterior, em que tentou usar argumentos para impedir Anabelle de jantar com Pedro. Foi uma tática imbecil, ele tinha de reconhecer. Pedro era um rapaz altamente respeitável. Um comerciante competente. Um homem generoso e que, aos quinze anos, já sustentava sua mãe e as duas irmãs. Em suma, Fernando deveria ter amarrado Anabelle na cama de sua cabine, utilizando-se de meios bem menos éticos para convencê-la de que deveria ignorar o cortejo de Pedro.

— Desembucha — ela rosnou.

Fernando precisou reprimir a vontade de beijar o bico que se formou no rosto amarrado de Anabelle.

— Descobri informações obscuras sobre Pedro, as quais não tenho liberdade de lhe expor — mentiu. — Ele não é homem para você.

Ela soltou uma gargalhada bem sonora. De boca escancarada. Foi uma risada irônica, meramente para mostrar sua revolta. Subitamente ela interrompeu sua gargalhada, fechou a cara e disse:

— Você não me convenceu.

Anabelle não era idiota. Ela percebeu a farsa.

Fernando aprendeu com a vida que em momentos de extrema falta de razão, quando não há nenhum ponto que sustente sua argumentação, a melhor tática era partir para o ataque.

Então atacou:

— Antes, fogosa. Insaciável. Quase me virou do avesso. Então, subitamente mudou. Desde o dia em que decidi ajudar meu primo a abordar Letícia, você recuou. Não me deixou tocar mais em ti. Simplesmente agiu como se eu fosse um amigo desprovido de pinto. Assexuado. O que houve, minha cara amiga? O que originou essa drástica mudança? Morreu?

— Não seja ridículo!

— Engravidou? Mudanças hormonais sem justificativa?

— Há!

— Descobriu que porta uma doença incurável?

— Se continuar nesse roteiro imbecil, vou atrás de Pedro. Direi a ele que o meu guardião está tomando liberdades impróprias. Como Pedro é um homem ético e íntegro, certamente tomará providências ponderadas.

— O quê?

— Está confuso? Ah, sim. Mencionei três palavras que não constam em seu dicionário. — Anabelle fez um gesto com a mão de quem escrevia algo e comentou: — Vou pegar um papel e anotar as palavras: ética, integridade e ponderação. Sugiro que busque um dicionário para estudar o significado delas. Nunca tive paciência para lecionar.

— De fato, ética e integridade não fazem parte de meu caráter, mas posso ser ponderado, se quiser.

— Quais foram os nomes? Deixe-me lembrar... — Anabelle colocou um dedo na boca e pediu um tempo com a outra. — Ah! Fernanda, Patrícia, Carolina e Priscila. Tem mais... muito mais. Houve um dia que você começou a murmurar dois nomes ao mesmo tempo. Seriam Titi e Taty? O que significa Titi e Taty?

Os olhos de Fernando estavam completamente arregalados depois da listagem apresentada. Desde pequeno, diziam que Fernando falava durante o sono. Mas a alma dele não estava alocada em outro lugar? Como um corpo, desprovido de alma, poderia murmurar os nomes das mulheres com quem ele transou enquanto esperava as sessões de Letícia?

Que merda!

Sem saber o que fazer para remediar sua cagada, também movido por uma intensa onda impulsiva, Fernando pegou no braço de Anabelle e ordenou:

— Não proteste e venha comigo.

Enquanto subia andar por andar, em direção ao passadiço, Fernando ignorou cada um dos protestos da moça. Como Anabelle não tinha a menor ideia do motivo pelo qual Fernando praticamente a empurrava para o passadiço, ela rebelou-se a cada passo. Então se calou quando Fernando abordou o comandante do navio, e disse:

— Entendo que está ocupado. Perdoe-me a intromissão, mas tenho um assunto de extrema urgência para tratar. Sou o guardião de Anabelle. — Fernando apontou para a ruiva de olhos arregalados ao seu lado. — Pois bem... acabei me perdendo em meio aos encantamentos dessa bela moça e aproveitei-me de suas virtudes. Anabelle não tem parentes vivos. Como disse, sou o seu guardião... por isso, só há uma forma de remediar essa situação. Preciso casar-me com ela.

O comandante assentiu, e observou:

— Você fez uma decisão bem ponderada, meu senhor. Vamos oficializar o seu matrimônio.

O queixo de Anabelle caiu.

***

Joaquim abriu a porta do camarote de Fernando. Ao ver seu primo, com o peitoral nu, deitado em cima de Anabelle e a atacando como se fosse uma fera, deixou de pensar. Ficou furioso. Fernando simplesmente não conhecia limites! Cravou seus dedos no braço do primo e o puxou dali. Fernando caiu de bunda no chão.

Logo em seguida, fez uma barreira no canto dos olhos com a mão para não ver o estado de Anabelle e ordenou:

— Vista-se, moça!

Fernando exclamou:

— Calma, primo! Olha os papéis em cima da mesa! Estamos casados!

Joaquim gargalhou.

— Olha! — repetiu Fernando e apontou para a mesa.

Joaquim, ainda mantendo a barreira de sua mão em direção à moça, caminhou até a mesa. Demorou algum tempo para Joaquim acreditar no que seus olhos estavam lendo. Precisou repetir a informação em alto e bom som, algumas vezes, para entender que seu primo havia se casado.

— Meus parabéns? — O tom de voz de Joaquim saiu como uma pergunta. Ele não sabia como interpretar a notícia.

Anabelle agradeceu com um sorriso.

— Era a coisa ponderada a se fazer, depois de... tudo — justificou Fernando.

Joaquim elevou suas sobrancelhas. Levando em consideração o número de moças que Fernando degustou nessa vida, sem o menor escrúpulo, ficou confuso.

Não conseguiu entender de onde surgiu seu súbito ataque de consciência. Balançou a cabeça. Nesse momento, tinha outro assunto para tratar. Depois permitiria que o casal desfrutasse a lua de mel.

Sem perder tempo, Joaquim perguntou:

— Você falou para alguém sobre a erva? Deixe-me ver se ainda tem aquela porção da erva que lhe dei.

Fernando levantou-se, ajeitou suas calças, andou até o armário de seu camarote, destrancou o cofre e mostrou o monte.

— Satisfeito? Está intacta. Do jeito que a deixei. Lógico que não falei para ninguém sobre a erva.

Fernando virou-se para Anabelle e, de forma bastante eloquente, perguntou:

— Em seus irritantemente frequentes e absurdos encontros, contou a alguém? Talvez por falta de assunto?

— Consigo manter uma conversa corriqueira sem contar segredos — ela respondeu, mantendo o tom igualmente eloquente. — Por que perguntou, Joaquim?

— Após meu encontro com o nosso ilustre amigo, Santos Dumont, o mesmo compromisso que você abandonou para... — Joaquim pigarreou e prosseguiu: — Para se casar... eu estava caminhando pelo convés a fim de ser visto em público e fui abordado por um tripulante que me perguntou sobre a erva.

Fernando juntou as sobrancelhas. Houve um silêncio breve, não mais do que cinco segundos, entre os dois.

Fernando perguntou:

— Você sugere que o hospedeiro do conde está aqui?

— Abordei diversas pessoas, em diferentes períodos. Inspecionei cada quarto daquele hotel em Petrópolis. Não encontrei a erva. Estou chegando ao meu limite!

— Então está na hora de abordar Letícia.

— Se eu for até Letícia, não voltarei. Não tenho controle sobre o tempo e posso chegar tarde demais. Preciso abordar o elemento antes de chegar a Letícia.

Houve outro silêncio entre os primos.

Fernando vestiu a camisa e disse:

— Joaquim, seu tempo acabou. Deixe de lado o seu controle sobre a erva. O importante é você estar ao lado de Letícia. Vá até ela e a protege. Arrisque-se. — Então colocou as mãos no ombro de Joaquim. E disse: — Siga o meu exemplo e seja sensato. Não deixe espaço para que nenhum filho da puta se aproxime de sua mulher.

Demorou algum tempo para Joaquim responder:

— Você está certo.

Encarou seu primo, comovido.

Ambos sabiam o que essa mudança implicaria.

Anabelle cortou o momento, ao comentar, em meio a risos:

— Ele foi tão sensato que, até agora, não conseguiu me explicar por que me arrastou até o passadiço e exigiu que o comandante nos casasse!

Joaquim percebeu a euforia da moça. Era notória sua alegria. O que achou estranho foi a luz brilhante nos olhos do primo. Era hora de partir.

— Não vai dizer à sua esposa por que agiu de forma tão ponderada?

Fernando deu de ombros e respondeu:

— Ela já tem informação suficiente para se ocupar por ora. Temos todo o tempo do mundo para lidar com outros assuntos. Então vá. — Fernando acompanhou Joaquim até a porta.

— Parabéns aos noivos — Joaquim disse.

— Ah, está bom... como vê, estamos em lua de mel. Ah! Antes que pergunte, nossa lua de mel não tem hora para terminar. Então, da próxima vez, bata na porta antes de entrar.

Era uma despedida, mas não queriam tratar desse assunto tão abertamente. Ambos riram, sabendo da improbabilidade de haver uma próxima vez. Logo em seguida se abraçaram. Cumprimentaram-se por alguns segundos, tirando proveito do que parecia ser o último abraço. Então Anabelle se juntou aos primos, em um abraço ainda maior.

39

Após a caminhada

Rio de Janeiro, Brasil
Terça-feira, 02 de junho de 2015

A paisagem da janela do quarto do hotel não era convidativa, mas Letícia não queria se mover. Não havia motivos para sair dali.

Ela tragou o cigarro.

Engasgou. Tossiu.

Letícia sentiu azia e ânsia de vômito. Sua garganta parecia incendiar-se. Foi uma péssima ideia ter comprado um maço de cigarro após a caminhada que fez pela manhã. Foi uma atitude imatura, tinha de confessar. Afinal, Rosa deixou claras as regras do estabelecimento. Também lhe disse o motivo.

Ela segurava-se nas palavras de Fernando, que deu a entender que Joaquim apareceria em algum momento. Mas onde? Quando?

Como diria a Joaquim, caso aparecesse, que ela havia perdido a erva?

Se ele lhe perguntasse como ela perdeu a erva, será que ela poderia dizer a verdade mesmo quando a verdade incluía fraqueza em seu caráter? O estômago de Letícia revirou-se com a lembrança do corpo suado de Glauber em cima do seu. Negou veementemente, profundamente arrependida em ter caído na tentação ao sentir-se acolhida pelo homem que não conseguia ver nada além de sua necessidade. Elevou as sobrancelhas. Precisava deixar o passado no passado. Bom, pelo menos aquilo que se referia a Glauber.

Deu outro trago.

Tossiu algumas vezes.

Ela não sabia o que fazer. Queria que Joaquim aparecesse, mas temia o resultado desse encontro.

Por isso comprou um cigarro, que queimava entre seu dedo indicador e o dedo do meio da mão direita. Deu outra tragada. Engasgou uma segunda vez. Desistiu. Apagou o cigarro no canto da janela e abanou o rosto. Estremeceu de nojo ao sentir todas as reações de um fumante principiante. Jurou, em silêncio, que nunca mais pegaria outro cigarro. Também não se deitaria com outro homem além de Joaquim. Estava decidido. Se Joaquim não conseguisse transpassar a linha do tempo e encontrá-la, ela arranjaria outro jeito de satisfazer sua sexualidade.

Um ruído vindo do canto interrompeu o silêncio no quarto. Ela arregalou os olhos. Ficou petrificada. Poderia ser Glauber ou o policial?

Ao se virar, viu uma espécie de sombra surgir em pleno ar, no canto da parede. Essa névoa cresceu sem nenhuma explicação. Ela sentiu uma pontada em sua barriga. Poderia ser a assombração da qual Rosa a alertou?

Ofegante, sem saber o que fazer, ela caminhou lentamente em direção à névoa. Estudou-a, tentando desvendar o seu mistério. O que ela poderia ser? Apoiou seu corpo nas costas de uma cadeira, sentindo suas pernas falharem.

Seu queixo caiu ao ver uma névoa transformar-se em uma forma curvada e meio abstrata. Seus dedos agarraram a madeira da cadeira. A névoa se espalhou e, repentinamente, voltou a se concentrar como se estivesse experimentando formas. Partículas brancas pareciam dançar até que se juntavam no esforço de encontrar uma coerência na forma. Formaram-se dois pontos planos no chão. E, assim, as partículas se juntavam. Suas unhas cravaram na madeira da cadeira. Já conseguia ver dois sapatos masculinos. Uma calça se materializava à sua frente. Ela fez menção de gritar, mas não conseguiu. Estava sem voz. Já conseguia ver as pernas inteiras e uma calça de prega azul-escura. Os olhos de Letícia arregalaram-se ainda mais, suas pernas falharam e ela caiu de joelhos. Logo, a imagem surgiria por completo e ela não sabia o que fazer. Não havia outra explicação além de que essa névoa era a assombração da qual Rosa a alertou. As partículas colavam-se como se tivessem sido feitas por uma espécie de ímã. Então, ao se juntarem, quando finalmente assumiam uma forma definitiva, ganhavam luz e cor. Era uma cena maravilhosa, mas ao mesmo tempo, aterrorizante.

Letícia manteve-se ajoelhada, estudando o estranho fenômeno logo à frente de seu armário, incapaz de se mover.

Então a face do rapaz começou a tomar forma, e sorriu. Todo o pavor transformou-se em êxtase e ela exclamou:

— Joaquim!

Sem conseguir se conter, ela saltou, correu para os braços de Joaquim e o beijou.

— Você me reconhece? — ele perguntou, mantendo-a em seus braços.

— Lógico. Caso contrário...

— Sim, estaria aos gritos — ele respondeu, aos risos. Então a beijou e confessou: — Você não tem ideia de como quis te encontrar assim, com meu corpo, em vez de utilizar-me de um corpo doente.

Ela estranhou o comentário.

— O homem do café... eu estava hospedado no corpo do rapaz — ele explicou.

— João! Você hospedou-se no corpo de João! Isso explica... — Ela parou, como se a sua ficha tivesse caído somente nesse exato momento. — Você se hospedou no corpo do avô de Rosa?

— Me hospedei em um corpo de um idoso que não levantava da cama. Cheguei a reconhecer a sua voz, mas não consegui levantar. Foi horrível. — Joaquim riu ao comentar. — Meu primo também veio. Contou-me que veio como um cliente e como um idoso.

— Sim, esse eu sei. — Ela sorriu ao perceber a confirmação.

Então perguntou:

— O defunto que levantou do funeral e o médico homeopata? — Queria confirmar esses estranhos casos, os Zumbis Imperiais.

Joaquim juntou as sobrancelhas e respondeu:

— Fernando não mencionou esses casos.

Ele fez uma nota mental para perguntar sobre esses casos ao Fernando. Não queria alarmar Letícia, mas precisava investigar todos os casos estranhos de ressuscitação. Precisava achar seu inimigo. Mas não agora... Nesse momento, ele tinha outros assuntos em mente.

— Como você conseguiu vir assim, de corpo e alma? — ela perguntou.

Joaquim estava há muito tempo desesperado por Letícia. Já não pensava mais. Com olhos selvagens, jogou-a na cama. Não queria discutir sobre outros assuntos além das necessidades que o seu corpo demandava. Apenas disse:

— Vim para ficar.

Letícia não tinha consciência de como o cheiro de Joaquim era atraente. Ela estava bêbada, intoxicada. Estava encantada. O tempo deixou de fazer sentido e o espaço tornou-se infinito. Ela ficou sem ação. Não havia planejado um repertório para esse momento. Como poderia? Jamais imaginou que Joaquim conseguiria se transportar completamente.

Inalando o calor e o perfume, Joaquim degustou e mordiscou trilhas, da nuca até os seios de sua amada. Tomado por um instinto animalesco, ele removia as duras camadas de pano pelo caminho, rasgando tecidos que resistiam. A boca de Joaquim encontrou o bico direito do seio de Letícia. Experimentou-o com os dentes. Ela gemeu e arqueou as costas, demonstrando puro deleite. Ele chupou e passou sua língua áspera no bico até senti-lo duro, ardendo. Então voltou sua atenção para o outro seio.

O corpo de Letícia remexia-se impacientemente debaixo do seu, beirando um estado desconcertante de excitação infame, tão prazerosa que beirava a dor. Quando não conseguiu mais se conter, ela agarrou a vestimenta antiga de Joaquim como se fossem peças anti-higiênicas. Queria tirá-las completa e imediatamente. Com uma certa violência, Letícia abriu a camisa de Joaquim e passou a explorar seu peitoral com os dedos. Gemeu ao constatar a clara evidência de que ele realmente estava de corpo presente, pois conseguia senti-lo com seus dedos. Explorou cada deliciosa forma do corpo daquele homem que a enfeitiçou com seu charme e sua inteligência.

Subitamente, foi impedida de continuar. Joaquim a segurou em seus punhos e, ofegante, olhou à sua volta:

— Antes, deixe-me espiar o ambiente, preciso...

Letícia o calou com um beijo. Então cruzou suas pernas na cintura dele, o prendendo e expondo completamente os cachos entre as pernas.

Joaquim, completamente tomado pelo desejo, distanciou-se de seu corpo o suficiente para retirar as últimas peças de roupas. Ele tirou a roupa com uma agilidade incomum, mas mantinha os olhos dela fixos e dominados pelo seu imponente olhar.

Assim como ela, ele também estava desconcertado.

Joaquim abriu as pernas da moça com seus joelhos e tomou, com sua boca, os lábios rosados, belos e avantajados que circulavam sua intimidade. Sua língua explorou com vontade a pérola deliciosa de sua amada. Mordiscando e lambendo, ele tomou seu tempo degustando-a, sem a mínima vontade de parar.

Letícia achou que morreria. O prazer era tanto que ela perdeu o controle de sua voz. Sentiu um dedo invadir sua intimidade. Revirou os olhos, dominada pela paixão. Sentiu o segundo dedo esticá-la. Quando achou que não havia mais espaço para o prazer, ondas violentas de pura maravilha fizeram-na perder a razão. As ondas passeavam livremente por seu corpo, transportando-a para cima, para o alto, para as nuvens e além das nuvens. Não via mais nada além do arco-íris delicioso que tomou posse de seu corpo. Perdeu a noção do tempo até que outro corpo pesou no dela. Assim que pôde sentir o corpo glorioso de seu amado em cima dela sem a interferência de tecidos, cravou os dedos nos cabelos dele e o puxou para sua boca, num beijo exigente.

Então ela sentiu Joaquim invadir seu corpo e permitiu-se submergir em um mar de sensações delirantemente prazerosas.

Joaquim sussurrou:

— Agora você é minha.

Ela concordou, assentiu com a cabeça.

Joaquim voltou a movimentar-se dentro dela:

— Para sempre, minha amada sedutora — ele comentou. Perdido em prazer, Joaquim murmurava palavras de proteção, de amor, de felicidade e de saudade.

— Eu te amo — Letícia sussurrou, inebriada pela paixão.

— Para sempre, minha alma gêmea... — Joaquim murmurou, perdido em prazer. — Te amo, para sempre.

Então perdeu a capacidade de falar ao sentir espasmos de prazer dominarem o seu corpo, sua mente, sua alma.

***

Letícia foi de Joaquim. Isso por intermináveis horas. Então algo aconteceu.

No meio da noite, enquanto Letícia dormia, Joaquim sentiu um formigamento em suas pernas e, antes que pudesse dizer qualquer coisa, sentiu-se puxado. Ele deu um salto. Não conseguia entender por qual motivo sentia-se puxado de volta. O Pajé não falou que se ele encontrasse algo que o atraísse para o outro plano ele não retornaria? Por que raios ele estava retornando para o navio e o tempo de onde partiu?

Sem tempo para reagir, Joaquim pegou um papel, uma caneta e escreveu um recado.

Bom, ele tentou.

***

— Joaquim? — Letícia perguntou, esfregando os olhos com os dedos, procurando espantar o sono.

Joaquim havia aparecido, por inteiro. Deu a entender que estaria ao seu lado de forma permanente. Onde poderia estar?

Letícia bocejou. Então encontrou um bilhete jogado no chão, que dizia:

"Já volto. Não de-"

O bilhete estava incompleto. Era a letra de Joaquim, mas algo aconteceu que o fez interromper o bilhete. Será que Joaquim foi abordado novamente pelo delegado? Será que ele saiu às pressas e deixou um bilhete na recepção?

Letícia saiu de seu quarto. Decidiu procurar a representante do hotel, para averiguar sobre o caso. Assim que chegou à recepção, disse:

— Bom dia, Rosa.

— Bom dia. — Rosa sorriu ao ver Letícia. Havia uma singela hesitação nos gestos da representante. Algo mudou. Antes ela cumprimentava Letícia com um brilho no olhar. Hoje, os olhos da representante fugiam para todos os lados.

Letícia concluiu que poderia ter sido a movimentação de policiais atrás dela. Não julgou, pois qualquer um poderia ficar um pouco preocupado com uma mulher prestes a ter uma ficha criminal por homicídio hospedada em seu hotel.

— Preciso saber se um homem bem boa-pinta, vestido com uma roupa antiga. Eh, uma espécie de terno antigo... — Letícia hesitou. Como poderia descrever Joaquim? — Ele é alto, de cabelos pretos e responde por Joaquim.

A representante arregalou os olhos. Empalideceu.

— Tudo bem? — Letícia quis saber.

A moça olhou para os dois lados, para verificar se estavam sozinhas. Então perguntou:

— Mesmo depois do que eu lhe descrevi, você ainda trouxe erva para o quarto? Chegou a fumar?

— Não — Letícia mentiu. Fez uma anotação mental para sumir com o maço de cigarros, já que era estritamente proibido fumar dentro do hotel.

— Querida, impossível. Não me leve a mal... Não quero duvidar de ti. Francamente, depois do que passou, não me espantaria se você fumasse um cigarro para aliviar a tensão. O problema é que... — Rosa aproximou-se de Letícia e disse: — Bom... O fantasma de Joaquim já assombra esse hotel há décadas. Ele tem temperamento. Geralmente aparece quando alguém traz uma espécie de fumo ou erva para dentro do hotel. — Ela passou a mão pelo rosto e prosseguiu: — Você trouxe um saco com uma espécie de erva.

— Joaquim, um fantasma?

Ao notar o movimento de hóspedes pela recepção, Rosa pegou no braço de Letícia e a conduziu até o estacionamento do hotel.

— Conte-me, por favor — Letícia pediu, um pouco apreensiva com a notícia.

Rosa cruzou os braços e a mediu dos pés à cabeça. Ela parecia refletir sobre a melhor abordagem a tomar. Pela seriedade estampada em sua expressão, Letícia supôs que haveria duas opções: ou Rosa arriscaria e confiaria em uma estranha, e nesse caso ela contaria mais detalhes sobre o fenômeno, ou despejaria Letícia.

Pelo visto não haveria um meio-termo.

— Você parece uma pessoa legal, apesar de estar casada com um filho da puta.

Letícia estranhou o tom inquisitivo com que Rosa se referiu a Glauber, mas não quis interromper.

Rosa prosseguiu:

— Tá... Conto. Mas vai ter que me prometer não falar sobre seu encontro com o fantasma, nunca! Se não vou falir.

— Tem a minha palavra.

— Joaquim era herdeiro de uma fortuna inimaginável. Seus pais eram de Portugal. Seus avós eram grandes amigos da família Imperial. Disseram que Joaquim, quando era vivo, era um verdadeiro fanfarrão. Há algumas versões em sua história, então vou contar as mais famosas. A primeira versão é que ele acabou assumindo a paternidade de três meninas: Letícia, Françoise e Clarice. Veio ao Brasil em visita à monarquia e o rei se apaixonou pelas suas filhas. Disseram que elas disputavam entre si para ver quem conseguiria a atenção do Rei. Joaquim, sabendo que elas jamais seriam rainhas, caiu em verdadeiro desgosto. Anunciou que voltaria imediatamente a Portugal. Chegou a levar suas filhas para o navio, mas antes mesmo de ele partir, elas fugiram. O rei as escondeu. Joaquim acabou retornando, passou anos em busca das moças. Inclusive deixou um recado em uma colher que é exposta no Museu Imperial até hoje. Alguns dizem que ele morreu de desgosto. Suas filhas, mesmo sem acharem o corpo, compraram uma lápide para lembrar dele. Sua lápide é famosa por causa da colher exposta no Museu Imperial. Está no cemitério aqui de Petrópolis. — Ela suspirou, e comentou: — Tá, alguns dizem que se o público souber que Joaquim aparece nesse hotel, iriam querer vê-lo. Em tese, sua aparição seria um atrativo, mas há um grande porém... Joaquim pode ser violento, algumas vezes. Ele chegou a quase matar um dos clientes quando meu pai fazia a gestão do hotel e eu tinha apenas dez anos. Não queremos ser responsáveis por nenhuma morte.

Letícia reconheceu essa versão da pesquisa na internet. Então pediu:

— E a outra versão?

— Bom, a segunda é mais realista. Joaquim era um fanfarrão e psicopata da pior espécie. Primeiro negou-se a casar-se com uma moça ao ser flagrado na cama com ela... Hum, o nome dela era... — Rosa olhou para os céus buscando evocar algo em sua memória. — Ah, sim! Alexia! Então foi obrigado a fugir de Portugal, largar uma herança familiar muito considerável, e veio para o Brasil e morreu no meio do caminho. Inclusive, há registros de que Santos Dumont estava nesse navio. Também há registros de que esse Joaquim era um psicopata que, junto com um casal de amigos, envenenou a água potável do navio. Morreram dezenas de passageiros e tripulantes. Alguns dizem que a Marinha Francesa matou Joaquim, mas não há registro provado desse evento. Bom, me parece que quiseram abafar o caso... os pais de Joaquim eram nobres e comerciantes poderosos. Tão poderosos que conseguiram mudar o registro de morte do Joaquim. Inclusive, compraram uma lápide aqui em Petrópolis, para provar que Joaquim havia cruzado o Oceano Atlântico e que não poderia ser o monstro que envenenou tanta gente... Você nunca ouviu falar na história do "Navio Macabro"? — E terminou com: — Essa segunda versão é mais realista. Já foi parcialmente comprovada por pesquisadores, mas não explica a inscrição da colher no Museu Imperial.

Letícia quase não conseguiu digerir tamanha tragédia. Ela queria contrariar a informação. Isso porque Joaquim conseguiu viajar no tempo. Transportou seu corpo e sua alma pelo tempo e espaço para ficar com ela. Para contestar, Letícia mostrou o bilhete.

— Esse foi o bilhete que Joaquim me deixou. Ele não é um fantasma.

Rosa leu. Então comentou:

— Estranho, ele não deixou o nome das suas três amantes: Letícia, Françoise e Clarice. — Ela riu. — Pelo menos ele acertou seu nome... Bom... levando em consideração que você também se chama Letícia, ele pode ter ficado um pouco confuso.

Letícia não soube o que dizer quando a representante a levou até o seu escritório e pegou uma pasta repleta de bilhetes. Todos endereçados à Letícia, Françoise e Clarice. A maioria dos bilhetes diziam que ele a encontraria. Outros pediam para ela não confiar em ninguém. Alguns, inclusive, eram notas de ameaça àquele que parecia querer mal a ela.

Os bilhetes eram muitos. Todos em diferentes períodos. Imaginou o tamanho do esforço que Joaquim despendeu ao procurá-la. Sentiu-se comovida. Letícia sentiu seus olhos lacrimejarem. Folheou os bilhetes com ternura. Então parou quando viu um estranho recado.

"Busque uma carta no divã."

O queixo de Letícia caiu. Por um breve instante achou que fosse perder o controle de suas pernas. Isso porque a caligrafia do recado era estranhamente parecida com a sua.

— Deve haver uma explicação para isso — ela comentou.

— Sim, a caligrafia é diferente das outras. Isso notei também — Rosa mencionou ao notar o espanto estampado no rosto de Letícia. Então disse: — Temos um divã aqui — Rosa comentou. — Reviramos o divã inteiro e não encontramos nada. Pensamos em jogar esse bilhete fora. — Rosa acariciou o bilhete que pedia para buscar uma carta no divã. Então bateu nas costas de Letícia e anunciou: — Faz quase uma década que Joaquim não aparece. O que posso dizer? — Rosa suspirou. Então perguntou: — O que Joaquim fez, quando você o encontrou?

Letícia não respondeu. Estava confusa e irritada. Queria largar tudo e fugir. Mas, em vez disso, pegou seu celular. Precisava falar com Gisele.

Rosa prosseguiu:

— Ele geralmente faz um gesto cordial. Cumprimenta as moças e desaparece. Bom, na maioria das vezes... também imagino que, como ele é bem boa-pinta, as mulheres podem ter imaginado coisas... você sabe... apimentado um pouco esse encontro.

— Joaquim já transou com outras hóspedes?

— Não acreditei nelas, mas algumas relataram que ele chegou a ter relações com elas... — Rosa negou veementemente. — Ele não faria isso...

Letícia ligou para Gisele. Era o que ela sempre fazia. Quando a vida ao seu redor deixava de fazer sentido, ligava para sua amiga em busca de uma palavra de sabedoria.

40

O nome em uma lápide

Petrópolis- RJ, Brasil
Terça-feira, 02 de junho de 2015

Gisele apareceu no hotel duas horas depois. Julgando o fato de que se leva mais de uma hora de sua casa até Petrópolis, Letícia concluiu que sua amiga saiu de casa assim que desligou o telefone. Não precisou de um discurso muito elaborado para convencer a amiga a encontrá-la além do tom de sua voz.

Quando Gisele finalmente apareceu, Letícia pediu para levá-la ao cemitério indicado por Rosa. Queria confirmar se realmente falavam de seu Joaquim.

Letícia não conseguia fazer sentido das palavras da amiga enquanto dirigia em direção ao cemitério. Tudo ao seu redor parecia suspenso. Ela não sabia se deveria cair em um choro copioso com a mera possibilidade de confirmar que Joaquim jamais chegou ao Brasil. Ela não era estúpida. Logo percebeu que, se a segunda versão de Rosa fosse realista, e Joaquim tivesse morrido no caminho, seus encontros futuros seriam fadados a momentos fragmentados e incertos, até deixarem de existir. Sim, eles deixariam de acontecer porque, assim que pegasse o navio em direção ao Brasil, morreria.

Será que ele já estava no navio?

— Vamos visitar quem? — Gisele perguntou ao parar o carro. A praticidade nos olhos da amiga confundiu Letícia.

Letícia balançou sua cabeça, para posicionar-se no presente, e respondeu:

— Joaquim. Ele viveu no início do século passado.

— Por que você quer visitar o túmulo dele? — Gisele apontou um dedo em direção a Letícia e perguntou: — Não me fez vir até aqui para visitar o túmulo de um homem que já morreu há muito tempo. — Ela colocou as mãos na cintura e perguntou: — Aliás, não vai me dizer o que está acontecendo?

— Sim, vou dizer.

Apenas não tinha forças para falar dentro do carro.

— Sim, mas não agora.

Gisele suspirou, e disse:

— Você me deve uma.

Sem discutir, ela marchou até a administração. Durante todo esse tempo, Letícia manteve-se no carro, admirando as nuvens tempestivas que pairavam pelo céu. Um sinal. Letícia sempre odiou céu nublado. Sua impressão era de que as nuvens anunciavam uma inevitável tormenta. Uma terrível tempestade eterna. Uma melancolia sem fim.

— Ei!

Letícia saltou. Na frente do cemitério, Gisele fez um gesto exagerado para Letícia a acompanhar. Assim que Letícia se aproximou da amiga, Gisele comentou:

— Esse tal Joaquim é famoso. Disseram que, ao longo dos anos, diversas pessoas pediam para vir visitá-lo. Você vai me contar por que quer ir até essa lápide. Vai?

Letícia assentiu.

Enquanto caminhavam, contou sobre sua noite, seu encontro. Apenas disse o crucial, o suficiente para preparar a amiga, prevendo que, em breve, precisaria de um ombro para chorar.

***

Letícia já não sentia as batatas das suas pernas após tanto tempo ajoelhada. Custava a acreditar que o rosto na foto desgastada à sua frente fosse de Joaquim, mas, depois de estudá-la, encontrou traços inegáveis de sua bela aparência, como a cicatriz no canto direito do lábio superior. Desconcertada, não sabia como reagir. Isso porque ela estava na frente de uma lápide simples, coberta por mármore egípcio. A custo de muito esforço, começou a leitura da dedicatória inscrita em um tom monótono.

— Joaquim de Braga e Aragança Filho. Nasceu em 1876 e faleceu em 1906. Saudades: Mãe, Pai e família. — Letícia pausou, perdendo-se em especulações. — Ele não era casado.

— Basta! Estou cansada dessa situação macabra! — Gisele interrompeu o devaneio de Letícia. Sua amiga chacoalhou-se em verdadeira repugnância e lhe mostrou os pelos eretos de seu antebraço. — Veja! — ela exclamou. — Estou arrepiada! — Então Gisele negou para si mesma, esfregou as mãos nos ombros caídos de Letícia e disse: — Foi apenas um sonho erótico, estranho e digno de um roteiro de filme. Além do mais, você ainda é casada. Isso! Esse encontro foi apenas fruto de um sonho!

Letícia ainda conseguia sentir o gosto de uísque dos lábios exigentes de Joaquim, o toque firme de seus dedos em sua cintura. Por Deus, sua virilha ainda estava inchada, pulsante e sensível.

Os dedos de Letícia encontraram o belo rosto de Joaquim quando comentou:

— Encontrei o homem da minha vida, mas o perdi no passado.

— Tá... — Gisele cortou o breve e mórbido silêncio que se seguiu. Então disse: — Pelo que entendi, você me contou um sonho... SONHO! Disse que, EM SEU SONHO, encontrou um homem maravilhoso surgindo como se uma partícula de átomo estivesse montando-se sobre a outra, na sua frente. — Acariciou os cachos castanhos de Letícia e comentou: — Está vendo como me lembro de tudo que relatou? — Sorriu, satisfeita consigo mesma e resumiu: — Ele sorriu. Então transaram até você ficar roxa. — Gisele suspirou, passou as mãos pelo rosto e, em um tom mais controlado, continuou: — Amiga... você está apenas frustrada e confusa. Apenas isso...

— Jamais deveria ter me casado com Glauber — Letícia confessou, mas não prosseguiu com o assunto. Preferiu mudá-lo: — Além do mais, desculpe, menti... não foi sonho.

Letícia acariciou a placa com o nome do amado. Gisele bateu na mão de sua amiga, cortando o singelo gesto de amor e a levantou. Com um tom de voz autoritário, exclamou:

— Pode parar! Você está separada há dias apenas! Não tem o direito de surtar desse jeito! Eu estou sozinha há cinco anos! — Ela mostrou todos os dedos de sua mão direita para enfatizar sua colocação: — CINCO! — Então cruzou os braços, em um gesto de indignação. — Não vou permitir que você enlouqueça. Não na minha frente!

Um silêncio desconfortante pairou entre as duas. Então Gisele suspirou e perguntou:

— O que realmente há com você? — Em um gesto de resignação, ela completou: — Te acompanhei até esse cemitério porque você me disse que foi um sonho lúcido... se não foi isso, era melhor eu não ter vindo! Além disso, se eu tivesse dormido com um cara, e descoberto no dia seguinte que ele era um fantasma, teria entrado em coma!

Sua amiga não entenderia o divisor de águas pelo qual Letícia havia passado ao encontrar Joaquim. Ao viajar no passado.

Isso porque ela descobriu o amor.

Letícia passou a jogar palavras ao vento, para si mesma, sem se importar em dar sentido a elas.

— Tomei uma erva que me fez voltar ao passado, então conheci Joaquim. Agora ele está aqui, na minha frente. Não sei se o verei outra vez. Será que ele já estava no navio quando veio me encontrar? O pior é que, como não tenho mais como viajar, ele consegue mandar recados para mim, mas não consigo mandar recados a ele. Por Deus, estou ficando louca! Juro que uma das caligrafias do recado é minha! — Letícia pausou. Refletiu. Seu tormento foi tamanho que a fez encolher seu corpo como se estivesse implodindo. Seu coração doera ao enxergar tudo com olhos recém-abertos. Passou as mãos para limpar as lágrimas em seus olhos avermelhados, respirou profundamente e prosseguiu. — Preciso pensar... deve haver alguma explicação para isso...

— Deve haver uma explicação para isso!? — Gisele repetiu. — Mania de falar essa mesma frase! Tá! Você falou diversas palavras desconexas e sem sentido. Poderia, ao menos, explicá-las para mim? Juro que vou ouvir sem opinar!

Letícia voltou a encarar a foto. Seu tom de voz suavizou-se, quando passou a conversar com a face estampada de Joaquim:

— Não contei à Rosa que havíamos passado a noite juntos. Quando ela me disse que você cumprimentava as mulheres e desaparecia, decidi dar a entender que o mesmo aconteceu comigo. Ela me informou que algumas hóspedes apimentaram o encontro, mas ela não acreditou. Então me diga, Joaquim. Você somente cumprimentou todas as outras, ou transou com todas?

— Ciúme de um fantasma! — Gisele lançou as mãos para os céus e riu.

A estupefação de Letícia diante da reação da amiga foi quase palpável.

— Me ajuda! Estou sofrendo! — Letícia retrucou. A esse ponto, lágrimas escorriam de seu rosto em pleno desespero. Exclamou para a foto: — Seu idiota! Foi você que mandou seu primo me entregar a erva! Você me levou a ti! Agora morre! Eu te odeio!

Ao notar o desespero da amiga, Gisele ajoelhou e abraçou Letícia já perdida em soluços. Ficaram ali, abraçadas e em frente à lápide, por alguns minutos. Letícia chorou.

Ao ver a lápide de seu Joaquim, desfez-se em soluços. Entrou no carro da amiga, na certeza de que estava deixando para trás uma grande parte de seu coração. Não, era pior. Ela não sabia onde deixaria essa parte de seu coração. Esse, uma carcaça sem valor algum, ficaria ao lado dela como a terrível lembrança de como a vida poderia ser cruel.

— Você estava falando sério quando disse que havia transado com um fantasma? — Gisele perguntou.

— Jamais transei com um fantasma — Letícia corrigiu.

— Mas o rapaz morreu há muito tempo.

Letícia negou. Como poderia explicar isso para a sua amiga? Não saberia como explicar todos os eventos que viveu ao lado de Joaquim, então permitiu que as lágrimas cobrissem o vazio sonoro.

— Foi um rapaz muito parecido com Joaquim? Seu tataraneto, quem sabe?

Letícia riu. Por que hesitava tanto em falar o que havia acontecido para a sua melhor amiga? Era o mínimo que poderia fazer depois de tantos anos de convívio. Além do mais, Gisele largou tudo para acudi-la sem pensar duas vezes.

— Pode confiar em mim — Gisele disse.

Sim, poderia confiar em Gisele. Mas, por que as palavras simplesmente não saíam de sua boca?

— Vou contar tudo — ela anunciou.

E não disse.

Não conseguia.

Em vez disso, as lágrimas passaram a deslizar por seu rosto sem parar. Inspirou com força como uma forma de buscar energia de qualquer lugar. Então, entre uma ponte torta e uma estrada esburacada, Letícia passou a contar.

Limpou os olhos quando Gisele parou o carro na frente do Palácio de Cristal. Então anunciou:

— Vamos dar uma volta. Adoro visitar esse local. Acho o Palácio de Cristal incrivelmente romântico.

Letícia saiu do carro. Enquanto acompanhava a amiga, observava as belas esculturas naturais que rodeavam o Palácio. Sentiu seu coração aquietar-se um pouco.

Gisele comentou:

— Já li bastante sobre o Palácio de Cristal. Você sabe que o Palácio foi encomendado pelo marido da princesa Isabel, o conde D'Eu? Ele foi inaugurado em 1884 com uma festa esplêndida! Como o Palácio tinha como objetivo abrigar e expor produtos hortícolas e pássaros, consegue imaginar a beleza da festa inaugural? Ah, mais de mil pessoas vestidas de gala, dançando valsa, em meio a um cenário intensamente romântico. Dizem que mais de cinco noivados foram selados nesse dia, tamanho encanto que esse local gerou nos convidados.

— Você fala como se estivesse presente na festa — Letícia comentou.

Gisele rodopiou, como se estivesse dançando com um par, e passou a cantarolar uma valsa. Letícia riu com a tolice da amiga.

— A dança foi dentro do palácio. Imagino que foi uma multidão de gente sorrindo, vestindo seus melhores trajes. Saias coloridas rodavam enquanto as moças eram conduzidas por homens seguros de suas posições sociais. — Ela parou de rodopiar ao perceber que sua teatralidade estava sendo percebida pelos demais. Sobriamente, voltou a caminhar e comentou: — Em 1888, a princesa Isabel libertou os últimos escravos também aqui, neste palácio, em meio a outra festa memorável.

— Grandiosa como a inauguração, presumo.

— Não como a primeira... foi... diferente — Gisele respondeu com propriedade. — Em pouco tempo, o império foi perdendo força. Essas festas perderam completamente seu sentido. Tanto que, como você bem sabe, a Família Imperial foi obrigada a fugir do país logo após a festa na Ilha Fiscal.

Letícia inspirou o ar nostálgico ao entrar pela estrutura que abrigava uma imensa diversidade de vegetação. Sua imaginação jamais lhe daria a dimensão exata do esplendor das exposições de produtos hortícolas e da paz que aqueles fortunados que tiveram a chance de ver o espetáculo sentiam ao escutar o canto dos pássaros ecoando pela estrutura. Seu coração perdeu o compasso quando inseriu o sorriso de seu Joaquim em meio a esse cenário. Conseguia visualizar o sorriso em seu rosto, já que a botânica era uma de suas paixões.

Ela cerrou os olhos, desejando morrer nesse exato momento.

— Fala, Letícia — Gisele pediu.

Letícia passou os dedos pelas lágrimas, procurando comprimi-las.

Precisava raciocinar.

Acima disso, precisava do ombro amigo.

— Letícia, se eu não te conhecesse, duvidaria de sua sanidade. Está deprimida porque pediu separação?

Sim, contaria.

— Por mais difícil que pareça, tudo que vou lhe dizer é a mais pura verdade.

— Tudo bem. Respira e vamos conversar no carro.

— Preciso voltar para o hotel. O delegado mandou que eu ficasse lá. — Ela deu de ombros e comentou: — Depois que tudo isso passar, vou ter que ir correndo ao consultório.

— Por qual motivo?

— Recebi uma mensagem com uma caligrafia muito parecida com a minha. Acho que a carta pode explicar... Bom, explicar muito.

— Caramba! — Gisele saltou de alegria. — Vamos ver!

Letícia negou.

— Melhor não sairmos daqui. O policial me mandou ficar.

— Está louca? Vamos! Você me conta essa história no caminho. — Ela riu. — Esquece esse policial. Além do mais, voltaremos antes do anoitecer. Durante o caminho, você me contará tudo. Em detalhes!

Letícia concordou, sentindo-se preparada para contar e confiar na amiga.

41

Abdicar-se de tudo

Oceano Atlântico

Quinta-Feira, 06 de dezembro de 1906

Os olhos de Joaquim se abriram. Puxou o ar com o susto, mas quando sentiu uma paulada forte em seu peito, soltou todo o ar de uma só vez. Inspirou com o desespero de quem parecia afogar-se. Colocou as mãos em cima de seu peito. A sensação era de que seus órgãos vitais tinham sido espancados e esmurrados enquanto grelhavam em cima de uma chapa quente.

— Pelo menos esse estamos ressuscitando!

O tom comemorativo da voz de um rapaz fez Joaquim querer retornar a gentileza e esmurrá-lo até se cansar. Fechou os olhos. Duas mãos passaram a massagear seu peito. A mesma voz disse:

— Foi estranho... achamos que não havia ninguém deitado na cama. Então o procuramos pelo camarote. Então, subitamente, vimos você deitado, praticamente desfalecido. Você teve um infarto, mas ficará bem. Agora prepare-se que terá muito que conversar com o comandante. Ele estará aqui em algumas horas.

Joaquim tentou afastar a mão do rapaz, mas, em vez disso, sentiu outras mãos o segurarem.

— Oficial Jorge, pode avisar ao comandante que consegui salvar um dos passageiros. Agora vou deixar o senhor Joaquim em observação enquanto vejo o estado do senhor Pedro.

— Senhor Pedro Cruz já morreu, doutor — uma voz respondeu.

Joaquim piscou algumas vezes, tentando fazer algum sentido na conversa dos estranhos.

— Agora temos uma situação ainda mais grave. O comandante foi envenenado.

— Merda! — berrou o médico, passando a mão pelos cabelos grisalhos. — E os outros passageiros?

— O navio da Guarda Costeira Francesa já se aproximou. Estamos evacuando.

Um súbito e tenso silêncio se seguiu após a inquietante notícia.

Joaquim levantou a cabeça para observar quem havia invadido a sua cabine.

Havia três homens, sendo que um era médico e dois faziam parte da tripulação do navio.

— Já conseguiram pegar o casal?

— Não. Acho que eles estão escondidos na praça de máquinas.

— Que casal? — Joaquim perguntou. Sua garganta latejou. Ele colocou uma mão por cima da garganta instintivamente, no esforço de aliviar o incômodo. Sem sucesso, pigarreou e desenvolveu sua indagação: — Quem é esse casal? O que fizeram?

Um dos tripulantes fez um gesto para o médico, dando a entender que tomaria a frente da conversa. Foi uma atitude firme, deixando claro para Joaquim que a sua posição era bem delicada. Com os olhos críticos e sobrancelhas elevadas, esse tripulante respondeu:

— Você conhece bem esse casal, tão bem que está preso nesse camarote até ser questionado. Um casal estranho que pediu para o comandante os casar e depois decidiram comemorar a lua de mel matando outras pessoas. Esse casal está sendo procurado por ter envenenado oito passageiros: cinco homens e três mulheres. Além disso, como acabou de ouvir, envenenaram o comandante. Bom, a toxina tem três efeitos. Alucinação, suicídio ou morte. Não há alternativa. Bom, até agora só consegui salvar você. Isso se você, de fato, foi envenenado.

Joaquim sentou-se na cama. Balançou sua cabeça, confuso.

— Lógico que o seu primo não o mataria. Você é um álibi.

— Está insinuando que meu primo e sua esposa estão envenenando a todos dentro desse navio? — Joaquim perguntou, indignado. — Por que fariam isso?

— Não contarei mais! — o oficial respondeu e fez um gesto firme com a mão como se estivesse fatiando uma carniça.

— Há algum padrão nessas mortes?

O médico entrelaçou os braços à frente do peito e respondeu:

— Momentos antes de a pessoa se suicidar, apresenta comportamentos estranhos. Algumas relatavam estar atrás de uma espécie de erva, por exemplo. Imaginamos que possa ser um sintoma do envenenamento. Santos Dumont falou que você conhece botânica, poderia nos elucidar. Isso lhe parece familiar? Você criou essa toxina?

Joaquim manteve-se em silêncio, com os olhos arregalados. O conde e o general estavam atrás da erva. O general não estava a bordo, mas o hospedeiro do conde poderia perfeitamente assumir o corpo de um enfermo, à beira da morte, e seguir a partir desse ponto. Mas havia uma presença feminina estranha nessa equação. Quem poderia ser?

— Não vai nos elucidar?

— Tenho que analisar a erva. Além do mais, acabei de ser ressuscitado — Joaquim argumentou.

O tripulante murmurou algo para si mesmo. Recebeu um recado. Leu. Elevou suas sobrancelhas e comentou:

— Você, o seu primo e a esposa dele serão presos.

— Vocês não podem provar o meu envolvimento nessa história.

Ele precisava ficar livre. Era de suma importância juntar provas para inocentar seu primo e Anabelle.

— Consigo pescar um álibi a quilômetros de distância. Seus olhos não negam — o médico comentou. — Você está ajudando o casal — presumiu.

O tripulante completou:

— O general Jeremy Cordelle já te conhece muito bem e, pelo visto, tem provas para mantê-lo preso pelo resto da vida. Ele está a bordo do navio que já atracou ao nosso lado. Deve estar embarcando neste exato momento.

Merda, Joaquim pensou.

Com um esforço tremendo, manteve sua expressão apática.

O tripulante que tomou a frente da discussão ordenou ao segundo que, durante todo esse tempo, manteve-se encostado na parede segurando uma toalha.

— Tranque o imbecil. Vou cuidar das outras vítimas.

O segundo oficial assentiu. Logo em seguida deixou a toalha em cima da cama e disse:

— Tome um banho imediatamente. Você está fedendo. Minha analista, Letícia, me disse, um dia, que pensamos melhor depois de um banho.

Joaquim sentiu seus músculos enrijeceram-se, ao escutar o nome de Letícia sair da boca do oficial. Juntou as sobrancelhas ao deparar-se com tamanha coincidência.

Confuso, perguntou:

— Analista?

— Analista, psicóloga... — O oficial pigarreou. Então comentou: — Uma mulher que fui obrigado a encontrar... por assuntos familiares.

Joaquim selou sua boca, reprimindo a vontade de perguntar por que raios seu primo estava hospedado no corpo de um tripulante.

Assim que se viu sozinho, desenrolou a toalha. Logo, caiu uma chave e um bilhete que dizia:

"Muitos estão morrendo. Cuidado... não tome água. Nos encontre próximo ao bote de resgate de número três em meia hora. Não se atrase! Vou explicar tudo."

Após ler o recado, imediatamente rasgou o bilhete em pequenos pedaços. Não poderia arriscar que outro tivesse acesso à informação. Então curvou-se para levantar-se da cama.

Parou por alguns segundos, pensando. Será que os seus encontros com Letícia seriam meros efeitos da erva?

Balançou a cabeça para forçar sua mente ao presente, como uma forma de levá-lo a agir com praticidade e disse:

— Ok, trinta minutos.

Foi até o banheiro, jogou os papéis no vaso e deu descarga. Lavou o rosto. Encarou a imagem de seu rosto molhado no espelho. Observando gotas de água caírem dele, ele refletiu. Precisava sair daquele camarote sem ser visto. Como tinha a chave, conseguiria destrancar a porta, mas seria praticamente impossível passar pelo corredor do navio sem ser percebido.

— Você tem trinta minutos para o quê, exatamente?

A voz do general ecoou pela cabine.

Joaquim virou-se na direção da voz. Então viu a face vacilante de seu inimigo, que sorriu em meio aos lábios trêmulos. Joaquim passou seu antebraço no rosto para enxugar a água e juntou as sobrancelhas enquanto encarava a expressão desconcertada do general.

Levemente curvado, o general pediu:

— Me passe a erva.

Algo não estava certo. Faltava confiança no tom de voz do general. Parecia mais um suplício do que uma ordem clara e autoritária.

O general apoiou-se na parede, buscando manter uma postura adequada e falhando miseravelmente.

— O que está acontecendo?

— Me-dê-a-erva. — O general falou pausadamente, dessa vez. Então, repentinamente, deu alguns passos em direção a Joaquim e praticamente rosnou: — Você não vê que preciso sair daqui?! Esse mundo de merda! — Apontando para o peito de Joaquim, ele prosseguiu: — Foi sua culpa! SUA CULPA! Eu estava bem no cargo! Todos me respeitavam! Então... Ah! Primeiro, você não me obedeceu e manteve a erva para si. Me deixou em uma sinuca de bico com o conde. Depois, trouxe aquela vadia ruiva que comprou todos os terrenos do conde. Então aquela piranha teve de doar sua fortuna para a Sra. Pauline, que está fazendo questão de me ver na cadeia! Agora, como a imbecil tem dinheiro, e é esperta, não posso simplesmente silenciá-la.

Agora o general parecia um mero soldado prestes a ser executado pelo inimigo.

— Você vai perder o cargo de general — Joaquim concluiu, ao estudar as evidências estampadas na postura curvada do general. Então inspirou vagarosamente e passou a toalha no rosto, pouco se importando com o general a sua frente.

Ele perguntou:

— Quando perderá seu cargo?

O general enrijeceu seu maxilar em vez de responder.

— Hum... — Joaquim murmurou. Curvou o lábio para baixo em uma falsa consternação e comentou: — Achei que você teria outros anos de soberania. — Então perguntou: — Aquele que se hospedou no corpo do Conde de la Marquê o procurou?

— O hospedeiro ao qual você se refere é meu mestre! Uma alma superior que se hospedou no corpo do conde. Uma entidade tão poderosa que consegue prever o futuro com precisão!

— Ah, sim... Ele prevê o futuro — Joaquim murmurou sem entusiasmo.

— Ele merece o seu respeito! Mais ainda! Merece a nossa veneração! — O general proferiu com a entonação e certeza de um discípulo. — Ele quer a erva e vou dá-la a ele! Logicamente depois de pegar um pouco para mim...

— Presumo que você será bem recompensado por ele — Joaquim comentou, sem controlar o tom de ironia.

— Ele vai me dar um pouco da sua fortuna e vou viver como um marajá em outro tempo...

— Tá... — Joaquim queria entender toda a situação, mas já sentia seu sangue ferver de ódio. Por alguns segundos, passou a andar lentamente no camarote como uma fera enjaulada. Estremeceu. Ele não poderia matar o general nesse momento. Precisava sair de sua cabine e encontrar Fernando no local indicado. Então, tentando demonstrar algum controle, Joaquim circulou sua mão em um gesto impaciente. Em seguida, abriu seu armário. Enquanto trocava sua camisa, ele perguntou: — O hospedeiro assumiu o corpo do comandante?

— Agora assumiu. — Ele estendeu a mão.

— E as mulheres? Quem está se hospedando nelas?

— Ah, sei lá! A amante dele ou a puta que o pariu!

O general estava perdendo o controle.

— Qual é o interesse do hospedeiro na minha mulher?! — Joaquim também estava perdendo o controle.

— A hospedeira do corpo de Françoise? Ah! Você não soube? Ele é o marido da meretriz!

Joaquim precisou de um tempo para se recompor. O perigo estava muito mais próximo de Letícia do que imaginou.

Após alguns segundos, o general disse:

— Eu não me espantaria em ver a sua meretriz hospedeira nessa embarcação assassinando os outros passageiros.

Joaquim descartou o veneno de sua mente e comentou:

— Assim como o seu mestre.

— Sim... assim como o meu mestre. Você sabe de tudo. Agora me dá a erva.

O general era cúmplice do hospedeiro desde o início. O hospedeiro era marido de Letícia. Junto com Rosalie, o general encomendou o ataque que matou Françoise. Se não fosse por aquele ataque, Joaquim estaria ao lado de sua alma gêmea. Sua Letícia não estaria correndo perigo. Só de pensar nisso, Joaquim sentiu borbulhar seu sangue. Sua cabeça passou a ferver pela raiva.

Perdeu o controle.

As mãos de Joaquim encontraram o pescoço do general e o pressionaram na parede. Não conseguiu se controlar. A raiva de saber que ele estava envolvido no assalto que tirou a vida de Françoise e ao imaginar o terror que as mulheres devem ter sentido enquanto esse babaca satisfazia o seu prazer cegou seu senso crítico.

Matar o general seria bastante prazeroso.

Mas não seria funcional.

Havia se passado quinze minutos. A vontade de matar o general era tanta que ele precisou inspirar e se concentrar para retirar os dedos do pescoço dele.

Pensando rápido, Joaquim apalpou suas roupas espalhadas pelo camarote. Procurou em seus bolsos por qualquer resquício da planta que havia explorado. Felizmente, ele não era muito organizado e sempre havia um resto de mato em suas roupas.

Assim que encontrou algo, mostrou-a ao general e disse:

— Se eu lhe entregar a erva, você me ajuda a sair desta cabine? Passar pelo corredor despercebido?

— Eu ainda sou o general Jeremy Cordelle! Não vou me submeter a você — o general respondeu trêmulo. Ele era dominador. A angústia do general de ver-se numa posição submissa era tão notável quanto o fedor que exalava. Joaquim não estava com paciência para argumentar. Também não tinha mais tempo. Se o efeito da erva não fosse temporário, certamente a utilizaria para sair do camarote. Bom, na verdade, ele estaria com Letícia e não retornaria a essa cabine.

Joaquim abriu a janela redonda do camarote. Estava a ponto de jogar a erva para o mar quando o general berrou:

— Não!

Joaquim aguardou.

— Se me der a erva, poderá sair com o meu uniforme.

Joaquim riu com o plano e comentou:

— Sua calça vai até o meu joelho!

De fato, era um plano estúpido ao comparar a diferença notável entre eles. Considerando que Joaquim era alto, com a estrutura do corpo de um atleta e o general era baixo, com a estrutura de um corpo de quem não deu importância ao esforço físico, era um plano imbecil.

O general rosnou algo que Joaquim não conseguiu escutar e saiu do camarote.

Isso fez Joaquim bufar. Faltavam apenas cinco minutos e, pelo visto, havia perdido tempo ao discutir com o condenado.

Ele voltou com um saco preto.

— Jamais falei para você utilizar o MEU uniforme, seu babaca. É o uniforme do general Gouveia. O filho da puta que vai me render. — Então estendeu a mão. — Me dê a erva, agora. Vai!

Joaquim estendeu o mato. O general estava desesperado. Foi logo abrindo o saco e separando a terra para consumi-la. Ele perguntou:

— É para fumá-la ou beber em um chá. Não é?

— É uma mudança temporária. Seu corpo está ainda nesse prisma — Joaquim respondeu, fingindo ter, de fato, entregado a erva a ele, mas a planta que ele havia lhe entregado era outra espécie parecida com camomila.

— Como posso me transportar permanentemente?

Boa pergunta.

Joaquim ajeitou a roupa em seu corpo e respondeu.

— Deve abdicar-se de seu corpo nesse prisma.

— Você não está propondo que eu me suicide, não?

Joaquim tinha que partir. Ele abriu a porta do camarote, inspecionou o corredor e, antes que tomasse seu rumo, disse:

— Você jamais saberá se não tentar.

Sim, ele estava enganando o general. Não se importou com isso. Inclusive, ele adicionou, antes de sair do camarote:

— Não se esqueça de dividir a erva e essa informação com o seu hospedeiro.

***

— Psiu!

Joaquim, camuflando-se em meio à parede desnivelada do casco do navio, demorou para perceber uma mão surgindo pela lona que cobria o bote de resgate.

— Ei, idiota!

Era a voz de Fernando, chamando-o por baixo da lona.

Joaquim analisou o redor, averiguando se sua área estava segura para passar. Assim que se sentiu confortável, correu e entrou no bote de resgate.

— Me explica! — ele exigiu, assim que Fernando fechou a lona por dentro.

O ar dentro do bote estava abafado e quente. Anabelle estava curvada, em silêncio no canto do bote. De vez em quando ela levantava e observava o movimento do lado de fora. Em outro momento, limpava o suor em sua testa e em seu peito. Fernando também estava molhado de suor. Não poderiam ficar escondidos naquele inferno por muito tempo.

— Me explica por que você está com o uniforme de um general do exército. — Fernando riu.

— Vamos ao que interessa... — Joaquim pediu, sem querer responder.

— Assim que se transportou, fomos abordados por diversas pessoas. Ora passageiros, ora tripulantes. Todos queriam a erva. Quando a gente não dava nenhum sinal de onde estava, morriam na nossa frente. Faziam isso de forma suspeita, nos incriminando.

— Ora cortavam seus pescoços perto o suficiente para o sangue espirrar em nossas roupas, ora passavam nossas mãos nas armas antes de atirar em si mesmos — Anabelle comentou e estremeceu, ao evocar as lembranças. — Foi *horrrrrível* — ela comentou.

— Alguns simplesmente enlouqueciam. Diziam que nós havíamos envenenado a todos, falavam um bando de coisas sem nexo e pulavam do navio — Fernando tomou a palavra.

Anabelle prosseguiu:

— Fomos *prrresos*. Disseram que a gente envenenou a água potável do navio que atacou a sanidade das vítimas.

Fernando argumentou:

— Mesmo se quisesse matar alguém por envenenamento, o que definitivamente não é o caso, não tenho nem competência para juntar uma química a outra para envenenar um inseto, quanto mais pessoas!

— Estavam querendo incriminar vocês. É o método de ataque do hospedeiro. Descobri que o hospedeiro é marido de Letícia.

— Droga! — Fernando percebeu a precariedade da situação e negou com uma dificuldade imensa em acreditar. — Quem é o outro hospedeiro? Temos fortes indícios de que o outro hospedeiro seja uma mulher.

— Não sabemos quem é.

— Droga! — repetiu Fernando.

Anabelle colocou o dedo na boca. Por alguns segundos, todos ficaram lá, em verdadeiro silêncio. Ela ficou observando o movimento por fora do bote e, após um tempo, voltou-se para dentro e comentou:

— Há um movimento estranho da tripulação. Acho que precisamos partir.

Subitamente escutaram um alerta ensurdecedor. Anabelle colocou a cabeça para fora e espiou. Ela voltou para dentro do bote com uma expressão tensa e inquietante.

— Os tripulantes estão agitados.

— O general se suicidou! — Escutaram um dos homens falar por fora da lona.

— Bom, nesse caso, podem me incriminar — Joaquim anunciou.

— O que houve?

— Digamos que eu vinguei Anabelle e Françoise. Ok?

— Ah... — Anabelle fez uma expressão duvidosa. Algo parecido com plenitude e culpa. — Acho que ele não aguentou a pressão da Sra. Pauline.

Fernando comentou:

— Depois que você deu a maioria da sua fortuna à Sra. Pauline, o general não teve mais sossego. Agora ele vai descansar... acho.

Fernando estremeceu, mas complementou:

— Até a Sra. Pauline passar dessa para melhor e o caçar no além.

Fernando não havia exagerado em seu comentário. Anabelle decidiu dar parte de sua fortuna para Sra. Pauline porque tinha outros planos para sua vida.

Planos que não poderiam ser facilitados ou comprados pela fortuna que recebeu.

— Vamos ao plano — Joaquim pediu.

Fernando tomou a palavra:

— Vamos nos transportar com você.

— Não é uma boa opção. Ainda não entendi completamente a erva. Tentei ir. Ficar permanentemente ao lado de Letícia, mas voltei!

Fernando disse:

— Você fez errado. Você se transportou, mas manteve algum vínculo neste local. Lembra-se de que o Pajé lhe disse que você tem que arriscar tudo para se transportar permanentemente?

— Arriscar tudo — Joaquim repetiu as palavras, procurando um sentido para elas.

— Sim! Arriscar tudo! Abrir mão de qualquer condição para que retorne a esse plano. Agora precisamos ir com você. É a única forma de sairmos ilesos dessa situação.

Então Joaquim finalmente juntou as peças.

Aos risos, comentou:

— Olha só... eu não menti para o general... apenas lhe dei outra espécie de camomila em vez da erva.

Anabelle riu, finalmente demonstrando uma reação.

— Vamos juntos, então! Que se dane o presente. Vamos para o futuro! — Fernando abriu a palma da mão e mostrou três pequenas porções da erva. Então disse: — Foi o que restou. Vamos ingeri-la. Então pularemos do navio. Sabe onde e quando será o nosso destino?

Fernando deu uma pequena porção da erva para Joaquim e Anabelle.

Joaquim precisou engavetar a vontade de abraçar seu primo. Por ora, precisavam partir.

— Me dê uma caneta e papel — Joaquim pediu. Não poderia arriscar verbalizar algo tão importante. Ele fez uma anotação e mostrou a todos. — Memorizaram? — perguntou.

Anabelle e Fernando assentiram.

— Corremos juntos. Pulamos de mãos dadas. Ok? — Joaquim ordenou.

Todos concordaram.

Então, subitamente, a lona foi retirada. Joaquim percebeu a precariedade ao redor. Viu uma passarela onde diversos passageiros apressavam-se para sair do navio atual e seguirem em direção ao navio da Marinha.

E foi assim, em meio ao sol escaldante, correndo como nunca o fizeram, desviando de diversos tripulantes que tentavam impedi-los, que eles passaram pelo convés.

Joaquim julgou que parecia haver dez tripulantes correndo em sua direção. Estavam a uma distância considerável. Mesmo assim, apertaram os passos. Houve tiros e gritaria, mas os três corriam a passos largos. Olhavam para trás, para inspecionar a ameaça que estava se aproximando. Dava para ver uma passarela que ligava esse navio ao navio da Marinha. Os passageiros se apressavam para cruzarem a passarela, assustados com a cena no convés.

Ao chegarem na proa do navio, pararam.

Anabelle gritou quando subitamente uma senhora saltou em sua direção. A senhora a encarava com um olhar estranho, como se estivesse em uma espécie de transe. Não havia expressão em seu rosto. Apenas apatia enquanto suas mãos se cravaram nos braços de Anabelle com uma força incomum.

— A erva! — a mulher exigiu. — Precisamos da erva!

— Larga! — Anabelle gritou.

Anabelle negou veementemente, lágrimas passaram a cair em seu rosto. Como se estivesse adivinhando a intenção da senhora, gritou:

— Não faça isso!

Foi muito rápido. Tão rápido que ninguém teve tempo de reagir. A senhora pegou a mão de Anabelle, posicionou entre o seu punho e o dela uma faca e a cravou em sua barriga. A senhora arregalou os olhos em plena dor. Havia cometido suicídio, mas, nos olhares de todos os demais, pareceu ter sido assassinada por Anabelle.

— Assassina! — um dos tripulantes gritou.

Joaquim olhou para trás e ordenou:

— Vamos!

Não havia mais tempo. Os tripulantes estavam perigosamente próximos e dois já sacaram suas armas.

Barulhos de tiros e gritos ecoaram ao redor.

Deram suas mãos, colocaram a erva na boca e saltaram na esperança de que a erva os transportasse até o destino determinado.

42

A mensagem no divã

Rio de Janeiro - RJ, Brasil

Terça-feira, 02 de junho de 2015

Suas mãos tremiam, suavam. Seus dedos entrelaçavam-se quando contou sua aventura. Letícia confessou tudo. Preencheu os furos que deixou quando resumiu a história, movida anteriormente pela pressa de chegar à lápide de Joaquim.

E assim contou, até Gisele estacionar o carro no prédio de seu consultório.

Conhecendo a curiosidade de sua amiga e considerando o quão estranho eram os acontecimentos, ao abrir a porta do seu consultório, preparou-se para o inquérito.

Que não veio.

Letícia estranhou.

Ao invés disso, sua amiga estava ocupada demais averiguando algo em sua bolsa. Então disse:

— Droga, como fui me esquecer! Justo agora... já volto!

Assim, Gisele saiu do consultório em disparada.

Letícia ficou ali, observando a porta, sem entender a reação da amiga. Deu de ombros e decidiu focar-se no momento. Ela se aproximou do divã. Com olhos analíticos e minuciosos, estudou o móvel. Passou algum tempo analisando a costura, estudando as marcas deixadas pelo tempo. Reconheceu, com bastante nostalgia, algumas marcas no móvel. Marcas que tentaram velar ao passarem verniz sobre a madeira. Esse divã havia sido reformado, mas sua estrutura era original. Não havia dúvidas. O divã foi, naquela época, propriedade da casa rosa. Surpreendentemente, ele foi testemunha de seus primeiros encontros com Joaquim.

— Deve haver uma explicação para tudo isso... — ela comentou ao averiguar uma costura fora do lugar. Os pontos não pareciam comuns. Eram pontos individuais, entrelaçados, com um nó no meio. Era o SEU ponto de costura!

Letícia jamais teve o menor talento para costurar, então criou um ponto só seu. Era horrível, mas só conseguia costurar dessa forma.

Elevando as sobrancelhas, Letícia levantou-se. Foi até sua escrivaninha e pegou uma tesoura. Então cortou os pontos e colocou a mão por entre a fissura. Seu queixo caiu ao constatar que ali havia um papel. Ela tirou dali um envelope branco.

Ao abrir, seu queixo caiu novamente. Dessa vez, não conseguiu ajeitá-lo. Isso porque estava vendo a sua caligrafia. Era uma carta dela para ela mesma.

A carta dizia:

Você não tem tio distante. Eu (você no futuro) mandei lhe entregar o divã justamente para lhe dar acesso a esse recado. Não se assuste. Em breve, os policiais aparecerão no consultório e nos prenderão. Vá sem questionar. É a nossa única chance de sobrevivência. Mantenha a calma!

Muito importante! Glauber e Gisele são amantes e parceiros. O colar que Glauber te deu de presente foi comprado por ela. Estou apenas a alertando para que mantenha sua compostura no momento que ela confessar a traição.

Obs.: Destrua esta carta imediatamente.

Instintivamente, colocou a mão no pescoço. Até o momento, Letícia sentia nojo de seu marido, mas não sentia ódio. Era apenas um sentimento que pedia o distanciamento físico, mas imaginava que, com o tempo, poderia haver uma certa amizade. Afinal, Glauber era apenas um homem inteiramente focado em si mesmo, mas não havia lhe feito mal algum. Bom, até o momento. No entanto, havia algo nas entrelinhas desse recado que acionou um ponto de alarme.

Letícia rasgou o bilhete em pedaços pequenos e os jogou no vaso sanitário. Havia acabado de confessar toda a sua aventura para a amante de seu ex-marido. Havia falado sobre a erva. Explicou, com o mínimo detalhe, seu uso. Será que Gisele a rondava para obter tais informações? Injúrias escaparam da boca de Letícia. Mesmo assim, ela não contestou a veracidade do recado. Conhecia sua caligrafia. Em algum futuro, escreveria para si mesma. Nesse momento, queria deixar Gisele e Glauber para trás. Não se importava com a sua suspeita de que ambos estavam juntos. Como poderia saber? Ao ver-se sozinha, Letícia engavetou todos os sentimentos que só fariam com que perdesse ainda mais tempo.

Glauber disse que havia entregado a erva para a polícia. Havia?

Letícia abriu a torneira. Precisava se acalmar. Preparar-se para o que estava por vir. Ela molhou a pequena toalha do lavabo e passou-a em seu pescoço. Deixou a cabeça cair para trás ao sentir um pequeno alívio do calor emanado em seu corpo. Esse que foi proveniente da fúria que explodia dentro de si.

Talvez, por causa dessa fúria, ao escutar a campainha de seu escritório tocar, conseguiu encontrar forças para caminhar até a porta para enfrentar seu mandado de prisão.

43

Entrelinhas de sua mensagem

Rio de Janeiro - RJ, Brasil

Terça-feira, 02 de junho de 2015

— O delegado deu uma ordem simples e clara. Você não deveria ter saído daquele hotel sem avisar. Com esse gesto, nos forçou a concluir que havia uma intenção de fugir. Também, com esse mesmo gesto, evidenciou claramente a sua culpa. Por isso, escute: Você tem o direito de ficar calada... — anunciou um policial enquanto a algemava.

As palavras do policial misturaram-se com as dos repórteres que conseguiram acesso ao andar de seu consultório. Celulares, microfones e flashes das câmeras apontavam para Letícia como armas de fogo. Logo foi obrigada a enfrentar um verdadeiro corredor russo de perguntas, injúrias, cartazes e ameaças. Letícia parecia estar naufragando num mar de discórdia, de falsidade, de angústia onde, a cada passo, precisava lembrar-se do bilhete que havia deixado dentro da fissura do divã para não desmontar.

Letícia segurava-se nas entrelinhas de sua mensagem.

Lembrou-se de que havia recebido o divã como herança de seu tio falecido. Um tio que nem sequer conheceu. Além disso, havia um bilhete, endereçado a ela, informando que o móvel tinha sido uma relíquia perdida da família nobre. Um argumento cheio de mistério, drama, e que a comoveu. Não questionou. Acabou aceitando o presente, porque veio em boa hora.

Juntou esse evento com o bilhete e a sua costura. Sorriu ao concluir que o melhor estaria por vir. Então encontrou os olhos traiçoeiros de Gisele, os mesmos que pareciam estar ao seu lado. Gisele sabia que Letícia não poderia sair do hotel. Ela convenceu Letícia a contrariar as ordens expressas do delegado.

— Fica calma, ok? Já liguei para o Glauber.

Letícia escutou Gisele falar enquanto entrava no carro da polícia. Precisou reprimir a vontade de cuspir na cara da filha da puta. Ela saiu do seu consultório para ligar para a polícia, Letícia supôs.

***

— Não tenha medo, Letícia — Gisele insistiu. — Conte para o gentil delegado tudo que me disse no carro. Fale com todos os detalhes.

Letícia não respondeu. Em vez disso, entrelaçou os dedos e pressionou-os em seu punho, canalizando toda a sua força em um local. Manteve a boca cerrada e os olhos focados no colar exposto no pescoço de Gisele. Não foi difícil constatar que a traíra mudou de colar. Antes era algo brilhante. Agora, Gisele tinha ao redor de seu pescoço uma joia muito semelhante a que ela ganhou de Glauber. Só que era muito... muito maior.

Felizmente ela deixou aquele recado dentro de seu divã. Caso contrário, acabaria sucumbindo à sua raiva e teria avançado em Gisele. Como a ordinária tentava provar para os policiais que Letícia estava completamente maluca, se ela avançasse nela, apenas confirmaria essa teoria. Ao contrário de partir para a briga, Letícia mordeu os lábios com força o bastante para sentir dor.

A porta da sala de inquérito abriu-se. Entrou Glauber ao lado de um rapaz com terno. Letícia julgou que era o seu advogado. Com o delegado, Gisele, dois guardas, Glauber e o suposto advogado, subitamente a sala estava ficando cada vez menor e mais asfixiante.

— Delegado, sou Reinaldo, o marido de Letícia me contratou para representá-la. — O delegado entrelaçou os braços e esticou as costas sobre sua poltrona. O homem de terno pegou no braço de Letícia e perguntou: — Você não falou nada por enquanto, falou?

— Agora que não vai falar mesmo — ironizou o delegado.

— Glauber é o meu ex-marido — Letícia esclareceu.

— Ele me deixou ciente da situação e de outras coisas como, por exemplo, que você não está bem da cabeça.

Letícia não conseguiu reprimir sua raiva ao encarar Gisele, que observava tudo do canto da sala. Ela queria que Letícia falasse tudo para o delegado para provar a tese imposta por Glauber de que Letícia havia perdido o juízo.

O advogado reclinou-se em sua direção e perguntou:

— O que disse? Fala só para mim.

— Ele é o meu ex-marido! — Letícia fez questão de repetir alto o suficiente para todos ouvirem.

— Não é isso que eu quero saber! — o delegado exclamou ao bater na mesa. — Perguntei o motivo! Por que matou tanta gente?

Letícia abriu a boca. O advogado a impediu de falar, colocando o dedo indicador em sua boca. Isso intensificou a temperatura da pequena sala. O delegado levantou-se, estapeou a mesa e rosnou:

— Não espero que confesse os seus crimes. Sei que matou cada uma das vítimas! Não há mais como negar! Sua ligação com cada crime é gritante! Sua reação atual é uma evidência de sua culpa! Apenas quero saber o que motivou tamanha carnificina!

O advogado interveio:

— Minha cliente não falará nada. E digo mais! Se ela falar algo neste momento, vou informar que foi coagida! — E demandou: — É direito dela falar com o seu advogado! Por isso peço a gentileza de deixar-me com a suspeita!

O delegado encarou o advogado, calculando. Curvou-se e levantou-se de sua poltrona. Então, com o dedo indicador apontando para o advogado, disse:

— Trinta minutos!

Subitamente, a sala se esvaziou. Ficaram ali apenas Letícia, Glauber, Gisele e o advogado.

— Reinaldo, podemos conversar com Letícia um pouco? Cinco minutos — Glauber pediu.

— Não quero! — Letícia indicou.

— Por favor — Glauber insistiu.

— Tudo bem — disse Reinaldo. — Ficarei próximo. Não demorem.

Letícia passou a balançar o tronco para a frente e para trás. Um gesto contínuo, incerto. Como uma fera enjaulada, ela não conseguia controlar sua fúria e agitação. Queria saltar pela janela e arriscar tudo. Qualquer coisa era melhor do que o presente.

Assim que o advogado saiu pela porta, Glauber se transformou. Ele abriu sua maleta, retirou dali uma injeção e colocou-a na mesa. Então se virou para Letícia e, com uma expressão capaz de inibir qualquer diálogo, disse:

— Minha querida, vou ser breve e explicar tudo que está acontecendo. Você está sendo acusada de ter matado muita gente. Além disso, a sua sanidade está sendo questionada.

— Por quê?

— Pelo que disse, é claro! — Gisele respondeu, colocando o seu celular na mesa para passar um vídeo de Letícia. O seu celular havia gravado cada reação, cada palavra. Um discurso muito pouco realista. Para muitos, uma prova de sua insanidade.

Letícia precisou reprimir a vontade de vomitar ao ver a forma como Glauber e Gisele se entreolhavam. Eles eram verdadeiramente cúmplices. Ela fechou os olhos. Virou o rosto. Já havia visto o suficiente.

Glauber disse:

— Há uma boa notícia. Eu acredito em você... mesmo. O policial não pegou a erva da sua bolsa. Eu peguei. Achei curiosa a sua reação quando proferiu aos ventos que o chá era seu. Mulher, você jamais gostou muito de chá! Então, ao voltar de Petrópolis, tomei o maldito chá e entendi o motivo de tanto alvoroço.

— Você pegou a erva da minha bolsa?!

Glauber fez um gesto com o dedo para ela se calar e ajeitou seu cabelo. Andou até a porta. Inspecionou, provavelmente para averiguar se estava sozinho e poderia prosseguir sem que a sua sanidade fosse questionada também:

— Confesso que achei interessante, mas incrivelmente frustrante, viver no corpo do Conde de la Marquê. Jamais imaginei que poderíamos viajar no tempo e cair no mesmo período. Isso não é incrível? — Riu. — Bom, finalmente percebi que a minha esposa também estava lá e que foi justamente ela que comprou o terreno e a residência do conde por um preço exorbitante em troca de que ele a apresentasse como sua prima de segundo grau. A ficha demorou para cair um pouco porque você estava no corpo daquela loira... Françoise. — Ele riu. — Uma hospedeira vivendo uma vida que não era sua e fingindo ser quem não era. Há! Você sempre foi bastante confusa... Difícil de entender. Talvez por esse motivo eu tenha demorado para descobrir. Bom, voltando ao início. Quando me hospedei no corpo do conde, achei que fosse um sonho. Fiquei curioso para conhecer Clarice. Então subornei o tal funcionário de confiança de vocês. Eduard. Esse rapaz não contou muita coisa, mas deu pistas. Primeiro esclareceu que Clarice na verdade era Françoise. Também disse que Elaine era Anabelle. Caguei para a informação. Depois disse que Françoise estava agindo de forma muito estranha e isso me interessou. Segui-a. Depois do quinquagésimo "Deve haver uma explicação para isso"... — Fez umas aspas com os dedos. — ... bati a charada. Pois bem, acordei. Tomei a erva e voltei. A princípio, deixei minha esposa se divertir. O que posso dizer... sou um cara legal. Bom, estava indo tudo bem até que passei a sentir dores nas costas, articulações... enfim, o conde era velho. Não poderia ficar hospedado naquele corpo por muito tempo.

— Conde? — Letícia precisou de um tempo para acreditar que o Conde de la Marquê era, na verdade, seu ex-marido. — Desde quando você se hospedou no corpo de conde? — Letícia perguntou. Confusa, apontou: — Você tirou a erva da minha bolsa ontem!

— Sim, ontem... esqueceu? A erva possibilita a viagem no tempo... Bom, também tive informações privilegiadas. Dicas nas entrelinhas de seu olhar, de suas atitudes. Notei o quão importante era a erva e decidi prová-la. Eu queria saber o que você estava planejando. Então caí no corpo do conde. Uma coisa leva a outra. Percebi que, ao acordar, retornava ao meu corpo, então tomei remédios para dormir. Como hospedeiro, também deixei de dormir por alguns dias até que achei o momento oportuno para voltar. Digo, matar o corpo do conde. Depois entrei no corpo de outros... Foi especialmente asqueroso, mas levantei um defunto de um caixão, ávido para lhe dar um recado.

— Não ouse voltar...

— Você estava me atrapalhando e dispersando Joaquim. Eu precisava de informações dele e o idiota vivia inconsciente. Confesso que tive um dia bem agitado... então estou aqui... A erva está acabando. Gisele já me disse que o seu amante conseguiu se transportar completamente por um período de tempo. Pretendo fazer uma viagem com a erva, mas gostaria de voltar com algumas lembranças... Gostaria de me aposentar...

— Ele não trará nada que já não seja dele por direito — comentou Gisele.

— Cala a boca, vadia! — Letícia exclamou.

— Está tudo bem aí dentro? — Escutaram o advogado perguntar do outro lado da porta.

— Está, sim! — Glauber indicou. — Você me deu muito trabalho! Sua presença fez Joaquim tratar a erva como um tesouro precioso e não queria negociá-la por nada neste mundo! Notei como o general Jeremy se esforçou. Primeiro tentei fazê-la ficar neste mundo, quando assumi o corpo do médico homeopata de Petrópolis. Depois a interceptei na rua e lhe dei o recado.

— Vá à merda!

A reação intempestiva de Letícia elevou o grau de violência de Glauber, que apontou para ela.

— Você tem dois minutos para cantarolar. Essa injeção está com uma dose de calmante. Um calmante usualmente utilizado em surtos de psicose.

Letícia não conseguiu dizer uma palavra. Estava assustada demais ao ver tamanha frieza embutida em cada palavra, em cada gesto daquele homem que era referência viva de um familiar.

— Está precisando de um empurrãozinho. Tudo bem. Pretendo lhe causar um infarto fulminante e terrivelmente doloroso se não abrir a boca.

Letícia manteve-se em silêncio. Em situações extremas se conhece o verdadeiro caráter de um sujeito. Sentiu seus olhos lacrimejarem. Um punho forte segurou a mecha de seu cabelo e forçou sua cabeça para trás. Letícia gemeu de dor e colocou as mãos na cabeça. Ele disse:

— Desembucha!

— Joaquim — ela sussurrou o nome daquele que deveria estar ali, mas por ironia do tempo, não estava.

— Que tal trocarmos a informação pela erva? — Gisele retirou o saco azul para Letícia e mostrou-o a ela. Glauber a fulminou com o olhar. Gisele deu de ombros e disse: — Letícia, vai nos dizer onde encontrá-la e como utilizá-la. Não precisamos dessa miséria! —Mostrou a quantidade e disse: — Sobrou pouco!

Letícia manteve-se firme.

— Ok, talvez expondo minha motivação, você decida falar — observou

Glauber. — Veja bem... pouco me importo com o que você vier a fazer com a sua vida agora. O problema é que ele sumiria sem me dar as informações de que preciso. Como disse, preciso saber onde conseguiu essa erva e como utilizá-la.

— Você fez tudo aquilo em um dia? — Letícia perguntou com uma dificuldade imensa em acreditar.

Glauber riu e respondeu:

— Minha cara, estamos falando em viajar no tempo! É só ir e, quando voltar, assegurar-se de que seja no minuto seguinte ao que partiu! Uma dica que obtive do homem que já morreu. — Olhou para Gisele e completou: — Além do mais, temos más notícias. Abordamos seu amado e o casal sem noção no navio. Eles estavam vindo para o Brasil... sabe-se lá por que motivo já que você está há quase um século adiante. Bom... quando eu soube que os imbecis não conseguiam sair do lugar e que estavam mais petrificados como defuntos em frigorífico, fui obrigado a motivá-los. Então decidimos criar um caos no navio em que eles embarcaram.

— Navio? — Letícia perguntou, temendo a notícia que estaria por vir.

— Sim, Gisele foi obrigada a me ajudar. Nós os seguimos até o navio, envenenamos a água, as pessoas foram morrendo e nos dando, temporariamente, livre acesso a seus corpos. Até que...

Gisele riu ao completar:

— Sim, seu amado e o casal morreram no meio do Oceano Atlântico.

Letícia parou de respirar.

Subitamente, Glauber posicionou a seringa no pescoço de Letícia e disse:

— Última chance.

A porta da sala se abriu. Entraram o advogado, o delegado e dois policiais. Glauber, assustado, rapidamente desfez-se da seringa e a colocou em sua maleta. Então indicou:

— Que bom que vieram. Por pouco não tive de sedá-la.

Toda a consternação se transformou em raiva. Tremendo, perdeu o controle. O sangue subiu na cabeça de Letícia. A raiva cegou completamente sua consciência. Ela esqueceu tudo: Joaquim, erva, ameaça, traição e prisão. Era como se ela tivesse penetrado em um mundo alternativo, onde havia somente sarcasmo e crueldade. Tudo perdeu o sentido.

Letícia estremeceu. Não conseguiu mais se conter. Avançou em Glauber, socando e chutando qualquer alvo que surgisse a sua frente. O rosto de Reinaldo, a canela de um dos guardas, os testículos do delegado, o ombro do outro policial. Na comoção, Letícia teve acesso à sacola azul de dentro da bolsa de Gisele, pegou-a e colocou a erva em seu sutiã. Gisele não percebeu. Ninguém percebeu. Os barulhos de seus gritos misturavam-se com os de Gisele e distraiu a todos. Então, ao finalmente estar de posse da erva, deixou de se importar. Suas mãos chegaram a fechar-se sobre o pescoço de seu ex-marido para matá-lo, até que foi impedida pelos braços de Glauber.

— Calma, querida — ele disse.

Ainda chutando, ela lutava para libertar-se, mas Glauber a manteve sob o seu controle e indicou ao policial:

— Tem uma injeção pronta no canto de minha maleta. É um calmante. Pega!

Letícia berrou. Sentiu verdadeiro terror ao ver-se incapaz de fugir. Glauber não a injetaria com outro medicamento além de calmante, se foi isso que ele indicou. Ele era esperto, não se incriminaria. No entanto, a dosagem poderia estar potencializada. Seu ex-marido disse diversas vezes que a diferença entre o efeito medicamentoso e letal de um remédio é a dosagem. Ao mesmo tempo, Letícia jamais viu um médico ser preso por ter errado na dose do medicamento que levou um paciente ao óbito.

Letícia sentiu seu corpo prensado na mesa. Os guardas a estavam segurando. Ela berrou. Suas lágrimas obstruíam a sua visão. Então parou de lutar e sentiu uma picada na bunda. Logo em seguida escutou um murmúrio anormal ao seu redor.

— Que merda é essa!? — Escutou um dos policiais exclamar.

Já sentindo o efeito do medicamento, Letícia sentiu dificuldade de levantar o rosto e focar na névoa que habilmente se transformava em três grandes silhuetas.

Ela revirou os olhos e perdeu a consciência.

***

Dois homens uniformizados, com aparatos estranhos em suas camisas, seguravam Letícia. Quatro deles mantinham Letícia em cima de uma mesa. Imobilizada, ignorando seus berros de protestos, em uma posição degradante, enquanto outro homem injetava alguma química em seu traseiro.

A força.

A cena enfureceu Joaquim. Dois homens fugiram antes que ele pudesse observá-los melhor. Dois guardas ainda mantinham Letícia imobilizada. Ambos o encarando, pálidos, trêmulos e boquiabertos. Um dos guardas exclamou:

— Que merda é essa!?

Joaquim fechou a cara, exibindo claramente ameaça em seus olhos. Com um tom de voz controlado, mandou:

— Larguem-na.

Largaram Letícia. Os homens saíram da sala em menos de um segundo. O homem que injetou a substância em Letícia correu para a maleta em busca de algo. Uma mulher saltou de encontro ao rapaz e parecia querer ajudá-lo. Pelo visto, finalmente identificou seus inimigos.

— Anabelle, vá até Letícia — Joaquim pediu.

Em segundos, já segurava o pescoço do condenado e rosnou:

— Você é o hospedeiro... Marido de Letícia.

— S... sim.

— O que injetou em Letícia?

— Não con... sigo rrrespi...

Joaquim entendeu o recado e largou o rapaz.

O rapaz caiu no chão curvado. Com uma mão no peito e outra apoiando o seu corpo, ele procurava o ar. Joaquim chutou o traseiro do inimigo em pleno alerta.

— Fala!

Entredentes, o rapaz respondeu:

— Com seu conhecimento limitado da medicina, não entenderá. Por isso, vamos poupar tempo. — O rapaz levantou-se, com alguma dificuldade, ajeitou sua postura e o encarou.

— Letícia está fria! — Anabelle indicou enquanto segurava uma mão de Letícia e dava tapas em seu rosto.

O rapaz disse:

— O corpo dela está entrando em choque. Joaquim, você está sem tempo. Troco o medicamento que poderá salvar a vida de Letícia pela informação: diga-me como você conseguiu se transportar completamente. De preferência com as roupas e tudo em sua posse.

— Você quer a erva? — rosnou Joaquim. — Posso levá-lo até ela... — Joaquim tinha um plano que envolvia um certo tratamento que a Tribo Curupira insistia em oferecer durante a sua estadia. Como queria colocar seu plano em prática! Se ao menos tivesse a erva...

Anabelle gritou, horrorizada:

— Joaquim! Não dá tempo! Precisamos curá-la. O cara jamais vai ressuscitar Letícia. Ele tem muito a perder se o fizer!

Fernando já segurava Letícia nos braços. Seu primo estava certo. O jogo do rapaz era sujo. Certamente, com a posse da informação e da erva, ele simplesmente seguiria em frente. Joaquim não tinha tempo a perder.

— Roubaram a erva! — a parceira do hospedeiro alertou.

Essa revelação transformou o rapaz. Subitamente, Joaquim se viu prensado na parede. O rapaz pegou algo parecido com uma pistola de sua maleta e apontou para Joaquim. Então rosnou:

— Me devolva a erva!

— Precisamos sair! — Fernando comentou, ainda com Letícia em seus braços.

Gritos femininos dispersaram o homem. Era Anabelle que, repentinamente, avançou na moça e puxava os seus cabelos. O hospedeiro, irritado com a intromissão, atirou na cabeça de sua parceira.

Sem dar uma espiada na mulher que caiu no chão espalhando sangue para todo o canto, o hospedeiro repetiu:

— Me devolva a erva!

Joaquim estava diante de um filho da puta que parecia estar acostumado a utilizar-se de meios sangrentos para conseguir o que queria. O que explicava tantas mortes espalhadas pelo caminho.

Anabelle correu para trás de Fernando. Isso distraiu o hospedeiro novamente. Joaquim aproveitou o momento de distração para retirar a pistola da mão do rapaz.

Sob posse da arma, Joaquim apontou para o rapaz, que elevou suas mãos.

— Quer a erva? Venha comigo — Joaquim ordenou.

Joaquim chutou a porta e a quebrou em alguns pedaços. Todos saíram, mas, ao contrário do que esperavam, o estabelecimento estava vazio. Todos haviam fugido. Ele pausou, estudou ao redor e, ao notar que realmente estavam a sós, saiu correndo.

— Vão! Fujam. Vou arriscar tudo novamente! — Joaquim anunciou.

— Arriscar como? — perguntou o hospedeiro.

Joaquim apontou a arma para o patife. Isso o fez calar e elevar seus braços.

— Me leve à erva — o hospedeiro pediu.

— Com que erva? — Fernando perguntou.

Joaquim não respondeu. Ele pegou Letícia dos braços do primo e começou a subir as escadas do estabelecimento. Sua intenção era pular e esperar que a erva consumida há pouco funcionasse uma segunda vez. Pularia com Letícia em seus braços. Também o hospedeiro pularia junto. Se não funcionasse, eles morreriam. Letícia tinha pouca chance de sobreviver, pelo visto. Joaquim não planejava viver sem sua amada. A morte, para ambos, talvez fosse a única solução de ficarem juntos.

Sobre o hospedeiro, seria menos um cretino nesse mundo.

— Vão embora! — Joaquim ordenou em meio às escadas. A situação se tornou tão degradante que não havia outra opção para ele e Letícia. — Vão! — Joaquim dispensou Fernando e Anabelle. Apontou a arma para o hospedeiro e disse: — Você vem comigo!

Ao contrário de sua vontade, Fernando e Anabelle o seguiram até o topo do que parecia ser um prédio de dez andares. Uma comoção de barulhos subitamente preencheu o ar. Havia máquinas paradas em pleno céu, enquanto equipamentos muito diferentes da engenharia de Santos Dumont voavam ao redor. Havia buzinas agudas, estranhas e tocando sem parar. Um alerta, com uma voz não totalmente humana, que dizia:

— Aqui é da polícia. Você está portando uma arma não autorizada! Renda-se imediatamente.

— Arma não autorizada? — Joaquim perguntou. Confuso. Não conseguia fazer sentido de toda a informação. — A erva — presumiu.

Estremeceu, mas rapidamente voltou ao momento. Apelou. Colocou Letícia no chão e empurrou seu primo ao berrar:

— Vá! Já consumimos toda a erva, seu idiota!

— Não vou te deixar, primo.

— Nem eu! — Anabelle complementou.

— Ah! Quanta idiotice! — O hospedeiro resmungou.

Fernando corrigiu:

— Não iremos te deixar.

Joaquim curvou-se ao passar as mãos pelo cabelo. Não sabia o que fazer. Não poderia permitir que Fernando e Anabelle perdessem suas vidas, mas ao mesmo tempo, não saberia mais viver sem Letícia. Com seus olhos marejados, ele ajoelhou ao lado da amada. Soluçando, disse:

— Me perdoe! Cheguei atrasado!

E soluçou, sentindo seu coração sangrar como nunca.

— O que é isso? — Escutou seu primo se aproximar de Letícia. A blusa dela estava rasgada, entreaberta. Foi nesse momento que Joaquim viu um pano azul se destacar. Algo estava preso no seio de Letícia. Fernando alcançou o pano preto e sacou a sacola de veludo.

Na euforia, ele abriu e deu um pulo ao anunciar:

— A erva!

O coração de Joaquim saltou em plena alegria, alimentando-se de esperança uma segunda vez. Uma comemoração rápida já que o hospedeiro tentou pegá-la, sem sucesso.

Joaquim jogou a arma que ainda estava sob sua posse prédio abaixo e deu um soco no meio da cara do marido de Letícia.

Fernando disse:

— Vamos, diga logo o nosso destino.

— Memorizem: Pajé sem nome. Primeiro de janeiro de 1907. — Apontou para o hospedeiro que ajeitava seu rosto ensanguentado. — Você também!

— Sim, mas Letícia não está consciente do destino! — Anabelle alertou, preocupada.

Ele levantou Letícia e disse:

— Não precisa. Todos nós a levaremos. Apenas precisamos segurar Letícia, juntos. Ok?

— Tem certeza? — Fernando perguntou, enquanto dividia a erva em quatro porções.

Joaquim pegou uma das porções e as distribuiu por baixo da língua de Letícia. Então a levantou em seus braços e ordenou:

— Fernando, segure nas pernas de Letícia. Anabelle, segure na cabeça dela. Condenado, segure onde bem entender.

E pularam de cima do prédio.

Enquanto desapareciam ao vento, conseguiram escutar gritos, buzinas, máquinas pulsando e uma voz mecânica dizer:

— Ai, meu Deus!!!

44

Pajé sem nome

Floresta Amazônica, Brasil

Terça-Feira, 1º de janeiro de 1907

— Ah! — Letícia gritou ao ver duas narinas cheirando sua cabeça e seus cabelos.

O corpo de Letícia doía. A sensação era tão intensa que parecia ter quebrado uma dúzia de ossos. Intensificando a dor, mãos pequenas apalpavam seu corpo, como se a estivessem analisando. Eram de duas mulheres morenas e idosas — bem parecidas, tirando detalhes sutis de seus rostos — de cabelos vermelhos desarranjados, traços fortes e bem pequenas.

— Vai ficar tudo bem, espero — uma das mulheres disse. — Tenho nome... Sou Meixeque. — Apontou para a outra idosa a sua frente e disse: — Ela ainda não encontrou um nome à sua altura.

— Vou encontrar! — a outra mulher exclamou, firmemente. — Tenho pressa, não! — assegurou. Logo em seguida, a idosa sem nome colocou algo em sua boca e passou a mastigar com um sorriso largo, de boca aberta, deixando bem à mostra seus dentes verdes, sujos de areia e afiados. Ela mastigava enquanto a língua movimentava um alimento de cor verde pela boca.

— O que está acontecendo? — Letícia quis saber.

A idosa sem nome aproximou a narina do cabelo de Letícia e inspirou. Voltou para trás, no susto.

— Ela fede! — ela concordou. Fez careta.

Letícia pegou um maço de cabelo e cheirou seu xampu predileto. Fechou a cara.

A idosa sem nome prosseguiu:

— Não sei o que ele viu nela! — Apontou para o pé de Letícia e resmungou: — Toda errada!

— Xiiiiiii! — Meixeque tampou a boca. — Todos os estranhos são — a segunda pessoa complementou, enquanto mastigava uma folha. Ao notar que Letícia a encarava, sorriu e expôs seus dentes afiados e sujos pela folhagem verde. — Quer a folha sem nome? É boa! Dá energia! Velocidade!

— Não — Letícia respondeu ao elevar as palmas das mãos. — Onde estou?

Será que morreu e estava no limbo?

Para sua alegria, escutou a voz de Joaquim, que disse:

— Estamos temporariamente hospedados em uma tribo remota na Amazônia.

Letícia piscou algumas vezes. Então encontrou o belo rosto de Joaquim que surgia na sua frente. Seu corpo inteiro estremeceu na corajosa tentativa de controlar sua emoção. Ela estendeu a mão, querendo se levantar.

— Calma, querida. Você teve uma parada cardíaca que quase a matou. — Joaquim a levantou. Ele passou a caminhar, tirando Letícia de uma espécie de oca, e disse: — Se não fosse o Pajé, você estaria morta. Ele liderou os esforços, mas toda a tribo ajudou. Não sei mais como agradecer à Tribo Curupira por tê-la salvado.

— Como?

Ela estava perdida.

Joaquim gesticulou com a cabeça para a frente, já que seus braços estavam ocupados segurando-a.

Foi nesse momento que Letícia olhou ao redor. Seu queixo caiu.

Havia uma quantidade incalculável de humanoides, com cabelos vermelhos e pés virados para trás ao redor de Fernando. Todos corriam de um lado para outro, de costas, aos risos, enquanto Fernando tentava imitá-los, sem sucesso.

Joaquim explicou:

— Fizeram uma aposta com Fernando. Se ele conseguir andar como um membro da Tribo Curupira, então ganharia outra dose da erva.

Letícia riu. Estava maravilhada com o cenário colorido, cheio de esplendor e vida. Além disso, jamais imaginaria que conheceria uma entidade folclórica, quanto menos uma tribo inteira!

— Como ela está? — um rapaz, muito parecido com os demais, tirando o excesso de rugas espalhados em seu rosto e a curvatura de seu tronco, perguntou.

— Está se recuperando — respondeu Joaquim, que se sentou na terra, sem tirar Letícia de seus braços. — Obrigado — disse.

Então, Joaquim voltou-se para Letícia e disse:

— Esse é o Pajé Glauber.

O senhor expôs seus dentes sujos e afiados, claramente satisfeito. Letícia, ainda bastante confusa, sorriu de volta.

— Fernando, Joaquim e a moça... — O Pajé pausou, refletindo. Buscando em sua memória o nome. Estalou seus dedos minúsculos e disse: — Ana, alguma coisa. Eles sugeriram me nomear como "Glauber". Dizem que combina com a minha elegância. — O Pajé estremeceu, em pleno orgulho e comentou:

— Concordei. Um nome a minha altura. Pedi para o gentil homem que carregava esse nome e ele me cedeu. — Ele pausou, sorriu e comentou: — Estamos ajeitando o pé dele.

Letícia saltou ao escutar o grito agonizante de seu ex-marido.

— Homem fraco. Resmungão. Odiei ele. Vai demorar séculos até encontrar um novo nome para ele.

— Para! — A voz de Glauber ecoou de dentro de uma das ocas. Letícia sentiu uma nota de pena, mas logo foi substituída por... Nada.

Foi substituída por uma imensa indiferença. Que arrebentem com os pés de seu ex-marido. O cretino merece!

O Pajé apontou para o centro da arena, onde uma multidão de membros da Tribo Curupira ria ao ver Fernando tentando correr para trás e caindo em diversos tipos de obstáculos. A competição estava acirrada, mas, julgando pela pobre performance de Fernando, jamais conseguiriam a erva.

O Pajé comentou:

— O guerreiro escolhido da "Tribo Grande Gambá" está perdendo miseravelmente.

— Tribo Grande Gambá? — Letícia perguntou.

Joaquim elevou as sobrancelhas, dando a entender que o Pajé Glauber tinha um senso de humor.

— Vocês cheiram muito mal — o Pajé explicou.

— Joaquim, precisamos da erva. Ainda preciso levar o divã com o recado para o consultório. É nele que deixei um recado para mim mesma. Também preciso dar um jeito e deixar o recado para eu buscar o divã no hotel de Petrópolis. Foi esse recado que me manteve controlada... Bom, um pouco controlada.

— O que disse? — Joaquim perguntou, confuso.

— Precisamos da erva. Preciso deixar um recado no meu divã. Alertar sobre o que fazer até vocês chegarem. Preciso alertar sobre Glauber e Gisele.

Joaquim elevou as sobrancelhas. Ele entendeu a importância de obter um pouco mais da erva.

— Não vou dar! — assegurou o Pajé.

Logo, estavam Fernando e Joaquim no meio da arena. Gritos, risadas e torcidas se intensificaram ao redor dos pobres coitados.

— *Clarrrice* — Anabelle sentou-se ao lado de Letícia. Ela estava linda, verdadeiramente iluminada.

— Onde estamos? — perguntou Letícia, ainda tentando se encontrar no meio de tanta felicidade.

— Importa? — Anabelle devolveu a pergunta.

Não.

Pouco importava a Letícia onde estavam, tampouco, quando estavam. Afinal, ao lado de Joaquim, sua alma gêmea, qualquer lugar e tempo lhe pareciam corretos. Letícia deixou a cabeça cair no colo de Anabelle. Ambas gargalharam enquanto permitiam ser invadidas pela magia ao redor.

45

Divã

Rio de Janeiro, Brasil

Quarta-Feira, 09 de Março de 2011

As árvores do Jardim Botânico estavam maiores, certamente. No entanto, pareciam sofridas. A poluição estava adoecendo o belo parque. Uma pena... Também era uma pena que as pessoas não podiam viajar no tempo para comparar a sombria mudança ao redor. Mas Letícia não iria comentar a respeito dessa sua observação. Pela forma como Joaquim observava o ambiente, as marcas de tensão ao redor de seus olhos, a forma como seu lábio inclinava para baixo, o silêncio, a fizeram concluir que ele pensava o mesmo.

Não obstante, Letícia queria curtir o momento. Deixar o ano que decidiram morar, em 1907, no passado... ou melhor, no futuro.

Agora ela queria se deliciar do picolé que adquiriu.

Letícia fechou seus olhos e gemeu de puro deleite ao morder seu picolé de doce de leite. A saudade que sentia dessas iguarias era tanta que precisou reprimir a vontade de reclamar. De fato, ela não poderia reclamar. Onde moravam... mais especificamente, o período em que moravam, não havia doces tão elaborados como esse maravilhoso picolé, apesar das frutas serem muito mais saborosas. Então, ao invés de reclamar, lambeu novamente o sorvete e gemeu.

— Já sinto ciúme do picolé — Joaquim comentou em meio a um belo e iluminado sorriso.

Letícia sorriu. Em um ato zombeteiro, lambeu novamente seu picolé e gemeu ainda mais alto. Subitamente uma mão avançou em seu picolé, mas Letícia foi rápida e tirou do caminho. Sem controlar sua alegria, ela riu e deu alguns passos para a frente. Saltou alguns galhos que surgiam da terra. Uma mão a puxou para perto.

— Não vá para longe. Você sabe muito bem que não pertencemos neste tempo — Joaquim disse.

Estranhando o tom de voz de seu amado, Letícia curvou sua cabeça e perguntou:

— O que houve? — Logo em seguida, lambeu a borda derretida de seu picolé.

— Precisamos estar atentos para caso o Fernando necessite da nossa ajuda.

Não se esqueça, ele está, neste exato momento, assegurando que a transportadora esteja entregando o seu divã.

Letícia riu.

— Mas isso não faz sentido! Eu sei que o divã será entregue. Sei que vou reconhecer o meu ponto de costura na fenda, encontrar a minha carta no momento certo e agir de forma mais calma em meio àquele tumulto todo criado por Glauber e Gisele. — Deu de ombros e se corrigiu: — Bom, não necessariamente mais calma. No entanto, saberei, lá no fundo do coração, que tudo ficará bem e isso é importante. Vale a viagem.

— Tá, quero sair daqui. Estou ansioso para tomar aquele vinho que a Senhora Pauline nos entregou — Joaquim confessou.

A Senhora Pauline foi a verdadeira heroína no final. Ela devolveu a fortuna de Anabelle que, por sua vez, entregou metade para Letícia, já que a considerava uma espécie de irmã postiça.

Com essa fortuna, Letícia e Joaquim construíram uma bela residência em Lisboa.

Uma casa relativamente pequena, mas elegante e rodeada por natureza.

Uma residência e uma vida plena, cheia de amor e que compensava a perda do suposto conforto da modernidade.

Joaquim não procurou seus pais. Soube que eles perderam toda a fortuna e trabalhavam em um hotel. Apesar de curioso, Joaquim nunca procurou saber seu eles estavam bem. Algo que Letícia respeitava, tendo em vista tantos tormentos que seus pais acarretaram ao filho. Quem sabe, um dia, Joaquim se sinta mais disposto a confrontar os seus demônios?

Sobre o demônio de Letícia, tudo parecia bem resolvido. Os Curupiras chegaram a iniciar o processo de "ajuste" do pé de Glauber, mas Anabelle acabou se sensibilizando com os gritos e pediu para o pajé interromper o processo. Mesmo insatisfeito, o Pajé interrompeu, mas deu um alerta: se Glauber chegasse perto de Clalefra novamente, iria ser submetido a todo o tratamento. Então o mandou de volta para o tempo e lugar de onde veio.

— Conte-me algo sobre essa árvore. — Letícia acariciou um tronco com fortes manchas vermelhas. Seria bom ocupar a mente de Joaquim, toda vez que ele viajava no tempo de corpo e alma, sentia-se tenso. Talvez por temer que, em algum momento, fosse perder o controle da erva e voltar ao tempo, perdendo Letícia no meio do caminho.

Um medo justificado.

— O Pau-Brasil? — Joaquim sorriu, parecendo um pouco mais relaxado. — Essa árvore é nativa da Mata Atlântica. Já foi encontrada uma espécie semelhante na Ásia, mas... — Joaquim pausou ao notar a expressão vazia e desinteressada de sua amada. Então mudou o rumo da proza: — Você sabe que tem uma lenda que há uma assombração amaldiçoada presa dentro dessa árvore? Chama-se Corpo-Seco. Há diversos Corpos-Secos no mundo. A maioria foi fazendeiro, capataz, torturador e outros. No entanto, esse aqui do Jardim Botânico, é um índio que se perdeu. Acabou se tornando carcereiro dessa árvore porque nem o céu ou o inferno o quiseram. Dizem que ele está preso por séculos.

Letícia, subitamente interessada, passou a mão no tronco da árvore e disse:

— Coitado. Deve ser tedioso ficar preso nessa árvore por tanto tempo. Enquanto esperamos Fernando voltar, vamos contar a ele a nossa história... Entretê-lo.

Joaquim riu.

— Vamos, será legal. — Letícia voltou a acariciar o tronco. — Não seja tímido! Já te vi conversando com as plantas diversas vezes!

Dito isso, Joaquim se acomodou em um tronco da árvore e passou a contar a sua história.

***

— Ok, feito! — A voz de Fernando simplesmente surgiu por detrás de Letícia e Joaquim. Ambos saltaram, assustados. Acabaram se entretendo demais enquanto relembravam e contavam a sua história para a árvore que (supostamente) continha uma assombração presa e entediada. — Vamos voltar. Anabelle ordenou um jantar especial. Hoje comemoramos cinco anos de casados.

— Mas não fomos convidados para o jantar? — Joaquim levantou. Passou as mãos pela calça para tirar a terra e puxou o primo para um abraço.

— Não! Hoje será um jantar íntimo! Nada de interrupções! — Fernando respondeu aos risos.

Um murmúrio ou chiado chamou atenção, como se tivesse se libertado de algum calabouço e pegou carona pela súbita ventania que passou por eles. Isso fez Fernando parar e olhar em direção de onde surgiu a ventania. Leticia e Joaquim se entreolharam, bastante curiosos. Isso porque o vento veio da direção da árvore para a qual haviam contado a sua história.

— Deve ter sido um pássaro — comentou Fernando.

Fecharam a questão. Estavam com pressa e cansados. Então seguiram em direção à mata e se prepararam para voltar.

Letícia observou com olhos cheios de ternura a árvore que, para ela, representava o futuro, mas que estranhamente era o seu passado. Ela poderia dizer que sempre acreditou pertencer no início do século vinte. E, de fato, até pouco tempo teve total convicção de que isso era verdade. Mas, ali, em frente à carcereira de uma suposta assombração, ao relembrar tudo que passou, finalmente as peças se encaixaram. Sim, a sensação de que ela pertencia àquele período estava lá, mas não por causa de uma questão de temporalidade. Após tantos anos vivendo ao lado de Joaquim e viajando no tempo, concluiu que, na realidade, ela pertencia a qualquer momento, qualquer lugar...

Desde que fosse ao lado de sua Alma Gêmea.